書下ろし

傾国　内閣裏官房

安達 瑶

祥伝社文庫

目次

第一章　不祥事のデパート

内閣官房副長官室、通称「内閣裏官房」の朝は、一見、どこにでもありそうな風景で始まる。

一番年長の御手洗室長や、元は警視庁にいた次長の津島さん、外務省出身の等々力さん、国税庁から出向という形の石川さん、そして紅一点の私・上白河レイが各自、自分の飲みたいお茶やコーヒーをそれぞれ自分で用意する。室長と津島さんは手分けして地方紙を含む新聞をチェック、等々力さんはＰＣでニュースを見ている。数台あるテレビから流れる各局のニュースがＢＧＭがわりだ。

私は、と言えば山と積まれた本日発売の週刊誌――男性誌、女性誌を含む各種雑誌に目を通す。それがどう役に立つのか今ひとつ理解できていないが、業務命令の忠実な遂行は、自衛隊出身の私にしてみれば当然のことだ。気になる記事を見つけたら、どんなものでも報告するように言われている。

ここは部署名に「内閣官房」とついているが、オフィスは総理官邸の中ではなく、少し離れたコンビニの二階にある。霞が関の官僚たちの間では「アジト」「スパイ映画のパクリかよ」と言われているらしいが、とりあえずの間に合わせで最初に借りた場所からなぜか引っ越すことがなく、そのままの状態を続けているのが実態のようだ。いろいろと表に出せない仕事をするところから、部署的には忘れられているぐらいが丁度いい、という上の判断もあるようだ。

私は、習志野の陸上自衛隊特殊作戦群で上官とトラブルを起こし、自衛隊を辞めようかと思ったタイミングで、ここにスカウトされた。

異動してきて、いきなり事件に遭遇した。最初は政権を批判するジャーナリストの連続不審死。続いて、やはり政権に批判的な芸能人や学者の打ち続く「自殺」。何人かの命を私は救い、何人かは助けられなかった。けっして公表されない政治の裏側では、じつにさまざまな力が渦巻き、せめぎあっていることを私は知った。

幸いここのところは平穏な日々が続き、私もデスクワークに勤しんでいる。その内容は、「ネットの監視」だ。等々力さんからやり方を教わって、ネット民が書き散らすあることないことウソやデマを監視している。メインの監視対象はやはり「反政府デマ」「反政府煽動」だ。私が知らない別の組織では人工知能がキーワードを抽出して同様の監視を続け、発信者情報をすべて保存しているらしいが、人間にしかできないこともある……のだろう。

画面を睨みつけるにしても、雑誌や新聞の紙面をチェックするにしても、やがて目が疲れてくる。長時間は続けられない。少なくとも午前中に一回、お茶やコーヒーを飲みながらの休憩がある。意図的に全員がリラックスし、雑談で疲れをほぐす。

「しかしなんですな」

カーディガン姿でソファに座る御手洗室長が独り言のようにボヤいた。

「通経省、変なのは前からですが、最近おかしさに磨きがかかっていますな」

「たしかに、ここんとこ、不祥事が多いですね」

好々爺とした室長に、濃紺のスーツで見るからに切れ者然とした津島さんが応じる。

「なにしろ国会の女子トイレでの盗撮だけじゃなく、国の制度を悪用しての補助金の詐取ですからねえ」

そうですよ、と二人の話に正体不明の笑みを浮かべた等々力さんが割り込んだ。今朝も遅刻しそうになったのか乱れたままのザンバラ髪に、シャツとの取り合わせの悪いブレザーだ。ファッションセンスゼロの私から見てもかなり残念だ。

「通経省出身の議員にもロクなのがいませんよ。与党の別動隊みたいな党の議席を得たのはまあいいとして、せっかく議員になったのに酒癖の悪さから失言して懲罰。結局除名されたあの人。あれはひどかった。議員にならない場合でも、タレントだか評論家だか判らないポジションでテレビに出ている。政府にゴマを擂るのはいいが、見ていて恥ずかしい」

　等々力さんは今日も辛辣だ。

「あの……中央官庁はたくさんあるのに、どうして通経省だけこんなに悪目立ちしてるんでしょう?」

　私も、この間から疑問に感じていたことを訊いてみた。

「おやおや。体育会系女子にも人並みに考える頭が出来てきたか」

　等々力さんがニヤニヤして言った。

「等々力君。それ、セクハラだよ。いちいち性別のことは言わないの」

　津島さんが注意をしてくれて、等々力さんは津島さんに軽く頭を下げた。しかし私には無反応だ。その代わりに、私の質問に答えようとした。

「聞きようによってはひどく深い質問だけど……これは通経省の成り立ちから説き起こさないときちんと説明できない。そうですよね、津島さん?」

　同意を得るように津島さんを見る等々力さんに、私は慌てて言った。

「あ、いえ、そんな本格的なことじゃなくて……たとえば、通経省の人が目立っているのは他の省庁の人たちがおとなしいから、とかですか?　目立ちたがり屋が集まってるところなんですか、通経省って?」

　本当に単純な疑問ですみません、という私に答えたのは津島さんだ。

「いやそれは、単純なようで物凄く難しい質問だよ。きちんと考察すれば本が一冊書ける」

津島さんは真面目な表情だ。

「国の予算を握る大蔵省……今の財務省に対抗して、国の産業育成に知恵を絞ってきたとされるのが通商経済省、略して通経省だ。かつては良いほうに機能していた時代もあった。たとえばアメリカとの貿易摩擦では、日本の浮沈を賭けて果敢にやりあった時代もあった。タフな集団であることに間違いはない。だが今世紀に入って以来、そのパワーが駄目な方向に暴走している」

そんなにパワーのある省庁なのか。

「通経省の前身である通産省はいわば『日本株式会社』の総司令塔だった。高度経済成長の牽引役として世界に名を轟かせていた。許認可権や補助金を駆使して産業界をコントロールして、それなりの成果を挙げてきた。日本の経済は政府による一種の計画経済で、実質的な社会主義だと批判されつつも結果を出してきた。しかし今はそれが裏目に出ている。今世紀に入ってから、政府肝いりの事業は何ひとつうまく行っていない」

官民ファンド、産業革新機構、クールジャパンと、等々力さんは次々に例を挙げた。

「たとえば家電各社の液晶ディスプレイ部門を統合して政府がつくらせたＪＤＩは青息吐息だ。現場を知らない役人が人事をいじって、電池はつくったことがあるが液晶のことは何も知らない社長をトップに据えたりしたのだから当たり前だ」

「たしかにね、通経省は仕事柄、業界との交流も多くて、経済界に人材を数多く輩出してきた。たとえば現在、官邸入りして首相の首席秘書官になっている堀田さん。彼は通経省から東京電力に出向して守旧派を追放した人だ。通経省出身の官僚に大物政治家はいないが、搦め手から政権の中枢入りするルートがある」

津島さんが付け加え、等々力さんが疑問を呈する。

「しかし……それはいいことなんですかね？　国民にしてみれば選挙で選ばれたわけでもない連中が首相を動かして、国家権力を恣にしている状態ですよ。大きな声では言えないが」

等々力さんはわざとらしく辺りを見回した。

「前の前の首相の懐刀、いや腰巾着だった、例のあのラスプーチン。あの人とその取り巻きがやったことは何ひとつ、国民のためになっていないじゃないですか」

名前を出さなくても、等々力さんが言っている人物が誰なのかは全員が理解している。

「要するに、官邸で派手に動いて目立っていた通経官僚はろくでもない連中ばっかりですよね」

そう言った等々力さんは、津島さんの反応を窺うように観た。しかし津島さんは否定も肯定もしないでコーヒーカップを口に運んだ。

「しかも、今はトイレで盗撮をしたり補助金をサギったり、落ちるところまで落ちたというか、劣化がとどまるところを知りませんな」

「だから、それは何故（なぜ）なんでしょう？　どうしてそこまでひどいことに？」

なおも私が質問を重ね、津島さんが考えながら答える。

「それはだな、通経省の目論見（もくろみ）がことごとく外れて日本はデジタル化にもグローバル化にも乗り遅れ、半導体で世界首位だった栄光も過去のものとなり、日本経済が凋落（ちょうらく）したところで、原発事故がとどめを刺したからだ。かつてノーパンしゃぶしゃぶで大蔵省の権威が地に堕（お）ちたのと同じことが通経省にも起きているからだろうな」

沈む船から逃げ出すネズミのように、辞めていく官僚も多い、と津島さんは言った。

「私は時々思うんだよ。政府主導であるにしても、通経省が原発なんぞに入れあげず、デジタルとＩＴにリソースを割（さ）いておけば、ソニーがアップルになれていたかもしれないと」

その話なら私も知っている。

「それ、聞いたことがあります。ほら、カラオケのデンモク。あれを小さくすればそのままｉＰｈｏｎｅになったんじゃないかって。技術は日本にもあったんですよ！」

「まあ今となっては『たられば』の話でしかないが」

津島さんは無念そうだ。

「東証一部全社の時価総額を合わせても、いわゆるＧＡＦＡ＋Ｍの企業価値に及ばないという、そんな時代を誰が予想しただろうか」

世界企業ベストテンに日本企業が多数ランクインしていた三十年前とは、まさに隔世の感がある、目も当てられない凋落ぶりだ、と津島さんは嘆いた。

「それもこれも、政府の、いや通経省の責任だ。通経省だけではない。常にお上の言いなりで、自ら考え、選択しなかった日本企業の自己責任……いや自業自得でもあるが」

なんだか随分大きな話で、私には今ひとつピンとこなかったので、さらに訊いてみた。

「でも、日本経済が落ち目になったからって、何もトイレで盗撮しなくてもいいと思うんですけど」

「君がそう思うのはもっともだ。女性としては許せないだろうからね。だが」

津島さんは続けた。

「人間には、自分の仕事に誇りを持つことが必要なんだ。その仕事をしている自分が好き、と思える感情が。それがなくて、イヤな仕事、意味の無い仕事をさせられていると、なにかでその鬱憤を晴らさずにはいられなくなる。散財をしたりギャンブルに走ったり酒に溺れたり。盗撮も性依存という立派な病気だ。依存症はダメな人間だからなるのではなく、ストレスのある人間に忍びよるものだ。人格ではなく、環境が原因なんだ」

「だったら通経省を辞めればよくないですか？　そんなにイヤな仕事なら」

「だから辞めてるんだよ。続々と。本省に残っていても先がない、尊厳も保てないと踏んだヤツが役人人生に見切りを付けて、たとえば議員になる。大昔の戦後すぐの頃は、吉田(よしだ)茂(しげる)たちが見どころのある役人を一本釣りして議員にしたけど今は違う。見切りを付けて転身を図(はか)るんだ。筋の悪い人間の場合、悪目立ちでも何でもして名前を売ろうとする。そうでもしないと次の選挙で落ちるという恐怖がある。落選した議員はセンセイでもなんでもない、タダのヒトだから」

身も蓋(ふた)もないまとめ方をした津島さんだが、慎重に付け加えた。

「それが何より証拠(しょうこ)には、選挙で安泰(あんたい)な通経省出身議員はまともだよ……比較論だけど」

その時、切迫したようなノック音がして、いきなりドアが開いた。

「あの、ごめんください」

入ってきたのは若い女性だった。

チラ見した等々力さんの視線が、その女性に釘付(くぎづ)けになった。

スタイルのいい女性だ。いちおうビジネススーツと言える服装だが、どこかちぐはぐで、滲(にじ)み出る色香を隠しきれない。その感じは、女である私にも判った。熟(う)れた果物から立ちのぼる濃厚な香りのように、もしくはステーキから滴(したた)る肉汁(にくじゅう)のように、全身からフェロモンが発散されている。口元の黒子(ほくろ)も、表情の妖艶(ようえん)さをきわ立たせている。

「こちらに、石川……石川輝久(てるひさ)さんがお勤めだと思いますが」

「はい。石川は在籍しておりますが……あれ？」

等々力さんが応対してオフィスを見渡したが、石川さんの姿はない。ホワイトボードに、「現場立ち寄り」と書かれている。

「あれ？　あいつ、どこに立ち寄ってるの？」

「ええと、たしか、朝一番で国会図書館で調べ物をしていると思います。朝イチじゃないと混むからって」

私が答えると、等々力さんはわざわざ復唱して同じ事を彼女に伝えた。

「あいにく石川は国会図書館に立ち寄っております。よろしければここでお待ちになりますか？」

等々力さんは、女性、特に美女にはおおむね丁寧で優しい。例外的に私にだけは当たりがキツいが、美女とは認定されていないからなのだろう。

「ありがとうございます。宜しければ待たせて戴きます」

美女が提案を受け入れ、等々力さんが目で指示を出してきたので、私はドアに走り寄ってその女性をオフィスに迎え入れようとしたが、そこでふと、まだ名前も聞いていない事に気がついて、通せんぼをした。

「あの、すみません……ちょっとお待ちください」

「内閣官房副長官室」は隠れ家のような佇まいではあるが、レッキとした政府機関だ。

身元も判らない人物を招き入れるわけにはいかない。

「え？」

彼女はムッとしたような反応を見せた。普通は自分から名前と所属を名乗るものなのに、黙って入ろうとした無礼に気づいていないようなのだ。

「待たせて戴けないの？」

「あの、失礼ですが、お名前など伺えれば」

仕方なく、お願いした。

「あ、私、篠崎瑞麗（しのざきみれい）と申します。所属先などはちょっと伏せたいのですが」

「判りました。どうぞ」

ここを訪れる「ワケアリ」の客は珍しくない。最初は挙動不審でなくても突然暴れ出す輩（やから）もいるし、特別な使命を帯びた殺し屋のような存在であれば、いきなり凶器を出すだろう。

ただ、このオフィスには、そういうことを計算の上で、来訪者の顔認証をするシステムがあって、天井に密かにカメラが仕掛けられている。警察のデータベースを利用して危険人物を瞬時に弾（はじ）き出せることにはなっている。それに、この篠崎という女性は石川さんのフルネームを知っているのだ。たぶん大丈夫だろう。暴漢特有のマイナスのオーラも感じないし……。

私は彼女、篠崎瑞麗をソファに案内して、コーヒーを出した。

だが彼女はカップに手を触れもしない。なのにこんなことを訊いた。

「彼は……石川さんはいつもあなたの淹れたコーヒーを飲んでるんですか？」

「いえ、そういうわけでは。コーヒーメーカーはその時手が空いている者がセットして、めいめい自分で自分のカップに入れて飲みますが」

「ああ、そうなんですか」

なぜか敵愾心のようなものを彼女から感じる。私を見る目が、なんだか鋭い。

私と彼女のやり取りを聞いた等々力さんは、こっちを全然見ない。美女が好きで構いたくなる性分なのに、一触即発の空気を察知したのだろう。関わりたくない、という雰囲気を露骨に見せている。

この状況では、私が話しかけたりしてお相手をすべきなのかもしれないが、私にだって仕事がある。「ネット監視」は気が抜けないのだ。

私も等々力さんも、そして津島さんも自分の席で自分の仕事を再開したが……ソファに座っている彼女は居心地が悪そうだ。まっすぐに背筋を伸ばして座り、両手を膝に重ねている。

室長はいつの間にか自分の部屋に入ってしまったし……。

誰にも相手にされずに放っておかれることは、なかなか辛いだろう。

しかし、だったら「出直して参ります」と帰ればいいのだ。ここで待つと言ったのは彼女自身なのだ。大人なんだから、自分で決めたことには責任を持ってほしい。

そう思った私は、気にはなるが放っておくことにした。オフィスの中を勝手にウロウロされては困るし。普通のヒトならそんなことはしないが、ここには時々、普通ではないヒトも来てしまう。

とは言っても、時々、ちらちらと様子見はした。

彼女は、どうにも間が持たないらしく時折バッグを開けてゴソゴソしたりスマホを見たりと落ち着かない様子で座っていた。が、一時間待った十時過ぎに立ち上がった。

「あの……これ以上待てないので、帰ります」

「篠崎さんがお見えになったと石川に伝えておきますか?」

私がそう訊くと、彼女は少し考えて「お願いします。で、あの」と、何か言いかけたが、そこで言葉を飲み込んでしまった。

私は、次の言葉を待っていたが、彼女は結局何も言わずに、帰っていった。

飲み物を片付けるときにソファを見ると、落ちているものがあった。

ここに座ったのは、さっきの篠崎さん以外には、室長だけだ。

「室長。あの、これ、落としました?」

私は室長に渡しに行った。

「ん？」

室長は老眼鏡を下げて肉眼でそれをためつすがめつ、いろんな角度から眺めた。

「これはマッチですね。いわゆるブックマッチ。しかも、赤坂のホストクラブのものです。さすがに私はホストクラブには行きませんねえ」

御手洗室長はニッコリ笑った。

「さっきの彼女が落としていったのでは？」

そう言えば彼女は、待っている間に時間を持て余してバッグをゴソゴソやっていた。

その時、勢いよくドアが開いて、石川さんが「すみません。資料が出て来るのが遅くって」と言いながら入ってきた。

「あ、石川さん、そこで会いませんでした？」

私が訊くと石川さんは「え？　誰と？」と聞き返した。

「篠崎……篠崎瑞麗とおっしゃる女性ですが。つい十分前まで、ここで石川さんを待っていたんです。もしかして、その辺ですれ違ったかな、と」

「いいや、誰にも会ってないけど……篠崎？　篠崎……」

そこで石川さんは何かを思い出したというか、記憶に辿り着いたような表情で「あ」と小声で叫んだ。

「瑞麗、いや篠崎は……何か言ってましたか？」

その声は少し震えていて、目線はフラつき、顔色も心なしか蒼白になった感じがする。なぜだろう？　石川さんは、動揺している。

「いえ。一時間ほど待って……もう待てないって感じでお帰りになりました」

「そう……」

呟くように言った石川さんは、自分の席ではなく、彼女がさっき座っていたソファにふらふらと座り込んだ。

石川さんの思いがけない反応に、私は津島さんや等々力さんと、思わず顔を見合わせてしまった。

「あのう……」

こうなったら、事情が知りたい。ここにいる全員がそう思っている筈だ。

「石川くん……なんかねえ、プライベートなことだから、申し訳ないとは思うんだけど、ちょっと教えて貰わんことには、みんなの気持ちというものが、ね」

こういう時、室長室に籠もって知らん顔をすることが多い室長が、珍しく石川さんに声をかけた。

「篠崎さんという女性は、どう見ても、君に大事な用件があったようなのだが」

「はあ……大事な用件、ですか……」

想像もつきません、と石川さんは溜息混じりに言った。

「だって……僕は彼女にフラれたんですから。それも一方的に、問答無用で、手酷く」

正面切ってそう言われてしまったので、他の面々は何も言えなくなった。

「彼女のことは中学生の時から知っています……同じ中学だったんです。その頃から彼女は目立った存在でした」

「そりゃあれだけの美人だものな」

と等々力さん。

「はい。口には出さないけど、彼女に惹かれていた男子はたくさん居たと思います」

「それで石川くんも彼女に告白したってわけか」

「いえ……僕は遠くから見ていただけでした。でも、なぜか彼女が僕を気に入って」

「おいおい。モテ自慢をするか、ここで?」

「すみません。だけど付き合ってほしいと言われたのは本当のことで……高校は別だったんですけど、中学卒業後もずっと付き合って……でも、振られてしまいました」

「理由はなんだ？　きみのセックスが下手だったからか?」

「等々力さん、失礼でしょ。それにセクハラだし」

顔面蒼白の石川さんを容赦なくいじる等々力さんを私は止めた。

「そう……かもしれません。とにかく彼女は、瑞麗は突然、姿を消してしまったんです」

さよならも言わずに……と石川さんは苦しそうに言った。

「その時は瑞麗に振られたとしか思えなくて。彼女は家を出て行方知れず、高校も中退ってことになりました。そのくらい嫌われたのか、とショックでした。でも後から知ったんですが、実際は、ウチの親が、特に母親が彼女との交際に猛反対だったことが判って」

「石川さんって、お坊ちゃまって感じですもんね」

思わず無神経なことを私も言ってしまった。あれくらい色っぽい女性なら、中学生男子の母親としては、息子からは遠ざけておきたいと思うだろう。

「そんなことはないけれど……僕が通っていた高校が地元の超進学校で、彼女はハッキリ言って底辺校だったということもあって。すみません。自慢するとか差別する意図はないんです」

「単なる事実ってやつか」

「そうです。地方では高校の数が少ない分、そういうカーストがハッキリしているんです。しかもその高校でも彼女は……なかなか派手な存在だった」

「札付きのワル？　っていうか不良少女？　スケバン？」

あくまで傷口に塩を塗り込もうとする等々力さん。しかし石川さんは呆然としてその非礼にも気づかない様子だ。

「いえ、そこまで悪い子じゃなかったです。多少、キレやすいというか、エキセントリックなところはありましたが。たぶん家庭環境が原因だったと思うけど」

彼女は石川さんを一度も自宅に招くことはなかったし、無職で飲んだくれの父親、ヒステリックで生活に疲れた母親と会ったのは、瑞麗が姿を消したあとだった、と石川さんは心底つらそうに話した。

「どうして僕は……彼女のことをもっと知ろうとしなかったんだろう。僕が支えになっていれば、突然姿を消すこともなかったかもしれないのに……なのに僕は彼女を理解するどころか」

一度自分の浮気を疑い、目の前で手首を切った彼女を怖いとさえ思ってしまった……そう言って石川さんはうなだれた。

「まあ、そういう悪目立ちする女子は田舎(いなか)では生きづらいだろうね。保守的な親の世代のウケも最悪だろうし。いずれ地元を離れる運命だったんだよ。きみのせいじゃない」

洒落(しゃれ)にならないほど落ち込んでしまった石川さんを室長がフォローする。

「石川くんの地元は……たしか、静岡(しずおか)だったね。静岡は……女性がハッキリしてる土地柄なのかな?」

すかさず等々力さんが口を挟(はさ)む。

「室長。それ、かかあ天下の群馬(ぐんま)と混同してません？　でも、群馬は確か離婚率二十八位で、二十四位の静岡のほうが上なんですよね」

等々力さんがネットで仕入れた知識を「取って出し」すると、津島さんが反論した。

「君ね、離婚率はこの際、あんまり参考にならないだろ。世間体とか離婚後の生活を考えて我慢する土地柄だと逆に離婚率は下がるだろ？」

「まあたしかに、離婚率がトップみたいな印象がある東京が最下位ですからね」

等々力さんと津島さんはそのまま離婚率談議に突入してしまった。

石川さんに聞いておきながら別の話を？　ありえないのでは？　と思わず石川さんへの同情からムッとした私だが……それは違った。

石川さんの話が思いがけず深刻そうだと気づいたので、これ以上石川さんに根掘り葉掘り訊くのは忍びない……。そう判断したので、二人はさりげなく話題を変えたのだ。気がつくと石川さんが一人でぶつぶつ呟いている。

「なぜ、今になって？　ずっと音信不通だったのに……どうして今ごろ、僕に会いに来たんだろう……？」

石川さんは自分の世界に入ってしまって自問自答している。

等々力さんが何か言いかけたが、津島さんが慌てて顔をしかめて手を振りやめさせた。今の石川さんは、何を言われても悪い方に取ってしまいそうに見えたからだ。

「まあ、君の助け……助言とかアドバイスとか、励ましが欲しかったのかもしれないね」

そう言ったのは御手洗室長だった。

室長の声は温かいので、同じ事を言っても、等々力さんよりもずっと優しさみたいなものを感じてしまう。

と、その時、ホットラインの電話が鳴った。総理官邸の内閣官房副長官からの直電だ。官房副長官室とは直通回線があって、着信すると、独特の緊張を強いる、圧迫感のある着信音とともにフラッシュが点滅する。絶対に出ろよと脅迫するような着信だ。

その電話は津島さんのデスクにあるが、必要に応じて室長室に切り替えられるようになっている。

にわかに緊張の面持ちになった津島さんは大きく深呼吸をすると、受話器を取った。

「内閣官房副長官室付き、津島です。はい」

津島さんは応答しつつ自動録音機がきちんと作動しているかチェックして、頷いた。

通話は一方的に先方が喋り、津島さんは頷きながら聞くだけだ。

最初は緊張の面持ちだった津島さんの表情が、どうしたことか次第に緩んできた。

「委細、承知しました。ただちに対応し、結果は追ってご報告致します」

津島さんは深々と頭を下げながら受話器を置いた。

「これから、かい？」

室長は親指を立ててみせた。

「いえ、官房長官や副長官からではなく、内閣府大臣政務官の土屋サンからです」

「ってことは、あんまり筋の良くないハナシだな？」

ええ、と津島さんは頷いた。

「通経省職員が起こした不祥事を収拾しろとのお達しです。幸いまだ新聞沙汰にはなっていないので、どんな手を使ってもいい、早い段階で表沙汰になるのを阻止せよと」

「要するに、揉み消せということですね」

等々力さんが苦虫を噛み潰したような顔で言った。

「まあこれもウチの業務のひとつです。粛々とやりましょう」

御手洗室長が引き取った。

「それで、その揉み消す不祥事とやらの概要は？」

「詐欺事件です。通経省の若手官僚二人が組んでやらかしました。既に警察に被害届が出て、一応受理されています。『おれに金を預ければ一年で二倍にしてやる』式の、ありがちな投資詐欺です。ただ、その金額が少々巨額なのです。一億三千万円」

ヒューと等々力さんが口笛を吹いた。

「彼らは通経省の官僚でありながら副業として、こういうモグリの投資ビジネスに手を染めていたと。本人たちは『結果的に詐欺のようなことになってしまった』と言い張っていますが、被害者からまとまった額の金を騙し取ったことには違いありません」

津島さんは自分のパソコンを操作して事件の概要を、オフィスの大きなテレビに表示させた。

テレビ画面には、ごく普通のスーツ姿の青年が映し出された。多少太っているが、デブというほどではない。

「二人組の片方、主犯格の通経省経済産業局産業資金課主査の櫻木慎一（さくらぎしんいち）は、慶明（けいめい）大学経済学部を卒業後、三年間勤めた証券会社を経（へ）て通経省に入省。この櫻木は高校時代から株式投資をやっています。そのうちに自（みずか）ら投資を募（つの）って、利益を分配したり手数料を取ったりなど、投資コンサルタントみたいなことを始めました。最初は詐欺ではなかったのでしょう。順調に利益を上げ、かなりゼイタクな学生生活を送っていたそうです。官僚になったのも、カネと権力が目的でしょう。早い段階から有力政治家と特殊な関係を築こうとしてきた形跡があります。若手官僚のくせに政治家に資金を提供するという無茶なことをして、おそらくインサイダー情報を入手しています。その庇護（ひご）も受けています」

「誰だね？　その政治家は」

室長が訊く。

「教えてもらえませんでした。それなりの大物と思われますが、その政治家も、自分の名前が出るのを非常に嫌がっていて……まあその意味では一蓮托生（いちれんたくしょう）というような関係ではあるわけです。その結果、警察も捜査を進めることが出来ず、通経省も櫻木をヘタにクビにするわけにもいかずで、困っています」

「被害届を受理したのに捜査が進んでいない、というのは、有力政治家に忖度（そんたく）しているからですかね？」

　等々力さんが疑問を呈した。

「まあ、そういうことなんだろうが、なんとかして被害者と示談を成立させたい、という思惑もあるのかもしれない」

　津島さんはそう言いながら、パソコンのキーを押して別の写真を表示させた。これもスーツ姿の青年の姿だが、メガネを掛けた細面で、秀才だが櫻木よりも陰性、という感じの顔立ちだ。

「共犯の、荒川洋介です。櫻木とは同じ高校……慶明大学附属高校ですが、そこで知り合いました。櫻木は証券会社を経由して入省しましたが、荒川は慶明大学経済学部三年在学中に東大を受け直して再入学。なので入省は同期という関係で、こっちは産業組織課で同じく主査。どちらも仕事ぶりは真面目だったそうです」

「この荒川については、在学中から金回りがよくて有名だとか、政治家に資金提供していたりとかっていう、ややこしい話はないんですかね？」

　等々力さんがボールペンをカチカチさせながら訊いた。

「投資はやっていたようだね。学生の頃から」

「じゃあ、この荒川はどうして犯罪に手を染めたんでしょう？　有名私大から東大に入り直したって事は、官僚としてメインストリームを歩みたいと思ったからでしょう？　私学出じゃあ、通経省でも限界があるからね」

「まあねえ。この二人の間に、どういう関係があったのかはなかなか興味深い。同期とはいえ、おそらく主従関係に近いものだと思うが。しかしそれは今回の処理とはあまり関係がない」

津島さんはキーを押して画面を消した。

「これはですねえ、通経省としては、被害者側とは示談にして、彼らにはおとなしく辞職してもらうことを一番、望んでいるでしょうねえ」

室長が他人事のように言った。たしかに同情の余地がなさすぎて、同じ国家公務員としては他人事と思うしかないだろう。

「ところが厄介なことに、当人たちにまったくその気は無いらしいんです」

うんざりしたように津島さんが言う。

「通経省官僚としての旨味を味わうのは、これからだと思っているんでしょうね。局長の目は無いにしろ、天下りするにしても長く役所に残って、それなりの地位にならないと」

津島さんはそう言って、再び、二人の写真をモニターに表示させた。

顔写真を見る限りでは、ありがちな秀才顔の、官邸でよくすれ違う、若手官僚の典型のような風貌にしか見えない。

「それで、ウチになんとかしてくれと？　具体的な落とし所はどこなんです？」

等々力さんが訊いた。当然の質問だ。

「今言われたのは、通経省としては対応に苦慮（くりょ）している、なんとしても被害者と話をつけてくれ、と。これは室長がおっしゃるように、示談に持ち込んで和解しろと言うことです。省のトップとしては二人を辞めさせるよりもそちらを優先してほしいそうです。もちろん、出来れば二人を辞めさせて、通経省とは無関係な存在になって欲しいはずですが」

「しかし辞めたら逆にあれこれ言い出して、通経省にとってマズいことも喋るんじゃないですかね？　永久に黙らせるなら……」

等々力さんはそう言ってニヤリと笑った。

「君キミ。そういうことは考えてもイカンよ。ただでさえウチは殺しのライセンスだの何だの、あらぬ噂（うわさ）を立てられているのに。まあ現実的な線としては、この件については一切口外しないという念書を、被害者と加害者の双方から取ることだろうね。むしろ、省の中にとどめて一生飼い殺しにする方が、管理も出来て利口な気もするが」

軽くたしなめた津島さんに、等々力さんは懲（こ）りずに言い返した。

「だったら海外に飛ばしてしまうとか。コンゴとかボリビアとか」

「それでは口封じにもならないし、問題を先送りするだけだ。まともな政府なら、彼らを逮捕して起訴して、裁判で有罪を確定させて刑務所に放り込むだろう。だがそれはしたくないってことだ。通経省としては、彼らがぶち込まれるまでの間にマスコミに騒がれて、イジられるのが嫌なんだろう」

「一蓮托生の政治家のご意向もあるし?」

等々力さんが忌々しそうに言った。

「ところで被害額の弁済ですが、本人が金を出すんですか?」

「いや、一億三千万もの金は彼らにすぐ用意できないし、そもそも彼らは示談して和解することを拒んでいる。投資に失敗は付き物で、元本割れする可能性はあるんだから、いちいち補償は出来ないと主張していると」

「ということは、弁済の原資は、官房機密費ですかね?」

室長があっさりと言い放ち、津島さんが「その通りです」と応じた。

「官房機密費から支出するそうです。なんせ領収書がいらないカネだから。通経省、ならびに政府としては、それで速やかにカタをつけたいと」

「過保護の極みですな。そこまで守ってやる理由がまったく判りません」

等々力さんはおよそ納得出来ない様子だ。

「で、連中の詐欺被害に遭った人物についてですが」

津島さんは説明を続けた。

「被害者は二人を学生の頃から知っていて、元は町工場だった会社を電子パーツ専門の商社に育て上げた、叩き上げの人物です。義理人情に篤い昔気質のオヤジみたいな人で」

津島さんはモニターにその人物の顔写真を映した。

「木島庄太郎さん、七十二歳。櫻木の父親の知り合いです。木島さんは、櫻木と荒川が学生時代から投資で成功しているという話を聞いていて、二人の頭の良さと経済学的な知識、そして相場感覚を信じて、二人を応援する意味も込めて資金を注ぎ込んだと。ところが運用に失敗して一億三千万もの損失が出てしまった。相場だから仕方がないという話で収めたかった二人だが、『確実に儲けを出す』という念書があるので、これは契約違反だと木島氏は主張しています。しかも旧知の間柄にもかかわらず、金の話で揉めた途端に音信不通になるという、失礼千万な態度にも激怒しています。それ相応の罰を求めていると」

「それは怒るのは当然ですねえ」

室長は笑顔すら浮かべている。

「私でも、そういう裏切り行為をされたら、とことんやってやろうと思いますよ。誠心誠意謝るならまだしも」

「そういうわけで、等々力君」

津島さんが等々力さんを指名した。

「君が責任を持って、木島さんから『被害届を引っ込めて示談に応じて和解します』という一札を取ってきて欲しい」

「ぼ、ぼくがですか！」

等々力さんは悲鳴のような声を上げた。

「そういう寝技みたいなことは、ほかならぬ津島さんの得意とする分野なのでは」

「私はね、君にいっそうの成長をして貰いたいと思っているんだ。いずれ私もこの職場を去る日が来るだろう。人事異動か定年か、事故死か病死か、人間、一寸先は闇だよ。その時に、私の穴を埋めるのは誰だね？ 等々力くん。君しか居ないだろう？」

「わ、判りました！」

人生、意気に感じたようにすっくと立ち上がった等々力さんは、「やらせていただきます！」と津島さんに頭を下げている。

「ああ、よかった。じゃあねえ上白河君、君も一緒にね。交渉の現場で、等々力君から、いろいろ学んでおいで」

私も指名されてしまった。

＊

「君しかいないだろ、って言われて、つい、舞い上がっちまったなあ」

失敗したなあと何度もつぶやきながら、等々力さんは肩を落として歩いている。

「ダメですよ等々力さん。そんな態度では、戦う前から負けているようなものです。和解交渉が失敗しますよ。強気でいかないと！」

同行する私はダメを出した。

「津島さんはさあ、君にも勉強してこいとか調子のいいこと言ったけど、その実、君はおれのお目付役なんだよな。監視役というか」

私たちは、詐欺被害に遭った木島さんを訪ねて、彼の会社のある東京・大田区は蒲田界隈を歩いていた。

「あーあ、憂鬱だなあ」

等々力さんはなおもボヤいた。

「自分が悪いんだったら仕方ないよ？　いくらでも頭を下げて謝るんだけど、他人の代理で謝るのってなあ……どうして本人が頭を下げに来ないんだ？」

「あの、こう言ってはなんですが、他人の代理で謝るんだから、心が籠もってなくてもいいわけで。形だけ謝ればいいんだから、気が楽だと考えてはどうでしょう？」

私がそう言うと、等々力さんは足を止めて私を指差した。

「君ね、そういう了簡で謝罪にいくのはダメだよ。こっちが本気で謝ってるのか形だけか、相手にはすぐに判るからね。形だけだとバレたら、余計に怒られるだけだ。そりゃそうだろう。謝罪を受ける側になって考えてみればすぐに判る事だ」

まさしくその通り。まったく反論出来ない。

言うだけ言った等々力さんは、憮然とした表情で足を進めた。

「このたびは誠に申し訳ございませんでした。この件は政府が責任を持って、必ず善処いたしますから」

蒲田の町工場が集まる一隅にある、木島物産。

工場の一部を改装したとおぼしい、質素な事務所だ。古びたソファにどっかと座った木島社長に向かって、等々力さんは深々と頭を下げた。まさに平身低頭。応接セットのテーブルがなければ、手をついて土下座しそうな勢いだ。

私も……仕方なく一緒になって頭を下げた。

「大変、申し訳ございませんでした」

「あのね。アンタ方にね、ペコペコ頭を下げられてもね、問題はまったく解決せんのよ。ね？　それ判るよね？」

仏頂面の木島社長は、タバコに火をつけてスパスパと吸った。

「はい。それは重々判っております。ですので、木島さまが被害に遭われた金額は、政府が櫻木たちに成り代わって弁済致します。お詫びの印として、被害が発生して以降、今日までの利息も計算しまして合算致します。何卒これでご容赦頂ければと」

「政府の金って、要するに税金でしょ？　どうして連中が悪事を働いて出した損を、税金で補塡しなきゃいかんの？　全然納得がいかないよ。連中が、自分の財布から出すべきでしょうが？　え？　あんたも納税者として、おかしいとは思わんの？」

「仰せご尤もです」

等々力さんは頭を下げ続けた。その顔はどんどん白くなっていく。血の気が失せるとはこのことなのだ、と私は判った。

「アンタら、簡単に政府が金を出すからいいだろ、みたいなこと言うけど、そこまでして通経省のサギ野郎を庇う理由がどこにある？　あんたらが謝りに来るなら、あの二人の首根っこを捕まえて連れてきて謝らせればいいじゃないの。どうしてそれが出来ないの？」

木島社長が今にも爆発しそうな怒りを抑えていることはひしひしと伝わってくる。

「はい。まことにおっしゃるとおりでございます。櫻木と荒川の両名は、きちんと自分たちの罪に向き合っていないのです。傍から見れば明々白々な事なのですが……投資に失敗は付き物だ、などと開き直るばかりで」

「ぬぁにを言っとるんだ！」

仁王のように立ち上がった木島社長は、例の念書を取り出して等々力さんに突きつけた。

「ほら、ここに『確実に儲けを出す』と書いてある。櫻木は、自分が勤めていた証券会社の筋から得た絶対確実な情報なので、失敗することはないと言い切ったんだぞ。アイツにはこれまでにも何度か、株や投資で損失を出されてきたが、相場が相手だから、ままならないこともあるだろうし、彼らが持ってきた詳細な資料にもとづいて、このおれ自身が決断して投資したんだから、ヤツらを責められないと、そのたびに自分を納得させてきた。しかしだ、今回は額がデカすぎるし、アイツらが学生の頃から面倒を見てやって来たのに、暴落後、補塡の話を持ち出した途端に音信不通だ。通経省に何度も足を運んだが、事前のアポがないと中にすら入れない。実家に行っても何も判らないと親までが逃げを打つばかりだ。こんな非常識な、失礼千万な態度があるか？　これはもう完全に詐欺師のやり口じゃないか！」

「まったくごもっともです」

頭を下げる等々力さんだが、その表情は死んでいる。これって、感情を無にして「カタチだけの謝罪」をしているって事じゃないのか？　さっきは私を完全否定したくせに。

「なんだその顔は！　代理で謝りに来てるだけって顔に書いてあるじゃないか！」

そう言われてしまった等々力さんは、あまりにも図星だったのか、目がテンになってアウアウとなにも言い返せなくなっている。私は慌てて割って入った。

「あの、社長がおっしゃることは誠にその通りです。なのでこの等々力も何も言えなくて言葉に詰まり、謝るにも謝りようがない状態になってしまって、もう、どうしていいのか判らない状態になっているのではないかと」

　これ以上木島社長が等々力さんを詰めるようだと、私が逆ギレしてしまいそうだった。

「それに、こちらとしては木島さまの言い分をすべて呑んで、和解したいと申し上げているわけですから……」

「あの……税金から払うというのが気に食わんと、社長がおっしゃるのもよく判ります」

　等々力さんがなんとかダメージから回復して言葉を継いだ。

「しかしながら、行政の不手際に起因する賠償や補塡は、税金を元にした政府の資金から支出されるほかないわけですので、そこは何卒ご理解を。それに、櫻木と荒川の両名を逮捕、起訴して裁判になるのはあくまで刑事ですから、金を取り戻すためには刑事裁判と並行して民事訴訟を起こさねばならず、その判決が確定するまで相当の時間がかかります。社長にとって一億三千万のお金はたいしたことのない金額かもしれませんが……」

「いいや。一億三千万は大金だ。だから、こうして問題にしとるんだ」

　木島社長は憤然として言ったが、次の瞬間、悄然として肩を落とした。

「いや、本当は私にもわかっとるんだ……この辺が、落とし所なんだろうと。連中の謝罪がないのが実に全く気に食わんが」

「申し訳ありません！　でも正義の鉄槌は、必ず下ります。多少時間はかかっても、必ず。正義って動きが鈍いんです」

私がそう言うと、木島社長は一瞬呆気(あっけ)にとられ、次の瞬間、笑い出した。

「いや～もっともだ。たしかに正義はトロい。正義は鈍い。正義は時間がかかる。もったいぶって、あたかも、正義の有り難みを知らしめんとするかのように、な」

そう言って鬼気迫る笑顔になった社長は、もうやけくそだ、と言わんばかりに万年筆を動かし、テーブルの上にある示談書にサインをした。

「これ、ハンコいるの？　実印？　おたくら、印鑑撲滅(ぼくめつ)運動とかやってなかったっけ？」

「一応、お願いできれば……」

私は遠慮気味にお願いした。

「まー、なんとかなってよかった！」

帰り道、等々力さんは心からホッとした表情で私を見た。さっきまで死人のように白かった顔には血色が戻り、表情も緩んでいる。

「どこかで祝杯を挙げたい気分だぜ」

寄ってく？　と等々力さんは通りにある飲食店を物色するように見ている。

「あの店、安くて美味(うま)そうじゃないの」

「いやいや、お酒臭い息をして戻るんですか？　それはマズいでしょう？」

津島さんに怒られますと私は言ったが、等々力さんは飲む気マンマンだ。

「まーでも良かったです。さっきは真剣に心配したんですよ、私。いつ等々力さんがキレて、社長を罵倒し始めるかって」

「君キミ。私は大人だよ？　政府を代表して謝罪して、示談の書類にサインしてもらうのが使命なのに、キレて怒るはずがないでしょう」

等々力さんは上機嫌で言った。

「しかし……櫻木と荒川のヤローは許せないね！　おれたちにこんなに苦労させやがって。ったくクソ官僚が！　コネで役所にもぐりこみやがって。通経省の看板を詐欺に使いやがって。まったくロクでもない」

そう言うと、等々力さんはスタスタと早足で歩き出した。

「どこに行くんですか？」

「決まってるだろう。アイツらのことを徹底的に調べてやるんだよ！　絶対、余罪がゾロゾロ出てくるはずだ。あの社長が唯一の被害者であるはずがない。ほかにもあちこちに声をかけて資金を集めてたんだろ？」

お酒は？　と思いつつ、私は等々力さんの後を追い、駆け足で駅に急いだ。

＊

その夜。

等々力さんと私で、ネットに書き込まれた玉石混交の情報から櫻木慎一と荒川洋介に関するものを検索しつつ、警察のデータベースからも、この二人が関係した事案を抜き出していくと、出るわ出るわ、きな臭い情報が山ほど集まってきた。

「いやあ、この二人は不祥事のデパートだなあ。古い表現だけど」

裏官房のオフィスで山ほどの書類をプリントアウトしながら、等々力さんは呆れ果てている。

「あの、これ、いちいちプリントする意味あります？　画面上で見られるのに……」

私が指摘すると、等々力さんは「おれたちの世代は、紙を並べて一望性を確保したいのよ」と、よく判らないことを言った。

「しかしなんだな、この二人についちゃ、おそらく主犯格の櫻木が、荒川をグイグイ引っ張って悪事に引き摺り込んだんだろうな。法律に詳しい荒川を弁護士代わりに使って、法の網をかいくぐろうとして……しかししょせんは法律のプロじゃないから、こうして足が付いちまうんだが」

その時。私は衝撃的な書き込みを匿名掲示板に見つけた。ツイッターの隆盛と入れ替わるようにユーザーが激減したという巨大匿名掲示板、「7ちゃんねる」だ。

「等々力さん。今、凄いものを見つけたかもしれません。もしも本当だったら、これ、面倒なことになりますよ。あの二人はストーキングもしてたみたいです。通経省の、ある女性事務官にしつこく嫌がらせをして、省内でもかなり問題になったけれど、結局揉み消されたって」

え？　マジかよ？　と等々力さんは私のパソコン画面を慌てて覗き込んだ。

「おー。これはなかなか香ばしいね」

等々力さんは声をあげた。ワクワクしているように聞こえるのは気のせいか。そこに突然、津島さんが入ってきた。お酒を飲んでいるのか、顔が赤い。

「おいおい君たち、今何時だと思ってるの？」

え？　と思って壁の時計を見ると、もう二十三時を回っていた。

「いやね、そこのホテルのバーで誘われて飲んでてさ、帰ろうと思ったら、ここにまだ明かりが点いているのが見えた。こんな時間まで誰が残業してるんだと思って……そうしたらドアの外にまで楽しそうな声が響いてくるじゃないか。君たち、クラブ活動でもしてるつもりか？　学園祭の準備か？」

私と等々力さんは、先生に叱られるようにしゅん、としてしまった。

「あの、通経省の例の二人の余罪を調べておりまして……この際、とことん膿を出して、二人にきっちり引導を渡すべきであろうと」

等々力さんは真面目くさった顔で答えた。

「いやいや、怒ってるわけじゃないのよ。職務熱心、おおいに結構！　しかしね、働き方改革って言われてるだろ？　ずるずる残業されちゃあ、上司の労務管理はどうなってるんだって言われちゃうのよ」

酔って顔が赤い津島さんは、いつもより砕けた口調だ。

「でさ、実に楽しそうな声が聞こえてきてさ、なんだか高校時代を思い出しちゃってねえ」

津島さんはそう言うと、給湯室に入って水を一杯飲んで、出てきた。

「あの、津島さん。明日、等々力さんと通経省に行っていいですか？　ちょっと気になる情報を見つけまして。詳しく話を聞いて、裏を取りたいんですが」

新たな火種になりそうです、と私が言うと、津島さんは「いいとも。行きたまえ」と応じた。

「小さな情報でもおろそかにしてはいけない。小火（ぼや）の内に消し止めないと。それにしても、困ったね、あの二人には。通経省も弱腰でどうにもならん。君たちに任せよう。一億三千万の件を示談にした勢いで、どうぞバンバンやってくれ！　ただし」

津島さんは難しい表情をつくって見せた。

「そろそろ帰れ。ここで泊まるのは許さんからな。風紀の問題もある」

「……って、津島さんこそ、ここで寝ようと思って帰ってきたんじゃないんですか？」

等々力さんに言われた津島さんは「違うよ」と答えたが、たぶん図星だったのだろう。

＊

翌日。

私と等々力さんは通経省に出向いて、ストーカー被害に遭っていたとされる女性事務官に面会した。

「あの、私は被害者ですけど、事を荒立てたくないんです。役所というところは、悪目立ちするといろいろ弊害(へいがい)が出てしまうので」

大臣官房調査統計グループの業務管理室に属する事務官・草柳永美(くさやなぎえいみ)は硬い表情で言った。ミス通経省と言われているのが頷ける知的美人だ。紺のスーツを着こなして胸元に見える白いシャツも清潔感を漂わせている。ショートカットの髪に、ゴールド縁(ぶち)のメガネが知性を醸(かも)し出し、スッキリした目鼻立ちは女優と言ってもいいくらいだ。

「草柳さんは、たしか、付きまといをされていて、盗撮の被害にまで遭(あ)ったとか?」

等々力さんは刑事のような雰囲気で質問した。

「はい。廊下で通りすがりとか、登庁時とか……あとは電車の車内です。それも不意打ちなので防ぎようがありません。省内の食堂でまでシャッター音が聞こえるんです。本当に気持ち悪い、というより怖いです。他人の写真を無断で撮るなんて、一体どういう神経なんでしょう？　あれで国家公務員総合職なんて信じられません。懲戒免職にでもなればいいのに」

「そうされたいですか？」

等々力さんがここぞとばかり身を乗り出す。

「いえ……そこまでは」

草柳さんは引き気味になった。

「これで彼らが反省して、盗撮とストーキングさえやめてくれるのなら、それ以上、問題にする気はないんです」

「いいんですか？　本当に、それで？」

等々力さんは煽るが、草柳さんには、この二人を通経省から追い出したいという我々の、そして通経省の思惑に乗る気はないようだ。

「でも、あなたが勇気を出さないと、第二第三の被害者が出るかも……」

「等々力さん。駄目ですよ、無理強いは」

私は言った。

「事を荒立てたくない、という草柳さんのお気持ちは尊重します」

女性の場合、声を上げるとそれを咎められて、さらに攻撃されてしまう恐怖があるのだ。

ほっとしたような表情になった草柳さんに私は言った。

「ただ、事実関係は記録に残しておきたいんです」

当然ですよ、と等々力さん。

「櫻木慎一と荒川洋介に関しては、別件でウチが動いています。ストーキングではありませんが、ほかにも被害者がいて、現在、相手方と和解交渉などをしているので」

等々力さんはそう説明して、協力していただけますか？　と草柳さんに頼み、諒承を得た。

「さっそくお尋ねしますが、草柳さんに対するストーカー行為や盗撮は、二人がかりでやっているのですか？」

「いえ、実際にやっているのは荒川の方です」

入省年次は大卒ストレートの彼女の方が、彼らより二年早いが、実際の年齢は彼女のほうが一歳下になる。

「彼……荒川洋介とは大学時代に知り合って、学科もサークルもゼミも違ったんですが、なぜか顔を合わせる機会が多かったんです。その時はなんとも思いませんでしたが」

今にして思えばストーキングはその頃から始まっていたのかも、と彼女は嫌悪感も露わに言った。

「その後、総合職の試験に合格した、と連絡がありました。同じ通経省だねとか言って、その時も別に何とも思わなかったのですが、ここ一年くらい、急に変なことになってきて」

「荒川が、なにか精神的に追い詰められていたとか、そういう感じでしょうか？」

「それが理由になるんでしょうか？　通経省に限らないと思いますが、組織に属して年次が上がれば、それだけ責任ある仕事を任されるようになるし、忙しくもなります。かと言ってその捌け口にされるのは、非常に迷惑です」

　抑えてはいるが、理知的な顔立ちにも表情にも、怒りが滲んでいる。

「そんな時、聞いてしまったんです。ウチの合同庁舎にあるカフェテリアで。カフェテリアといっても役所のことですから別にシャレてはいないのですが、衝立があって、個室みたいに使えるスペースがあるんです。たまたま、その衝立の近くでランチ代わりの軽食を取っていた時……衝立の向こうから、私についてヒソヒソ声で話しているのが断片的に聞こえてきました。そもそも、自分のことを赤の他人の、それも男性が笑いながら喋ってるのって、物凄くイヤじゃないですか。セクハラもいいところだし、女性の人権とか尊厳を踏み躙ってますよね」

「そうですね、おっしゃるとおりです」

　私も同意した。人権とか尊厳を持ち出すのはさすがインテリと思うが、誰だって普通にイヤだろう。

「話していたのは荒川と……間違いなく櫻木だったと思います。櫻木は明らかに荒川を煽ってました。『お前、そんなにあの女がいいんだったら、ヤバい写真撮って、ネットで晒すぞって脅せばいいだろ?』とか。なんですかそれ。その辺の程度の悪い不良高校生じゃあるまいし、私をなんだと思ってるんですか!」

彼女は話すうちに激昂してきた。怒りで顔が赤い。

「櫻木は、『いいようにしちゃえよ』って。呆れたことに荒川も、『そうだな』とか乗ってきて。東大を出て国家公務員総合職試験に受かって、官僚として霞が関で働いている者の言動とはとても思えません。しかも馬鹿話だけではなかった証拠に、荒川は実際に私の写真を撮りました。盗撮がバレているのに平気で撮ったり、私の行きつけのお店で待ち伏せしていたり……待っていて何かをするワケでもないんです。あの男にそういう度胸はないんです。学生時代から、よく言えばオクテ、悪く言えば意気地無しですから。私のマンションのまわりをウロウロしていて、何度か、まさか荒川だとは思わずに、不審者がいると警察に通報したこともあります」

「それについて、あなたの上司、もしくは人事に相談しましたか?」

等々力さんが確認するように訊いた。

「しました。しかし上司は笑って相手にしてくれず、なおも訴えると、『秀才肌のヤツは学生時代遊ばないで勉強ばかりしていて、女の扱いが全然判らないんだ。だから、その辺、君も大目に見てやれ』なんて言うんですよ！　ラチがあかないので、人事に相談したら、人事課長が手をついて私に謝るんです。どうか口外しないでくれ、あなたの胸ひとつに収めてくれ、って。では、あの二人について処分はないんですか、と訊いたら、言葉を濁してハッキリしたことを言わないんです。なるほど、これは省内で問題にしない、揉み消すパターンなんだなと悟りました」

　そこまで言った彼女は、俯き気味だった顔をさっと上げて、私たちをはったと見据えた。

「なんだか、話しているうちに我慢ができなくなりました。今、決めました。すべてを文春にぶちまけます。役所は、辞める覚悟です。辞めるなら、誰も私を止められませんよね！」

「いやしかし、ついさっき、あなたは穏便にしてくれっておっしゃったじゃないですか！」

　悲鳴のような声でうろたえる等々力さん。

「いえ。こうして話していて気が変わりました。最初は、ここで働き続けるのが前提で、波風を立てるべきではないと思っていたのですが、もうダメです。腹立ちすぎです。辞める、という選択肢がたった今浮かんだ瞬間、すべての風景がガラリと変わりました」

「いやいやいや、被害者であるあなたが辞めることはないでしょう。なんだか我々があなたを焚きつけたみたいになってしまって……」

　等々力さんはおおいに慌て、ほとんどパニックになっている。

「焚きつけるつもりは無かったんです。すみません。それだけはどうか勘弁してください。必ず、我々が善処しますから」

「はぁ？　あなたも政府の側の人でしょ？　どうせ揉み消すつもりなんでしょ？　そんな口車にはもう騙されないから！」

「騙したりしません。必ずなんとかします。あなたのお気の済むように」

「だったらあいつらのところに、今から私と一緒に行ってよ。本当に私の気の済むようにできるかどうか、見せてもらおうじゃないの」

　文春に駆け込まれてはおしまいだ。我々のミッションは大失敗になるし、事態を揉み消すどころか逆に、とんでもない藪蛇を突ついてしまったことになる。我々が彼女に話を聞きさえしなければ、彼女はそのまま黙っていたはずなのだから。

「承知しました！　まかせてください」

　引くに引けなくなった等々力さんは大見得を切った。

「連中に土下座させて、全面的に謝罪させ、猛省させましょう！」

櫻木と荒川は自宅謹慎させられている。通経省事務次官、直々の業務命令だ。その二人を都内のホテルの一室に呼び出すよう、等々力さんは急遽手配した。これも事務次官の命令として連絡が行ったので、さすがの二人も慌てて指定されたホテルの一室に飛んできた。

我々と、そして草柳さんが部屋で待っていると、ドアがノックされた。

等々力さんが私を見て、ドアの方向に顎をクイッと上げる。何を偉そうに、とムッとしつつ、それでも私は指示どおりにドアを開けた。

不安そうな面持ちの二人が立っていた。少し太めの櫻木と、痩せぎすな荒川。なんだか新人の漫才コンビのようだ。体型以外は、服のセンスも髪型も似たりよったりだ。

「櫻木慎一さんと荒川洋介さんですね」

わざと冷たい声で確認すると、二人は硬い表情で頷いた。次官からどういう連絡が行ったのかは知らないが、内閣官房副長官室直々のお取り調べということで、かなりビビっているのだろう。

「どうぞ」

私がドアを大きく開けた途端、櫻木が「あ！」と声を上げた。部屋の中に草柳さんが座っていたからだ。

「なんだ……何かと思ったら、この件か！」

櫻木は荒川と顔を見合わせた。笑みすら浮かべている。

明らかに、ホッとしている。緊張の面持ちで硬かった表情が、にわかに緩んだ。

それが、私を怒らせた。

舐めてるのか？　と思った。一億三千万円詐取の件じゃないからいいのか？　女性に付き纏って盗撮するぐらい大したことではない、とでも思っているのか？　草柳さんが味わった恐怖と怒りはどうなる？

「あのさあ、この件は、結局、僕らは何にもしてないんですよね」

せっかく来ていただいて悪いけど、と櫻木が言った。

「そこにいる彼女がいろいろ、あることないこと言い立てたんでしょうけど、ハッキリ言って被害妄想ですよ。荒川はちょっと写真を撮ったり、あちこちで、たまたま彼女と出くわしただけなんですから」

自意識過剰でしょ、女性特有の、と櫻木はニヤニヤ笑いながら付け加えた。

敵意がないことを示す愛想笑いなのかもしれないが、私には傲慢でエラそうな態度にしか見えない。

櫻木の後ろに隠れるようにして、荒川は青い顔をして立っている。

「つーことで、そこ、座っていいっスカ？」

櫻木が指差した先には、応接セットのようなソファとテーブルがある。ホテルに頼んで特別に用意して貰ったものか。特捜検察がエライ人から事情聴取するときに使う部屋も、こんな感じなのだろうか。

「で、なにが問題なんです?」

ソファの長椅子に悪びれず座った櫻木は、タバコを取り出して吸おうとしたが、ここは禁煙で灰皿もない。

「遠慮したまえ」

厳しい声の等々力さん。櫻木はわざとらしく首を縮めるようなポーズで、タバコを仕舞った。等々力さんが現状を告げる。

「木島物産の木島社長とは話をつけてきた。示談は成立するだろう。取りあえず国庫から一億三千万を支出して損害を補塡することで、木島社長とは合意できた」

「そりゃどうもっス」

櫻木は軽く頭を下げた。

「けどね、そんなカネ、払う必要なかったんですよ。そもそも投資には自己責任原則ってもんがあるわけじゃないですか。だから、元本保証なんか出来ない、出来るはずがない、と口を酸っぱくして言っておいたんですけどね」

「だが先方はそうは言ってなかったし、君たちが書いた、確実に儲けを出すという念書を見せてくれたぞ」

「そんな念書、どれだけの意味があるというんです？　市場(マーケット)のことが判ってれば、確実に儲けを出すなんて言葉、タダのセールストークだって判りそうなものでしょう。いい子がいますよって言う、キャバクラのキャッチと同じようなものでしょう？」

　これまでのところ櫻木はひと言も謝っていない。自己正当化に終始している。私もムカついたが、等々力さんも怒りを堪(こら)えているようだ。

「キミは、自分が中央官庁の官僚だという立場を判ってるのか？　公務員倫理(りんり)規定に違反してるんだぞ」

「はいはい、それは申し訳なかったと思ってます。だけど、役人でも企業の幹部でも、目端(めはし)の利くヤツは多かれ少なかれ、似たような事してますよ。副業ですね。木島さんだって、ボクらが通経官僚だから美味(おい)しいインサイダー情報があるとか、勝手に思い込んだんでしょう。面倒な相手と関わってしまって……ボクらは運が悪かったんだ」

　櫻木はなおも嘯(うそぶ)いた。

「君。それ、本気で言ってるのか？」

「本気です。そこにいるその彼女……草、なんとかって言ったかな？　そのヒトのことだって同じです。女性の写真くらい誰だって撮るじゃないですか。それのどこがいけないんです？」

　櫻木は草柳さんをアゴで示した。

「だが、ストーカー行為は違法だぞ」

「ですからナニを以てストーカー行為というのか。ストーカーとか先に言い出した側の言い分がまるまる認められるんですか？　フェアじゃないですよそれ」

　それまで黙って聞いていた草柳さんの顔が次第に怒りで蒼白になってゆく。だが櫻木は気に留める様子もなく自己正当化を続けている。

「だいたい写真程度で騒ぎ立てる女って自意識過剰じゃないっすか？　自分がイイ女で美人でモテて、男の気を引く存在だと思ってるから、大袈裟に過敏に反応するんでしょ。芸能人だってそうじゃないですか。写真撮られたって全然気にしない大物と、いちいち過敏になって怒る小物と。キャンキャン騒ぐのは見苦しいだけ、っつうか」

　櫻木は草柳さんを見下すような目で見た。一方の荒川は黙り込んで何も喋らない。顔色もよくない。

「それにね、ボクたちにはそれなりのバックがついているんですよ。こう言ってはナンだけど、世の中、後ろ盾があると強いんです。特に政財官界はね。あなた方だって、総理官邸という虎の威を借りてボクたちに難癖をつけてるけど、あなた方個人には、なんの力もないでしょ？」

　櫻木は明らかに世の中を舐めきっている。あらゆる他人を見下している。怒りのあまり血の気が引き、手が冷たくなった。そんな私に、櫻木は言い放った。

「ねえあんた。どうせ助手というかお手伝いで来てるんだったら、お茶くらい用意しなさいよ。お茶かコーヒーかジュースか、チョイスさせるような気、利かないの？」

お飲み物はいかがですかとか、僕たち一度も聞かれてないんだけど、と櫻木。

「女のくせに、なってないねえ」

等々力さんの横に座っていた私は、それを聞いた瞬間、ふわっと立ち上がった。無意識に身体が動いた、としか言いようがない。

気がついたら櫻木の胸ぐらを掴み、そのまま一本背負いで投げ飛ばしていた。

「うぐっ……な、なにをするんだ」

手加減なしだった。思いきり、櫻木の身体を床に叩きつけた。

驚愕の表情で凍り付いた櫻木の胸ぐらを掴んで持ち上げると、私は再び投げ飛ばした。力が入りすぎた。櫻木は壁まで吹っ飛んだ。すぐに首根っこを掴んでまた投げ飛ばす。期せずして渾身の力を込めているので、櫻木は背中から叩き落とされた。たぶん、明日になったら私も全身が筋肉痛になって動けなくなるだろう。

それを、等々力さんは止めなかった。いや、咄嗟には止められなかったのだろう。等々力さんの表情も凍り付いて呆然としていたから。

ようやく我に返ったのか、等々力さんは誰にともなく呟いた。

「『県警対組織暴力』か……」

そう言ったあと、恐怖の表情で固まっている荒川に話しかけた。

「あんた知ってる？　県警本部から来たエリートが、刃向かってきた刑事を柔道のワザでこれでもかと投げ飛ばす映画」

訊かれた荒川は、全身を硬くしたまま首を横に振るだけだ。

「つまり、人間、『どちらがボスかハッキリさせる』必要もあるってことかな」

何をどうでもいいことを、と思いながら、私は櫻木をもう一度投げ飛ばした。櫻木がゲロを吐き、宙に舞ったゲロが部屋に飛び散った。

「エラソーな寝言だけかと思ったら、ゲロも吐くのか、その口は！」

そう言いつつ私は容赦なく櫻木を引き起こした。

「いい加減、泣きを入れろよ！　そうすれば許してやるよ！」

それでも、謝ると死ぬとでも思っているのか櫻木は謝罪の言葉を口にしなかった。

「そうか。実家が太くて頭がよくても、根性の悪さは治らないんだね」

ふたたび渾身の力で櫻木を投げ飛ばす。

「ま……参った」

何度も床に叩きつけられた櫻木が、ついに倒れ込んだまま、呻(うめ)いた。

「わ、悪かったよ……謝る。申し訳……ありませんでした」

「さてと。これで一人。あんたはどうなの？」

戦闘態勢のままの私が睨むと……荒川は即座にソファから下りて床に這いつくばった。

「どっどうか、お許しください！」

荒川は額を床に擦りつけた。

「今までの無礼の数々、どうかお許しください！」

ノビていた櫻木も、荒川の態度を見て、のろのろと起き上がり、横に並んで土下座した。

「申し訳、ありませんでした……」

「だからあんたたち、誰に言ってんの？」

「そこの女性……いえ、草柳永美さんに謝っています。草柳さん、本当に……本当に、申し訳ございませんでした！」

「申し訳ございませんでした！」

その様子を、草柳さんはスマホで撮影している。たぶん音声入りの動画だろう。

これで草柳さんの気が済んでくれれば良いのだが。

「彼女はね、お茶くみでもなんでもないんだよ」

等々力さんが口を開き、土下座する二人に告げた。

「内閣官房副長官室の、いわば秘密兵器でね、陸自の特殊部隊からリクルートした、優秀なコマンドーなんだ。彼女が本気を出せば、君らはラクに死ねるよ。自分が死んだのかどうか気がつきもしないうちに、あの世に到着だ」

「す、済みませんでした……」

「何に対して済みませんなの？」

私はドスの利いた声で訊いた。

「まだあるでしょ。ハッキリ言ってごらん！」

「はい！　一億三千万を国庫から弁済して貰う件です。示談をして戴いたご苦労に、感謝と謝罪を致します」

櫻木が絞り出すような声で言った。

「当然、一億三千万は、のちほど君らが国庫に返納するよな？　え？」

等々力さんが念を押す。

「も、もちろんです」

「では、この書類にサインとハンコ……拇印でいい」

等々力さんはカバンから書類を取り出すと、応接セットのテーブルに滑らせた。

二人の若手官僚は一読する余裕すらなく、サインして朱肉に親指を当てて拇印を押した。

「それと？　まだあるよな？」

等々力さんは先を促した。

「もう一度、ちゃんと謝ってもらおうか」

「はい……そこにいらっしゃる草柳永美さんに対して、女性……いや、人間としての尊厳を、僕たちが傷つけてしまいましたことを、心から謝罪致します」

「謝罪致します」

二人は唱和するように謝罪の言葉を口にした。

「草柳さん、どうされますか？」

等々力さんが彼女に訊いた。

「そうですね。これでイーブンにしてあげようと思います。一応、気は済みましたから」

「ということは、文春にネタを提供するって話は……」

「それは、止めようと思います」

そう言った彼女は、「今のところは、ですけどね」と付け足した。

「今後、妙な言動をしたら、この土下座謝罪動画、即、ネットに公開するからね！」

「慰謝料については、どうお考えですか？　コイツらを懲らしめるためにも、たっぷり取ってやった方がいいのでは？」

草柳さんは、土下座する二人を見遣りつつ首を傾げた。

「あなた方、通経省は辞めるんでしょうね？　そうよね、こんなことやったんだから、このまま知らん顔で官僚として勤められないわよね？　まあ、万が一にも辞めないというのなら、私は文春に行きますけど」

お金の問題ではない、と草柳さん。

そうですか、と等々力さんはカバンから別の書類を出すと、再びテーブルの上を滑らせた。

「これにも署名捺印してもらおうか」

それは「辞職願」だった。

「いや〜、櫻木を投げ飛ばした後、荒川を睨みつけたキミの目。ブルース・リーかサニー千葉かってほどの鋭い、怒りの眼差しだったねえ！　あれは怖いよねえ」

ホテルからオフィスに向かう道すがら、等々力さんは感に堪えないように言った。

「どうしてとめてくれなかったんですか！　私、ああなったらもう、自分ではとまらないですから」

「まさか。とめられるわけがない。ヘタに手を出したらオレまで投げ飛ばされそうだったもん」

レイ・ザ・バーサーカーか、と言いながら等々力さんは愉快そうだ。とりあえず使命を達成したのだ。これで草柳さんが文春に駆け込むこともなくなったし、問題官僚二人の辞表まで取り付けた。等々力さんとしては大満足だろう。

しかし……私は全然、気分が晴れない。

櫻木が口にしていた「それなりのバック」「後ろ盾」って一体、誰なんだろう？　有力政治家？　通経省の事務方トップの事務次官？　もしくは次期事務次官を狙う大物？

あれほど不遜な態度を取れるのだから、誰であれ、相当に力がある存在に違いない。

「ん？　浮かない顔だな。アレか？　投げ飛ばしまくって辞表を書かせたってことで、櫻木のバックとやらがナンクセ付けてくるのを心配してるのか？」

「あ。そういうこともあるんですね」

そう言われて初めて気がついた。

「え。全然考えてなかったのか……陸自脳ってのはシンプルだね。『それなりのバック』つうのは、要はケツモチだな。ケツモチってのは無理筋を通してくるからこそ存在価値があって、みんな有り難がったり恐れたりするんだろ？」

そう言った等々力さんは、言い終わってからニヤリとした。

「しかしな。舐められたらおしまいのヤクザとは違って、『それなりのバック』は逃げ足も速い。失うものが多いからね。庇護してたヤツが自分にとってヤバいと判ると、途端に掌を返す。そんなものよ、この世は。義理人情なんか、ないんだよ。我が身可愛さのみの、世知辛い世界なんだ」

霞が関と永田町ではそうなのだろう。

コンビニの二階にあるオフィスに戻り、等々力さんが満面の笑みで結果報告をしている脇で、私はなおも首を傾げていた。

「あー、上白河君。投げ飛ばした件は気にしないでいいから。そうされても仕方ないだけのことを連中はしたんだ」

津島さんが私に気を遣って言った。

「いえ、その事は、謝れと言われれば謝りますし、始末書も書きます。ですが私は、櫻木が言っていた『後ろ盾』が誰なのか、どうしても気になるんです」

「いや、それは、あまり気にすることはない。『ツルの一声を発する事が出来る大物』はどこにでもいる。通経省に限らず、すべての役所、政界、もちろん民間にも」

「ですが、通経省って、そういう大物の発言力が強いから自浄作用が働かなくて、不祥事が多くなるんじゃないでしょうか」

「それはどうだろうね。大物はひとりじゃないだろうし……通経省が現在、目に余る状況にあるのは……構造的な問題じゃないのかな」

津島さんに等々力さんが答えた。

「しかし……通経省ばかりトラブルが表面化するってのも不自然な気もしますけどね」

「現政権は、およそ八年間続いた前々政権に従順なようでいて、『面従腹背』なところがある。長期政権だった総理の周辺は通経省出身者で固めていたが、総理が代わってその反動が出ている可能性はある。ようやく膿が出せるようになったとも言える」

「結局、権力闘争ですか？　通経省に狙いを定めて、力を削ぐ動きは政局なんですか？」

「いや。このまま通経省を放置していると、さすがに日本がヤバい、という判断があるんじゃないか？」

津島さんが言い切ると、何も知らない私にさえ、日本が危機的状況にあるのでは、と思えてくる。

だがこういう時、いつもは話に参加して自分の考えを述べる石川さんは、自分の席で書類に見入っている。仕事に集中していると言うより、誰とも話したくないという感じだ。

その時、またホットラインの電話が鳴った。

一番近くにいた石川さんが受話器を取った。

「内閣官房副長官室です……はい。はい、判りました」

この前の津島さんと同じく緊張の面持ちになった石川さんは、通話を切って報告した。

「副長官秘書官からです。ある民間人が失踪したので探し出せとの下命です」

「おいおい。いつからここは警察の下請けになったんだ？」

等々力さんが文句を言った。

「いえ、そういうことではなく、その民間人は、政府絡みの高度な機密情報を拐帯して姿を消したので、特にウチが担当せよとのことです」

「どんな機密情報なの？」

等々力さんはなおも不満そうだ。

「それは、明かせないそうです。その民間人は、芝浜重工の役員秘書をしている人物で、追って詳細なデータを送るとのことです」

「ふむ。芝浜重工なら防衛にインフラ、原発にまで関わっているから、高度な機密が流出した、ということであれば穏やかではないな」

と等々力さん。

「あ、今、データが届きましたので、モニターに出します」

石川さんがパソコンを操作すると、大型モニターには若い女性の顔写真と名前、そして略歴が表示された。

「芝浜重工東京本社、秘書室付、加治谷洋子（二十七歳）」

そこで、モニターを見た全員が「え？」と声を上げた。

加治谷洋子として表示されている女性の顔写真が……昨日、オフィスに訪ねてきた、石川さんの昔の恋人、篠崎瑞麗その人だったからだ。

石川さんも、モニターを見て呆然としている。

「どういうことだ……これは」

石川さんは振り返って私たちに目を向け、訴えた。

「加治谷洋子は……おそらく偽名です。この女性は、ほぼ間違いなく篠崎瑞麗です」

「あの、他人の空似って事では？」

「そうは思えません。口元の黒子の位置が瑞麗と同じです。しかし……彼女は僕の知るかぎり大学どころか高校さえ出ていない。その学歴では、芝浜重工の役員秘書には、とてもなれないと思うのですが……」

「石川くん。画面を下にスクロールして」

津島さんに言われるままに画面を動かすと、『加治谷洋子』の経歴が現れた。

「一九九四年六月四日生まれ。現住所は東京都港区麻布……。都立日比谷高校から慶明大学法学部法律学科卒業後、イェール大学に留学、経済学のPh.Dを取得して芝浜重工入社後、一貫して本社中枢で勤務……」

津島さんが読み上げる経歴に、石川さんは「違う違う！」と声を上げた。

「なにもかもデタラメです！　これは完全に捏造された経歴です！　誰が……そして一体、何のために？」

続報のメールが届いた。加治谷洋子、あるいは篠崎瑞麗の失踪した状況が、簡潔に記されている。

『加治谷洋子が出社しなかったので不審に思った同僚が洋子の自宅マンションを訪れたと

ころ、部屋には大量の血痕が遺され、洋子の姿は無かった。防犯カメラの映像によれば、洋子がマンションを出た姿も記録されていない。大量の血痕が誰のものかは現在科捜研で鑑定中だが、もしも洋子のものであれば生存が危ぶまれる量の出血とのこと。ただし不審な点としては、大きなスーツケースを引き摺った不審な人物がマンションを出入りする映像が防犯カメラに記録されている。それと、洋子の免許証、芝浜重工の社員証、自宅の鍵やヘアブラシなどが入った外出用と思われるショルダーバッグが室内に遺されていた』

石川さんは立ち上がって、室長に向き合った。

「この件、僕にやらせてください。是非、やりたいんです」

洋子、こと瑞麗を探したいという石川さんに、室長の顔は曇った。

「石川くん……君は失踪したこの女性が自分の元恋人ではないかと思ってるわけだね。警察なら特殊関係者と言うことで、当然、捜査からは外される」

「でも津島さん、ここは警察ではないんです。僕だからこそ判る事だって、いろいろある筈です。是非、お願いします。やらせてください！」

「こういう言い方をするとアレだけど……弔い合戦？　みたいな感じ？」

等々力さんが極めて無神経な発言をした。

「いやいや。加治谷さん、いや、篠崎さんと呼ぶべきかな？　この女性は失踪したのであって、死んだと決まったわけではない……少なくとも今のところは」

津島さんはそう言って、「これもマズいか」とつぶやいた。

室長が考え込みながら言う。

「石川くんの気持ちは判る。この女性は石川くんにとって大事な人だった、いや大事な人なのだろう。しかし、どうしますかねえ、等々力君と上白河君は通経省の件がまだ残ってるし、津島君は専従させられないし……」

「ですから僕が」

石川さんはなおも室長に訴えた。

「あの……私、通経省の事案がありますが、もうすぐ終わると思いますし、できることがあれば、協力します」

私は石川さんと室長に言った。石川さんがあまりに憔悴(しょうすい)している感じがして、黙っていられなくなったのだ。石川さんは、篠崎瑞麗の突然の訪問、それに続く失踪に、おそらく責任を感じているのに違いない。石川さんを彼女が頼ってきた時に、ここに居合わせなかったこと。故郷の静岡で、彼女が最初に姿を消した時に何もできなかったこと……。

「上白河くん。通経省の件は、そう易々(やすやす)と片付きますか?」

「大丈夫です。短期間で終わらせます」

室長はなおも考え込みながら言った。

「しかしまあ、彼女の件を調べてみれば通経省の件とも結びつくかもしれませんね。なにしろ芝浜重工といえば通経省との関係が深い、いやズブズブとさえ言える企業ですから」

室長は結論を出し、檄(げき)を飛ばした。

「やりますか！　久々に忙しくなりますぞ！」

第二章　傾国の美女

二〇一五年の秋。

東京・芝浦にある芝浜重工本社。ひときわ高く聳える本社ビルの威容は、この会社が明治維新以来の業界の草分けで、日本の成長をリードしてきた名門の誇りを感じさせる。

その三十五階。役員の個室、そして役員の会議に使われる会議室が並んでいる。この階には専用エレベーターでなければ上がってこられない。グループ全体で四兆円の売上げ、総従業員十三万人を擁する巨大企業の総司令部が、この三十五階にあった。

専務の鍋田雅行が廊下を颯爽と歩いてきた。

芝浜重工は、発電や工業用大型モーターなどの重電メーカーだった芝浜製作所と、電球や家電を製造していた関東電工が大正時代に合併して、日本を代表する総合電機メーカーとなった企業だ。重電と家電に加え、近年三本目の柱となったのが、パソコン部門だ。エレクトロニクス、特にコンピューターの製造では、専門の通信機器メーカーの後塵を拝するしかなかった傍流の事業部だったが、前世紀の末に、高性能ノートパソコンが大ヒットして社の看板製品となって以来、潮目が変わった。

半導体を含むエレクトロニクス部門は時流に乗って社の花形となり、芝浜重工全体の利益に大きく寄与してきた。今では重電部門と並ぶ二本柱の一本だ。

その立役者が鍋田雅行専務だった。欧州での弱電部門の販売会社で家電を売りまくった男が、その次に育て上げたのがパソコン事業部だった。鍋田の勢いはめざましく、欧州、アメリカと実績を積んだ後、本社に戻って役員となった。次期社長との下馬評も高く、我が世の春を謳歌……と言いたいところだが、ここに来て韓国や中国勢の追い上げが激しくなり、パソコン事業部は往年の勢いを失いつつあった。とは言え、弱電すべてが駄目なわけではなく、芝浜独自の技術を持つ半導体事業部、特にフラッシュメモリーの製造では依然、他社の追随を許していない。全世界で独占的地位を占めている。この決め手がある以上、そして、「ある方法」でパソコン事業部の見かけ上の利益が維持されている以上、鍋田の発言力が弱まることはない。

その廊下の反対側から歩いてきたのが、芝浜重工の発足時からのメインストリームである重電部門のトップ、斉木満生専務だ。

斉木は現場の技師長から徐々に階段を上がって原子力本部長を経て、重電部門の頂点にまで登り詰めた。

芝浜の重電部門は政府の産業政策に沿ってきたので、得意先は電力会社や大手企業ばかりだ。経営上、不安は無いと思われた。その上、近年は国策である「原発海外輸出」にも積極的に乗っている。スリーマイル、チェルノブイリ、福島と続いた苛酷事故のあと、欧米の原発企業が次々と撤退する国際的な流れの中で、芝浜だけは果敢に原発の新設に打って出ようとしていた。それも海外に。

斉木には原子力発電の現状が、競争相手がいなくなった、いわばブルーオーシャンに見えていた。

反原発の世論が強い日本国内では、もはや原発の新造は望めない。しかし、海外なら。そこに建設から運転、燃料の調達までを一貫して売り込み、長期的に利益を挙げてやる、と斉木は野望に燃えていた。

パッケージ型原発輸出は、長期政権が掲げる経済成長政策の、ほぼ唯一の目玉と言ってよかった。既にその足がかりとして、海外の、かつては名門と言われた重電メーカーから、その原発部門を買収している。

高値摑みではないか？　原発の建設を多数受注したのはいいが、工事が全然進んでいないのではないか？　工事の遅れが多額の損失を生んでいるのでは？

懸念する声は社の内外にあったが、原子力を含む重電部門のトップでもある斉木には全然気にならなかった。

自分には通経省出身の高級官僚がバックについている。その人物は現在官邸入りしており、高支持率のもと長期政権を維持している現総理大臣の、最側近の秘書を務めている。その自負があった。

政府の意向に忠実に従っているかぎり、自分も、芝浜も安泰だ。

斉木は心からそう信じていた。

遠からず芝浜の社長、そして経団連会長の椅子にもいずれ手が届くだろう。「財界総理」の座は、伝統的に芝浜のものだったのだから。

斉木の心をここまで高揚させるについては、ひとりの女性の存在があった。

このうえなく愛らしい顔。やや気品には欠けるものの、上品なスーツでも隠せない、なまめかしい躰の曲線。そしてベッドではあらゆる奉仕を惜しまない、その情熱。

思い出しただけでも、股間に血が集まってくる。

まさにその女神、斉木にとっての理想の女性であるところの彼女が、その時、彼の前に姿を現した。

「専務。ここにこんな糸くずが」

ヒールの音を響かせ、ためらいもなく近寄ってきた。赤いマニキュアをほどこした綺麗な指で、斉木の襟元から何かを取って捨てた。上目遣いの、色っぽい眼差し。

「あの……今夜、いかがでしょうか。私、専務との夜が忘れられなくて」

囁く声に一気に幸福感が高まる。社内なのに、人の見る目が、という配慮も消し飛んだ。

「おお、きみはよく気がつくね。ありがとう」

わざと大声で言ったあと、小声で付け加える。

「そうか。躰が火照ってたまらないんだね。きみのあそこがメルトダウンしたら大変だ」

私の制御棒を入れてあげよう、という親父ギャグはかろうじて自制した。

そんな斉木の多幸感を破って、耳障りな声が聞こえてきた。

「加治谷君。何をしているんだね、そんなところで？」

パソコン部門のトップである鍋田雅行の声だった。斉木は鍋田を蛇蝎の如く嫌っている。

それは鍋田も同じことだ。もしや前世では不倶戴天の敵？　と疑いたくなるほど、お互いが憎いのだ。相手の顔を見るのさえ腹立たしい。

しかも次期社長の座を争うライバルの専務同士となれば、なおさらだ。それだけではない。斉木が熱愛している加治谷洋子が、こともあろうに、この鍋田の秘書なのだった。

廊下を歩いてきた鍋田が、斉木と洋子を見て足を止めている。

「加治谷君。きみは一体、誰の秘書なんだ？」

鍋田は不機嫌さ、いや、怒りを隠そうともしない。

鍋田の秘書であり、実は愛人でもある加治谷洋子が、人もあろうに斉木に寄り添って立っていて、鍋田が姿を見せるまで親しげに話していたのだ。廊下の角を曲がる前から、二人の話し声は聞こえていた。ヒソヒソ声だったので余計に秘めやかな感じが漂う。

　鍋田にとって、加治谷洋子は「自分のモノ」だった。なのに、どういうわけか、絶対に負けられないライバルの斉木の傍らに寄り添って言葉を交わしていた。しかも鍋田が近づくのを見澄ましたかのように、斉木の襟元についた糸くずを取ってやりつつ、斉木のことを上目遣いに見上げているのだ。

　見事な肢体を地味なスーツが包んでいるが、全身から色香が発散されている。抑制されているから余計になのか、フェロモンが全身から発散され、咽せ返るような色気がある。

　そんな洋子に見つめられ、斉木はヤニ下がっている。

　鍋田はあからさまに不機嫌になり、洋子にキツい声で問いかけた。

「加治谷君。きみに頼んでおいたスケジュール確認と予約の件、どうなっている？　通経省参事官の山下さんとの会食だ」

　至近距離にいるのに、わざわざ大声で叱責するような口調だ。

　加治谷洋子は一応慌てたように斉木から離れたが、それでも余裕のある笑みを見せて即答した。

「はい。山下参事官のスケジュールは現在、先方の秘書の方と八分通り調整済みですが、まだ確定には至っておりません。この件を最優先するようにと承っておりますので、確定次第、他の件の調整も済ませてからご報告しようと思っております。それと合わせて、会食は恵比寿のロブションにするつもりでおります。山下さんはあの店がお気に入りですし、鍋田専務の名前を出せばロブションはいつでも席を用意してくれますし」

完璧な答えだったが、鍋田は不満そうに口許を歪めた。

「困るね。私も忙しくて、シリコンバレーに飛ばなければならないのは君も知っているだろう？　スケジュール調整くらい、すぐ出来るはずじゃないか。山下参事官だって私との件を最優先するだろう？」

「それが……国会審議との兼合いがありまして、大臣や事務次官のスケジュールが飛び込んでくることが予想されておりますので」

ふん、と鍋田は鼻を鳴らした。

「いつも仕事の早い君らしくもない。最近、気が緩んでいるのではないのかね？」

そう言った鍋田は、ちらりと斉木を見た。

洋子はあくまで低姿勢に頭を下げた。

「はい。申し訳ございません。一ヵ月以上先の話ですので、まだ余裕があるかと」

「だから、それが気の緩みだと言ってるんだ」

剣呑な物言いの鍋田に、斉木が口を出した。

「鍋田さん、ちょっとお待ちなさい。いくらアナタの大事な秘書だからって、可愛さ余って憎さが百倍みたいな真似はどうかと思いますよ。少々見苦しくないですかな？　だいたい今のご時世、そういう叱責はパワハラ認定されかねない」

そう言われた鍋田は、芝居がかった表情で呆れて見せた。

「ふん。歩くパワハラと言われているきみに、そんなことを言われる理由はないね」

しかしここで引き下がる斉木ではない。ライバルの鍋田が相手となると、ただの当て擦りでは済まない。自分の今後の出世や名誉、背負っている重電部門の威光までがかかっていると思い込んでいる。

「おお怖い怖い。加治谷くん、きみもこんな気難しい上司に仕えて気苦労が多いだろう。そこでだ。優秀な秘書であるきみに社を代表して、というわけではないが、一席設けたい。私は鍋田さんと違って独身だから、家庭サービスの必要もないんだよ。今度の日曜くらいに、どうだろう？」

加治谷洋子は、怒りを露わにしている鍋田をチラリと見て、首を傾げた。

「日曜日……いいですね。私の休日は淋しいものなんですよ。どこに出かける当てもなく、誘ってくださる方もなくて、いつも溜まった家事を片付けるだけで一日が終わってしまうんです」

我慢しきれなくなったように鍋田が口を出す。

「加治谷くん。こんな男の誘いに乗ってはいけない。いつもいつも部下を怒鳴り散らしたり物を投げつけたり、斉木専務の部下は苦労が絶えないんだ……斉木くん。君もいずれ我が社のトップを目指すのなら少しは自重したらどうかね？　感情を制御することを学ばないとな。きみが陰で何と言われているか知っているか？　メルトダウンした原発だ。暴走が止まらないのは困るぞ」

原発を絡めた揶揄に、斉木の顔色が変わった。

「失礼な。我が部門が海外に売ろうとしている改良型の原発に限って、暴走などということは絶対に、一万％、ありえません。それより鍋田さん、あなたが手がけてきたパソコン事業こそ大丈夫なんですか？　例の台湾の子会社の件、そろそろ噂になっていますよ。金融庁だけじゃない、最悪、東京地検が動くかもしれないですよ」

お気をつけてと言い残し、斉木は洋子を残して歩き出した。が、その背中になおも鍋田は言葉を浴びせた。

「何をエラそうに。原子力ムラの力を過信していると足元をすくわれますぞ。政治家なんて形勢不利と見れば簡単に掌を返す。役人も所詮、その手下だ」

しかし斉木は余裕綽々、片手をあげただけで、廊下の角を曲がって行った。

＊

「なんだってキミは、あんな男と一緒にいたんだ?」

ベッドで鍋田は洋子の形のいい乳房を揉みしだきながら囁いた。

「私があいつのことを大嫌いだと判っているくせに」

「だって……面白いからよ。あの男を揶揄うのが」

洋子も手を伸ばして、鍋田の元気なペニスを掌で包み込んだ。

「ちょっと愛想よくしただけで、すぐ飛びついてきたのよ。あの男、モテないのかしら?」

「さあねえ……彼も偉くなって高給取りだし、それなりに遊んでるはずだけどね」

「そう? なんか全然、女慣れしてないみたいだったけど?」

「あの年で女慣れしてないってのは、逆に気味が悪いね」

鍋田はそう言いつつ、洋子の乳首を愛撫した。

「あなたが女慣れしすぎなのよ。摘まみ食いばかりしてること、私が知らないとでも? でも、斉木さんは、簡単よ。簡単すぎるかも」

洋子はそう言って身体を起こすと騎乗位になって、鍋田のペニスを自らの恥裂に挿し入れた。

「斉木さんにもこうしてあげれば、イチコロかもよ」

洋子はそう言って腰を振った。魅惑的なくびれたカーブが前後左右に淫らに揺れる。

「お締まる締まる！　きみのここは……まさにワールドクラスだね」

最高レベルの恥肉の締まりを味わいながら、鍋田は笑みを隠しきれない。

「悪い女だね、キミは」

「どうします？　私、あなたのスパイになってもいいのよ？」

洋子は暗に、斉木と寝てもいいと言っている。しかしそれは、鍋田の嫉妬心が許さない。

「それは、ダメだね。あり得ない」

「どうして？　アナタのためになるじゃない？」

洋子は腰を揺らしながら言った。挑発的な眼差しで、言葉を発するたびに女芯がくいくいと締まる。

「いや。駄目なものは駄目だ」

「どうして？」

悪戯っぽい目で、洋子は鍋田を覗き込んだ。

「私のこと、盗られちゃうとか心配してるの？」

「してないよ！　そんな事は思っていない」

鍋田は怒ったように言うと、両手を伸ばして洋子の乳房を揉んだ。

「だが、きみには、誰ひとり、指一本触れさせない。これは絶対だ」

鍋田はそう言うとむくりと起き上がり、騎乗位の洋子を押し倒して正常位になった。

「あら？　言っただけなのにもう妬いてるの？」

「そうじゃないが……あんな男に、お前をそう簡単には抱けるものかと言いたいんだ」

「そう？　私には価値があるって事？」

「あるに決まってるだろう！」

鍋田は洋子の全身に腕を絡ませてキツく抱きしめ、腰をグイグイとパワフルに使った。

怒りにまかせたような勢いのまま、数度腰を振ったかと思うと、あっさりフィニッシュを迎えてしまった。

「もう？　また先にイっちゃって……」

洋子は不満そうにつぶやいた。

「すまん……」

鍋田は素直に謝った。

「どうも、アイツのことになると冷静でいられなくなるんだ」

「だけど、今は半導体とパソコンの時代でしょ？　原子力なんて、どんなに図体が大きくても、所詮お上あってのものなんだから、あなたが負けるわけがないのよ」

「判ってるよ」

鍋田はそう言いながらタバコに手を伸ばして火をつけた。

「でも、あなたが困った時は言ってね。どうしてもって時は、私にも覚悟があるって事よ。どんな情報でも取ってみせるから」

洋子は鍋田の口からタバコを抜き取ると、代わりに熱い口づけをした。

「次の取締役会、荒れるんでしょう？」

「たぶんな」

「斉木さんは、きっと台湾の子会社の件を持ち出してくるわ」

「ああ、あのバイセル取引か。あんな小さいことをいちいち」

「でも、あっちは『小さいこと』とは思ってないでしょ？　あなたもヘイスティングス・エレクトリックの買収の件をガンガン突っ込んでやらなきゃダメでしょう？」

「それは判ってる」

鍋田はそういうと、洋子の胸に顔を埋めた。

＊

芝浜重工の最高取締役会が開かれていた。会長・社長・専務・常務のみが出席し、平取締役以下の社員は呼ばれない。例外的に各役員の秘書だけは、必要書類の受け渡しなどを行うために臨場を許され、各役員の後ろに控えている。

議論は紛糾していた。

通経省から内々に、芝浜重工の粉飾決算について、重大な警告が来ているのだ。政府としてはこれ以上庇えないので、東証一部上場企業として、また経団連会長を輩出してきた名門企業として、海外の投資家にもきちんと説明できるよう、厳正な処理を求めるという強いメッセージだ。

とはいえこれはあくまで「非公式」で、通経省高官から発せられた「口頭」のものだ。もちろん通経省としては、検察や金融庁、いや証券取引等監視委員会すら動いていない今の段階で、「文書として残る」形で意向を示すことは出来ない。大なりとはいえ一民間企業である芝浜と政府との濃厚な、いや癒着も同然な関係など、断じて認めるわけにはいかないからだ。

しかし、「原発海外輸出」という国策、いや長期政権の悲願を遂行するために、政府が芝浜重工を言いなりに動かしていることは周知の事実であり、それに唯々諾々と従った芝浜が海外原発企業の無謀な買収に走った結果、財務内容が大きく悪化していることが、一部では既に囁かれ始めていた。

芝浜の経営状態は通経省ですら危惧を覚える段階に達していたのだ。

「ここまでの話を伺う限り、今になって通経省からそういうご意向が示されたと言うことは……政府は、わが社をバックアップする方針を転換したということですか？」

パソコン部門でも原子力部門でもない、鉄道車両部門を統括する常務から声が上がった。

「日本のインフラを担う我が社無くして、日本は立ち行かないことが、政府には判ってないのでは？」

「それを言えば、同業の日立も三菱もあるじゃないか。インフラでございい、とエラそうにするのはやめたまえ！」

　鍋田が不機嫌そうに言う。ＣＦＯ（最高財務責任者）の清谷が慌てて取りなす。

「いや、仲間割れをしている場合ではないですよ。通経省が問題視する最大のポイントは、我が社に粉飾決算が存在するか否かでしょう？　これは厳重な社外秘ですが、ここではみんな判ってるからハッキリ言いましょう。この粉飾決算……いえ失礼しました。その、何というか、あまり前例のない会計処理ですか。これを続けているのはマズい。去年のある四半期などは、なんと利益が売上げを上回っていたんですよ。普通、あり得ないでしょう。数字をいじりすぎた結果だ」

「しかし清谷さん。清谷さんが財務の責任者としてそうおっしゃるのは判るが、その……何というか、特定期間における利益の実在性、ですか、そういうモノに過剰にこだわる余り、わが社が苦境に陥ったらどうするんです？　日本経済に大きな痛手を負わせることになるんですよ。それについては、どうお考えになる？」

事なかれ主義で社長にまで出世した、調達部門出身の田村が止めに入った。

社長の仰るとおりです、と粉飾決算の本丸であるパソコン事業部の鍋田が同意する。

「今、ここにいる全員が承知していると思うが、現在の当社の二枚看板、パーソナルコンピューター事業と原子力事業の双方が財務内容に問題を抱えている。しかしこれは、業績が好転して赤字が解消されるまでは絶対に隠秘すべきだ。この件は一切公表するべきではなく、知り得た面々はこの件を永久に秘密にしなければならない」

「しかし、現に秘密にできていないんだよ！　政府にバレているじゃないか」

原子力部門トップの斉木が怒鳴った。

「証券取引等監視委員会から、アメリカで受注した原発工事の進捗状況はどうなのか？　納期の遅れに伴い発生するコストが会計に反映されているのか、と内々に問い合わせがあった。内部告発のメールがあったらしい。そこから政府に伝わったんだ。チクリ野郎がこの中にいる！　ネズミはどいつだ？　誰が裏切った？　……いや、訊くまでもないな。私と重電部門に悪意を抱く、どこかの事業部がやったに決まっている」

斉木がにらみつけるのはパソコン事業部のトップである鍋田だ。

「斉木君。怒鳴りちらすのはやめたまえ。感情をコントロールできない人間に次期社長は無理だ、と言われるぞ」

鍋田が言い返す。ぴくぴくと頬を引き攣らせつつ、それでも唇を歪め、せせら笑う鍋田に、斉木はさらに激昂した。

「なんだ！　しらばっくれるのか？　鍋田さん、はっきり言おう。いくら私が憎いからといって、そしてあんたのかわいい秘書と私が個人的に付き合っているからといって、我が社を売っていいのか？　やっていいことと悪いことがあるだろう？　あんたが監視委員会に送った密告メールは、この私と原子力事業部だけではない、芝浜重工全体を危機に陥れたんだぞ！」

斉木、貴様何を言う、証拠もないのに、ひとを密告者扱いか！　と鍋田も激怒した。まあまあ落ち着いて、お二人とも冷静に話しましょう、とほかの役員たちがおろおろと止めに入ったが、双方ヒートアップしておさまる気配がない。

「内部告発、といえば聞こえはいいが、要するにチクリじゃないか。鍋田さん、あんたは芝浜を売った。これが国家レベルの話なら外患の誘致で、あんた、死刑だよ。うちの事業部の工期の遅れをチクったからパソコン事業部は安泰と思っているだろうが、あんたのところだって叩けばいくらでも埃が出る。決算月のたびに台湾の会社に部品を高く売りつけて、それを利益に計上して黒字、決算が過ぎれば高く買い戻してまた赤字。三ヵ月ごとに黒赤赤、黒赤赤ってなんだそれは？　どんなワルツだよ？」

「黙れ！　黙れ黙れっ斉木！　場所をわきまえろ！　そんなだから貴様はいいトシをして結婚もできず、うちの秘書に色目を使うしかできんのだっ」

「そうか。そんなに、そこにいる自分の秘書がかわいいか？　鍋田さん？　なら言おう。あんたと同じことを、ほかの誰かもやらないと、どうして言い切れる？」

そこにいる秘書、と斉木に指さしされた加治谷洋子は顔色ひとつ変えていない。だが、そこで彼女のスマートフォンがスーツの内ポケットで振動する音があった。取り出して画面に素早く目を走らせた彼女は「失礼します」と言い、鍋田に歩み寄った。屈み込み、何事か鍋田の耳に囁いている。鍋田の顔がみるみる紅潮した。

「斉木！　貴様チクったな？　ビジネス誌にスクープ記事が出た。ウチのパソコン事業部が粉飾をしていると。そもそも貴様が密告しなければバレる筈がない。監査法人をコンサルに入れて、表向きには完璧な会計処理をしてきたんだからな。貴様自身が密告をしておきながら外患誘致だ死刑だと、よくも……よくも言えたものだ！」

盗人猛々しいと激昂する鍋田、そっちこそ証拠もないのに密告者呼ばわりか、と斉木。

このうえはもう、二人が取っ組み合いの殴り合いでもしなければとても収まらない、という緊迫した空気になってしまった。

その場にいる全員がおろおろする中、ただ一人、この修羅場をポーカーフェイスで眺めているのが、加治谷洋子だった。その美しくカーブを描いた唇はきゅっと吊り上がり、微笑すら浮かべているようにも見える。

「君たち。鍋田君も斉木君もいい加減にしたまえ。我が社はこんなことをしている場合じゃないんだ。冷静に話し合おう。三十分。三十分の休憩とする。頭を冷やしてきたまえ」

ようやく社長の一声で、醜い争いはとりあえずのお預けとなった。


三十分後。

「しかし、証券取引等監視委員会から通経省に漏れたと言うことは、いずれ機関投資家筋にも漏れるでしょう。いや、一部のアナリストの間ではとっくに噂になっています。外国の機関投資家に伝わるまでは、まだ時間がかかるかもしれないが」

危機感を表明したのは最高財務責任者の清谷だ。

「最悪の場合、外国からの投資が引き揚げられてしまう可能性もないとは言えません。そうなった場合のことを、皆さん、どうお考えです？」

「縁起でもないことを言うな！」

言霊信仰をしている田村社長が怒鳴ったが、清谷は諦めずに反論する。

「しかし、通経省の『あの方』の口ぶりでは、ここに来てわが社の梯子を外そうとしているとしか思えませんが。どうでしょう？　この際、思い切って膿を出して、透明性を確保する方向に舵を切るというのは？」

「なんのために？　社会正義のためとか眠たいことを言うんじゃないよ」

「そうではありません。芝浜自身、そしてウチで働く社員十三万人のためです。政府の指導が入る前に、民間企業としての自浄能力を発揮すべきです。政府が動かざるを得なくなるレベルで露見すると、以後の、社の再建なども政府の意向に従わねばならなくなります。不採算部門を切り離せなくなったり、ドル箱部門を売却する羽目になるかもしれません」

清谷は原子力部門のトップである斉木を見た。

斉木は神経質に高級ボールペンのノッチを押したり解除したりを繰り返していたが、発言を求められたので、ふて腐れたように口を開いた。

「だからそんなことになるわけがない。原子力は国是に沿ってるんだよ？　我が国が原子力をないがしろにするわけがない。通経省はうちと一蓮托生だ。長期政権の成長戦略で、唯一、具体化しているのがうちの『原発輸出』なんだからね」

たまりかねたように清谷が反論する。

「斉木さん。いい加減にしてください。いつまで神風をアテにしているんですか？　あなたには財務マインドが無い。そもそも原発なんて、軍需とのデュアルユースでなければ利益の出る筈がないんです。あなたにとっての原発って何ですか？　国体？　いや、ご神体ですか？　それはビジネスでなくて信仰、いやカルトですよ。そんな経済的合理性のない事業をいつまでも信奉しているからこんなことになっているんです。沈みかけた船も同然のヘイスティングス・エレクトリックから、誰も買いたがらない原子力部門を高値掴みしてしまった。それも二倍の値段でですよ？」

実勢価格より三千億円も高く、と清谷は言った。

「しかも利益は出ず、経費が嵩むばかり。ドル箱のはずが一気に金食い虫になってしまったんでしょうが！」

「何を言う！　原子力には国家がついているんだ！　絶対に間違いはないのだ！」

「そうですよ。斉木専務の言うとおりだ」

腰巾着が加勢したので斉木は勢いづいた。

「それに引き替え、パソコン事業部はセコい商売だね。見かけ上の利益を出すためだけにチマチマと小細工して帳簿をイジるなんざ、情けなくて涙も出ませんよ。そのへんの町工場じゃあるまいし。芝浜のような、日本を代表する名門大企業のすることかね？」

今度は鍋田が気色ばんだ。

「斉木さん。親方日の丸のあんたには判らんでしょう。純粋民間の事業が、如何に海外の新興勢力と厳しい戦いを続けているかって。デジタルはパーツを組み合わせれば誰でも作れてしまう。だから、パーツをいかに安く仕入れて付加価値をつけて売るかが勝負なんだ。ギリギリの値段の勝負なんですよ。国相手のドンブリ勘定とはシビアさがまったく違うんだ。センス・オブ・アージェンシーが足りない」

「センス・オブ・アージェンシー、ね」

そう言った斉木は呆れた顔を作った。

「それを言うならこっちは敵国と戦ってるんだ。原子力はどこの国も国家事業なんだよ。動くカネが違うし、国家戦略とも密接に絡んでいる。もちろん、軍事とも不可分の領域だ。相手は交渉がタフなアメリカとかフランスとかなんだよ。これは戦争なんだよキミ」

話は完全に内紛(ないふん)の蒸し返しとなり、バレつつある粉飾決算をどうするかについて、誰も根本的な解決策を口にすることはなかった。

「とりあえず諸君、ここはプライオリティベースで考えようじゃないか。重電部門の工事の遅れ、及びパソコン部門の不適切な会計。この二つについてはバレても仕方がない。社内に第三者委員会を設置して……むろん形だけだ、そして私が責任を取る形で社長を辞めて、会長に退(しりぞ)けば禊(みそぎ)は済む。株主代表訴訟(そしょう)も回避できる」

田村社長は取締役全員を見渡して言った。

「ただ絶対のプライオリティとして、明るみに出すわけには行かないことがある。それも二つ。一つはヘイスティングス・エレクトリックの巨額損失」

その数字が表沙汰(おもてざた)になれば芝浜の財務内容は大幅に悪化、債務超過(さいむちょうか)となって、上場すら維持できなくなる、と社長は言った。

「もう一つは、斉木君、君が買収した原発工事企業、レイク・アンド・シャスターが出しつつある巨額損失だ。ヘイスティングスが訴えられ、アメリカでの工事が進まないからといって、訴訟相手のレイク・アンド・シャスターを買収してしまえば確かに訴訟はなくなる。だがそれで工事が進むわけではない。それどころか現状はすべてのリスクを我が社が負わされる形になっている」

工期の遅(おく)れとともにコストが膨大(ぼうだい)なものになりつつある、と社長は言った。

「短期間に買収の失敗による巨額損失が二件となれば、いかに通経省の『あの方』といえども我々の全面的な支援には二の足を踏むだろう。この二つだけは、絶対に隠蔽(いんぺい)するしかない」

社長のひとことで議論は封じられ、異論は黙殺されてしまった。

＊

「芝浜の財務内容ですが……本当にひどい粉飾をやっていたんですね」

内閣裏官房のオフィスで、石川さんが誰にともなく言った。

アクションを起こす前の入念な調査中で、カタカタとキーボードを打つ音だけに支配されていたオフィスに、石川さんの声が響いた。

昔の恋人・篠崎瑞麗が加治谷洋子と名乗って、想像もつかない人生を送っていたこと。

なおかつ大量の血痕(けっこん)を遺して失踪(しっそう)し、生死すら不明だという事実に一時は打ちのめされていた石川さんだが、今はなんとしても彼女の消息を知りたいと、取り憑かれたように篠崎瑞麗にまつわる事実を調べているのだ。

その結果、芝浜重工の、限りなく怪しい財務内容に行き着いたというわけだ。

「そうだね。非常に巧妙に偽装されてはいたが、紛れもない粉飾だ」

意外にも津島さんには少しも驚いた様子がない。

「知ってたんですか！」

「まあね。ただ、だからと言って、ウチがなにかするって筋の事案でもなかったので」

それはそうですが、と石川さんは首を傾げた。

「脱税ではないから……国税庁はともかくとして、なぜ東京地検が動かなかったんですか？」

石川さんは国税庁調査査察部からの出向でここに来ているから、古巣の動向が気になるのだろう。

「芝浜はプレスリリースでも記者会見でも、ここまでの巨額損失には全く触れないし、報道側も全然質問しなかったのはどうしてですかね？　ここに居る我々は知ってるのに」

「そりゃあキミ、ウチだって政府の一部局だからだよ。腐っても鯛」

等々力さんがそう言ってしまった。

「我々は腐ってるのか」

津島さんがガッカリした声で言うので、等々力さんは慌てた。

「違います違います。それはもう言葉のアヤです。他所のふんぞり返った中央官庁と、我々は違うって意味で」

「言葉の選択がなってないねキミ！」

叱責口調だが、津島さんの目は笑っている。

「まあウチは政府の中でも、どこよりも情報だけは早い。官邸と直結してるからね」

「では、我々が事態を把握しているからと言って、他の官庁も知っているとは限らない、って事ですか」

石川さんは重ねて訊いた。

「まあ……芝浜の粉飾決算については、東京地検や国税庁、そして通経省が知らなかった筈がないんだけどね」

「マスコミはどうです？　大新聞はこの件を摑んでたんじゃないんですか？」

「それについてはよく判らんが……詳細なデータはともかく、どうやらヤバい、という程度のことは気づいていたんじゃないかな」

津島さんは言葉を濁した。

「だったら、こんな巨額損失が、どうして見過ごされてしまったんですか？」

「石川くん。知っていたとして、君は動いたかね？」

逆に津島さんに問われた石川さんは、虚を衝かれて言葉を失った。

「いろいろあったと思うが、ひとつには関係官庁が多いから、他の役所がどう出るか見極めていた可能性。どこかが動くまで待っていよう、ウチは主管官庁じゃないし、という、腰が引けた意識をみんな持っているからかもしれないね」

「警察だって、県境の川で溺死体が上がると棒で押して、対岸の警察の管轄にするという話もありますね」

等々力さんが口を挟んだ。

「まあ、マジな話をすると、それだけ芝浜重工は巨大すぎて、うっかり手が出せないって事なんだ」

津島さんの顔から笑みは消え、厳しい表情になっている。

「会社ぐるみの粉飾決算で、巨額すぎる損失を隠しているんだから、下手すれば芝浜は市場の信頼を失って退場させられる……つまり、倒産ということになりかねない。直轄グループの従業員十三万人、子会社・関連会社合わせると三千社を超える巨大企業が倒れると、日本経済は大混乱に陥るし、関係企業の連鎖倒産なども起きて……いや、それ以前に、防衛からインフラから紙幣の印刷に至るまで、芝浜は我が国の根幹の部分に関わっている」

そこまで言うと、津島さんはバンザイするように両手を挙げた。

「これ以上は考えたくない。経済パニック小説を朗読しているような気分になってくる……というか、そもそもこれはウチが考えることではないだろう。それこそ、官邸や財務省、通経省が対処することだ」

「そういうことですか。つまり官邸を初めとして、どこも手をつけたくないわけだ。東京地検としても忖度(そんたく)してるわけじゃなくて、結果が怖い」

等々力さんはまたか、という、うんざりした表情だ。

「ライブドアを摘発した時は売り注文が殺到して、全銘柄取引停止になりましたからね」

と石川さん。そこに突然、御手洗室長の声がした。

「たしかに、ウチが考えることではありません。とは言え、です」

「室長。聞いてたんですか？」

驚いた等々力さんに室長は笑って答えた。

「聞いてたもなにも、ここは狭いんだから私の部屋に筒抜けだよ」

それでですね、と室長は続けた。

「ウチにはなんの権限もありませんが、こうして事実を知り、篠崎瑞麗さんの失踪とも関連する可能性のある以上、完全に無視というわけにもいかないでしょう」

「そうですよね。未必(みひつ)の故意(こい)を黙認したことになる」

等々力さんはそう言ってから、自分の言ったことに「？」と首を捻(ひね)った。

「未必の故意、で合ってるよね？」

「無理して難しい言葉を使わなくていいですよ」

つい、そう言ってしまった。

「もっと判りやすく言えばいいのに。見殺しとか、いじめを傍観するようなものとか」

ここのところ等々力さんとペアで動いているから、気安くなりすぎているかもしれない。

津島さんもすかさず突っ込む。

「それを言うなら、等々力くん、作為義務違反、もしくは不作為犯。より正確には不真正不作為犯だよ」

「何かをしない」ことで成立する犯罪をそう呼ぶのだそうだ。永田町、いや霞が関にいる人たちの頭の中はどうなっているのだろう？　元が福生のヤンキーだった私には想像もつかない。

「通経省と芝浜の絡みについては、等々力君と上白河君に引き続き調べてもらう。原発絡みの巨額損失隠しも視野に入れてね。石川君もこのまま、篠崎瑞麗こと加治谷洋子の消息を追ってくれ」

「あの……瑞麗、いや加治谷洋子のマンションに遺されていた『大量の血痕』について、新しい情報はありますか？」

　石川さんが今、一番気にしていることだ。

「それなんだが……加治谷洋子のＤＮＡを採ろうにも、どういうわけか、室内には髪の毛一本残っていなかったらしい。舐(な)めるように綺麗(きれい)に掃除されている。そこに大量の血痕がぶち撒(ま)けられていたってわけだ。洋子、いや瑞麗がウチに来て……ほれ、そこのソファに座っただろう？　だから内々で桜田門(さくらだもん)の鑑識(かんしき)を呼んで、抜け毛の一本でも採集出来ないかと調べさせてはみたが、女性の髪の毛は上白河君、きみのものだけだ」

　そう言えば数日前、私も髪の毛のサンプルの提出を求められたのだった。

「加治谷洋子こと瑞麗は、おそらくウィッグをかぶっていたのだろう」

「怪しいですね。そこまで生体情報を隠すのって、おかしくないですか？」

　と石川さん。

「つまり……大量の血痕が瑞麗のものかどうかについては、手掛かりがまったくないと。だったら、彼女が生きてる可能性だってあるわけじゃないですか！」

　石川さんが目を輝かせたが、そこに津島さんが言った。

「いや、手掛かりがゼロというわけではない。瑞麗、いや洋子が現場である自宅マンションに遺したショルダーバッグ。その中にヘアブラシがあった。これでもか、という感じで髪の毛が絡みついているそうだ。いずれ血痕の主とＤＮＡが一致するかどうか、鑑定結果が出るだろう」

そうなんですか……と石川さんが肩を落とし、室長が言った。

「まあ、大変でしょうが加治谷洋子と、彼女が拐帯して逃げた機密情報がどうなったのか、なんとしても突き止めるように。それが官邸の意向です。芝浜の不祥事も視野に入れつつ、鋭意努力していただきたい」

そう言って、室長は自室に戻った。

「さて……どこから攻めようか。もう下調べは充分だろ?」

等々力さんは手ぐすねを引くという表現をしたいのか、指をポキポキと鳴らした。

「充分と言えるんですか? 私には瑞麗さんのイメージが全然、摑めないんです。ここに来た人と、石川さんが昔、知っていた人が、まるっきり別人みたいで」

石川さんから聞いたかぎりでは、彼女は、なんだか可哀想な人だ。身分違いの恋をして、理解のない親に仲を裂かれ、失意のうちに故郷を捨てた。

だがそういう幸薄そうな瑞麗と、ここに来て座っていた、妖艶きわまりない洋子のイメージがうまく重なってくれない。何が、彼女を変えてしまったのか……。

「そもそも官邸は、彼女がどんな機密を盗み出したと考えているのでしょう? 一民間人にすぎない彼女に、なぜそこまでこだわるのですか? 彼女が芝浜重工で幹部役員の秘書をしており、芝浜が通経省とつながりが深い企業だということはあるにせよ」

石川さんが言い、等々力さんが答える。

「そうだ。特に原発では、ズブズブの癒着関係と言ってもいい」

「原発だけではないよ。芝浜は半導体も作っている。どちらも国策と結びつく産業だ。推測するしかないが、官邸が彼女を探しているのは、その国策に彼女が絡んでいるからではないかな？」

と津島さん。たぶんその通りだ。彼女を変えたとしたら、それは芝浜重工という、政府と深く結びついた企業なのではないか。でも、地方の、いわば底辺の高校を中退した彼女と、日本を代表する一流企業との接点が見つからない……。

「芝浜と政府の結びつきがカギになるとして、参考になりそうなことと言えば……」

石川さんが横から言った。

「株主総会だな。芝浜の株主総会に通経省が介入した疑惑がある」

津島さんが言った。

「介入？　通経省が？　何でですか？」

「そういう社風なんだよ。しかもこれが初めてじゃない。芝浜の総会は例年国技館で開かれる。そして国技館の地下には焼き鳥工場があって、絶品の焼き鳥弁当をつくっている。国技館名物だ」

「あの……何の話でしょうか？」

津島さんの言いたいことが私にはさっぱりわからない。

「その焼き鳥弁当が株主総会のお土産なんだ。それを目当てに例年、多くの株主が国技館にやってくる。昼時でもあるからね。ところが、例の、粉飾決算がバレそうになっていた年度のことだが、芝浜重工は突然、株主に向けて『お知らせ』を出した。今回の総会に焼き鳥弁当のご用意はございません、よろしくご了承くださいませってね。芝浜の狙いどおり『お土産なし』の効果は覿面。総会に参加する株主の数は激減した。結果、社長は株主から不正会計について質問責めにされることもなく、なんとか総会を乗り切った。つまりそういうことをする企業なんだよ」

「なるほど。読めました。芝浜の現在の筆頭株主は、海外に拠点を置くアクティビスト・ファンドですよね？」

　と石川さん。「焼き鳥弁当」だけでわかってしまうなんて、なんて頭が良いのだろう。

「そうだ。そのファンドは株主提案をして、ファンドの創業者を取締役として芝浜に送り込もうとしていた。目的は、芝浜のどうにもならない組織風土と企業統治の改革だ。だがそれを芝浜の経営陣は嫌がった」

「まあ、普通は嫌がるでしょうね。なんたって外資ですから。マッカーサーが厚木飛行場から乗り込んでくるようなものです。戦犯たる旧経営陣は軍事裁判ですよ」

　等々力さんが言い、津島さんが呆れた。

「等々力くん、君は意外に旧弊な考え方をするんだね。そんなポンコツ企業は外資に乗っ取られてしまえ……とまでは言わないが、さんざんやらかして、あたら一流企業を債務超過に陥れた経営陣だ。ここは潔く身を退いて、新しいトップに道を譲るべきなんだ。社長の首だけすげ替えても同じ面子の取締役会、同じ日本の常識の中で回している限り、何ひとつ変わりはしないんだから」

しかも、と津島さんは腹立たしそうに続けた。

「あろうことか、この前の株主総会では、我が政府までが旧経営陣の肩を持った。通経省が動いてほかの株主に働きかけ、ファンドによる株主提案に賛成しないように圧力をかけたんだ」

「現状維持ってことですか？」

と石川さん。

「それで何が守られるんです？」

「わからん。そんな姑息なやり方で株主総会を乗り切っても、芝浜に残された道は赤字を埋めて東証一部上場を維持するために、虎の子の医療機器部門や半導体部門を切り売りするしかない。それもこれも通経省の『原発海外輸出』『原子力立国』という国策に従って無理を重ねた結果だ」

沈痛な面持ちの津島さんに、私も思わず言ってしまった。

「あの、なんだか通経省が芝浜を食い物にして、メチャクチャにしているようにしか見えないんですが」

「そう見えるんじゃなくて、実際そうなんじゃないの?」

等々力さんが言い切り、しかしそれには津島さんが異論を唱えた。

「いや、等々力君。これはどっちもどっち、というやつですよ。悪いのは我が政府だけではない。芝浜の経営陣にも問題がある。会社がどうなるかよりも、役人と結託していれば当面は安泰と思ってる役員ばかり。自分の頭で生き残りを考えなかった結果でしょう」

「毎度お馴染み、親方日の丸ですか」

等々力さんが溜息をつき、石川さんが素朴な疑問を口にした。

「それにしても、芝浜と言えば一流中の一流企業です。どうしてここまで劣化してしまったんでしょうか? それも平成の、わずか三十年のあいだに……いや、これは日本の社会全体、日本のあらゆる組織について僕が今、感じていることなんですが」

「それについては一家言ある人物がいる」

津島さんが、名刺を取り出した。

それには、「世界エコノミー新報/記者 峠十四郎」と書いてあった。

「剣豪ですか?」

私は思わず訊いてしまった。

「まさか。今の世の中にそんなものがいるか。だがこの峠氏は芝浜に関して長期の取材をしている。篠崎瑞麗を探す役に立つかもしれない。話を聞いてきなさい」

「どうも。私が峠十四郎です」

約束の場所に現れた男は、度のキツそうなメガネを掛けた背の低い中年男だった。

こっちの表情を見て取ったのだろう、「剣道は弱いです。学校の体育でやっただけですから」と先に言った。

「こんな名前をつけた親を恨みますけど……まあ、話のネタになりますから」

東京・大手町の経団連ビルに近いカフェで、私と等々力さんは、峠記者と待ち合わせた。どこかもっと落ち着ける場所に移動しますかと訊ねたが、彼は面倒がった。

「ここでお話ししましょう。誰かに聞かれてマズい話でもないですし」

どうせ半分は愚痴だから、と峠氏は皮肉っぽい笑みを浮かべた。

「芝浜の記事を書いたら、役員に呼びつけられて、物凄い勢いで叱責されたことがあるんですよ」

峠は、ガムシロップをどっさり入れたアイスカフェラテを啜って、愚痴った。

「あそこはね、少しでも悪く書かれると怒るんです。しかも部門別の競争意識が強くて、むしろ同業他社との方が仲がいいほどで。ヘンでしょ?」

普通に考えてヘンだと私も思った。

「ウチの事業部の数字がなぜこんなに悪いんだ？　まるでウチが稼げていないみたいじゃないか！　ってね、それはもう」

峠は苦笑した。

「で、ボクは、いやおたくの事業部、実際に稼げていないから。おたくが公開した決算書の数字をもとに記事を書いただけだから、って」

「反論したんですか？」

興味津々に等々力さんが訊いた。

「まさか。取材しに行って喧嘩を売るバカはいないです。顔で笑って心で毒づいて……仕方ないから、しましたよ。謝罪」

それがきっかけですね、芝浜の社風がおかしいと思ってウォッチし始めたのは、と峠さんは言った。

「そのころはまだ、今ほどおかしくなっていませんでしたけどね。だいたいあそこは社内の事業部間の競争心が強すぎるんです。そういう企業風土のせいで、あいつにだけは負けたくない！　で粉飾決算に走ったりするんでしょう。知ってますよ。証券取引等監視委員会に来た内部告発メール。二通あって、それぞれが犬猿の仲の事業部が、互いの不正会計を告発し合うものだったんでしょう？」

ところで正味な話、と峠さんは身を乗り出した。私たちが渡した名刺に目を落としながら訊く。

「どうして東京地検は動かなかったんですか？　政府の方なら、もしかしてそのあたりの事情は御存知なんじゃないですか？」

　あれほどの巨額損失がここまで長期にわたって放置されたのはおかしい、と峠さんも、石川さんと同じことを言った。

「まあ、それについては我々マスコミの報道もたしかに手ぬるかった。芝浜の隠蔽が巧妙だったこともありますし……決算をチェックする監査法人とは別の監査法人の、それもコンサルティング部門を雇って粉飾の指南をさせていたとか。それに、『禊』だとして社長が辞めたことで、まんまとマスコミが騙されてしまった。芝浜は、最初に明らかになった粉飾金額の、何倍にも相当する巨額損失を隠していたんです。それなのにあの時は『正直に謝った』芝浜に同情的な記事さえあったんですから。似たような粉飾を、しかも遥かに小さな金額でやっただけのライブドアは潰されてしまったのにね」

　なぜそんな出鱈目を政府も司法も許しておくのか？　と峠さんは疑問をぶつけてくる。

　質問しに来たはずなのに、逆に質問されてしまった。

「それは……よく判りませんが『大きすぎて潰せない』ということになるんじゃないですか？　ありがちなお答えで申し訳ないですが」

と、等々力さん。

「そうですか？　巨大企業は幾つもあるけど、巨大だからダメだという事にはなりません。ガバナンスとコンプライアンスがきちんとしているところは相応の利益も挙げています。同じ重電の日立なんかそうでしょう？」

間を置いてカフェラテを啜る峠さんに、今度は等々力さんが訊く。

「だったら、どうして芝浜だけがダメになったんですか？」

よくぞ聞いてくれました、という表情になった峠さんは指を三本立てた。

「そこですよ。芝浜がダメになった理由は三つほど挙げられます。第一には、さっきも言ったように、役員連中同士のくだらない競争心が強すぎる。合併企業だから仕方がない、とする説もあるけど、芝浜が合併したのははるか昔、戦前のことですよ。それが今でも重電とエレクトロニクスでいがみ合って、対抗意識がメラメラって、一体なんなんですか」

ふむふむ、とメモを取りながら聴く等々力さんがさらに質問を重ねる。

「ほかには？　理由は三つほど挙げられるって今、おっしゃいましたよね」

「第二には、財務がわかる人間が役員にいません。要するにカネ勘定というかコスト計算が出来ないんですな。まあこれは日本の家電全体がダメになった原因でもあります。良いものをつくりさえすれば売れる、と信じて過剰品質の製品をつくってしまう。結果、中国と韓国の安価な製品に価格で負け、シェアを奪われる。理系の人間がトップに立つ企業ならではの宿痾かもしれません」

第三の理由は、と峠さんは続けた。

「第二の理由とこれは関係があると思うんですが、トップに立つ理系の人間が、理系がゆえに、女慣れしていない」

「えっ⁉」

等々力さんはびっくりしている。

「そんなことが？　トップが女性に慣れていないと企業が潰れるなんて、そんな話、聞いたこともないですよ」

「まあ、これは私だけが思っていることかもしれませんが、芝浜社内のいろいろな人たちから話を聞いて、それなりに確信を持っています」

まあ聞いてください、と峠さんは言った。

「芝浜の秘書室には、素晴らしい美女が揃っています。しかも全員が今どき珍しいくらいしとやかで控えめで、仕草、身のこなし、声の美しさ、言葉遣い、礼儀作法……どれも完璧な女性ばかりです。明らかに外見で選んでいますね。しかも、そのしとやかさとは裏腹に、社内政治に首を突っ込みたがる女性が意外にも多い。それもある意味当然というか、伝統的な女性の美しさ、表面的なしとやかさが武器になると知っている女性には、男性を裏から操ろうという野心があるんです。そして、芝浜で役員にまで出世するような理系の秀才に限ってまた、そういう『わかりやすい』女らしさにコロっと参ってしまうんですな」

それって美人に弱い等々力さんまんまではないのか、と私は密かに思った。そう言えば等々力さんもどちらかと言えば理系だ！　と気づき、内心戦慄する。そんな私の心中を知る由もなく、等々力さんは熱心にメモを取っている。

「案外、それが芝浜がダメになった理由その一、役員どうしがイガミ合う、の原因かもしれませんよ」と峠さんは話を締めくくった。つまりダメになった理由三つは、それぞれが絡み合っているということなのか。

そして篠崎瑞麗、こと加治谷洋子さんも、そういう、権力のある男性を裏から操ろうとする野心の持ち主だったのだろうか。

「いや、貴重なお話をありがとうございました」

峠さんに等々力さんが頭を下げ、私もありがとうございました、と頭を下げた。

「とりあえず、これで方針は決まりだな。まずは芝浜重工の秘書課を当たってみよう」

等々力さんが私に言う。瑞麗こと洋子さんの同僚から話を聞くのは、私にも良い考えのように思えた。

そこで峠さんが再び身を乗り出した。

「芝浜の内部を取材されるんですか？　だったら、面白い人がいますよ」

儲かるどころか巨額損失を出すばかり、企業イメージは最悪となり、おまけに将来性もない原発事業を維持するために、虎の子の医療機器部門や半導体部門を切り売りする経営陣のやり方を心から嫌っている社員がいる、と峠さんは言った。

「特に半導体はすべての産業のコメと言われてるのに、そんな虎の子中の虎の子を売るしかない上層部に、怒り心頭なエンジニアは多いですよ」

峠さんはそう言った。

「それはたとえば、誰です？」

「名前まではちょっと」

峠さんはニヤリとして首を傾げた。

「本人の許可を得ていないので……内閣官房の秘密のお金をたんまり頂けるなら、洗いざらい、ご希望なら、その彼がこれからやろうとしていることまで全部、喋（しゃべ）りますけどね」

「もう少しのヒントを……お金は出せませんが」

「ヒント。人間は頭を使うと何故か毛が薄くなる傾向がありますね。それと妙に眼光鋭くなったりする」

なんだそれは。

「それじゃあ判じ物ですな……」

等々力さんも判らないらしく、弱音を吐（は）いた。

＊

ずっと睨んでいたPCの画面から目を離し、僕は目頭を指で揉んだ。

津島さんが心配そうに声をかけてきた。

「石川くん。なんだか疲れてるね。ちょっと休んだらどうだ？」

「いえ大丈夫です」

無理に笑顔を作って答える。

しかし……実のところ僕は、混乱していた。僕の前から突然、消えてしまった瑞麗。そのショックは自分でも意外なほど尾を引いた。ようやくその傷も癒え、彼女のことを忘れられるだろうか、と思えるようになってきたここ数年だったのに……。

瑞麗がここを訪ねてきた、それも僕を名指しで逢いに来た、と聞かされ、その直後、彼女がまったくの別人になりすまして生きてきたことを知った。同時に大量の血痕を遺してふたたび姿を消したことも。

一度ならず二度まで、僕は彼女を救うことが出来なかった……。

津島さんや、ほかの裏官房の面々は、石川くん、きみのせいではない、自分を責めることはないと言ってくれるが、僕には、そうは思えなかった。

高校時代、彼女の家に怒鳴り込んだ僕の母親を抑えることができていれば。そして十数年を経て再び僕の前に姿を現そうとした彼女に、あの朝、僕が会えていれば。国会図書館なんかに行かず、僕がここに居さえすれば……彼女がまた消えてしまうなんて、そんなことにはならなかったかもしれないのに……。

死んでしまうなんて、とは思わないようにした。まだ決定的な証拠はないのだ。

僕が女性との新しい人間関係に踏み出せないでいるのは仕事のせいだ、と今までは思っていた。忙しいし、神経を使うし、少数精鋭と言えば聞こえはいいが、裏官房は人数が少ないのに守備範囲が広い。プライベートを考える余裕も無い。新しい恋なんか出来ないし、そういう出会いすらない。

いや、職場に女性が皆無というわけではなく、上白河レイという人はいる。だが彼女を一般的な若い女性として考えることは僕には出来ない。なんといっても陸自の特殊部隊出身だ。とにかく強い。抜き身の刀のようなひとは、恋愛の対象には考えにくい。有能な同僚として尊敬はしているが。

気がつけば心の中の「恋愛」という部分はずいぶん長い間、休眠していた。仕事で出会う女性が美人だったり魅力的だったりしても……等々力さんが「今のヒト、いいよなあ」などとほとんど見境なく言っていても、僕にはなんにも響かなかった。そう言えば、泣いたり笑ったりという感情的な部分も、知らず知らずのうちに抑制していたようだ。

だから……突然、篠崎瑞麗が僕の職場に現れたと知らされて、僕の心は大きく揺れた。ずっと抑え込んできた感情が一気に甦り、蓋を押し開けて外に出てきたような感覚だ。しかも、篠崎瑞麗は、僕の知っている彼女ではなくなっていた。突然消えて、高校も中退してそれっきりだから、いろいろあったのだろう。それにしても人間はそんなに変われるだろうかと思えるほどの激変だ。おそらく捏造だろう学歴にしても、社会人としての現在のステータスも、高校時代の彼女からは想像も出来ない。

しかも僕が調べれば調べるほど、彼女の華麗なる経歴がデタラメであることが明らかになってゆく。篠崎瑞麗と加治谷洋子、どちらの名前でも、都立日比谷高校にも慶明大学にも在籍しておらず、イェールに留学もしていないし経済学のPh.Dなど取得していない。海外に渡航した形跡すらない。

しかし、彼女が芝浜重工に入社したのは事実だ。高校を中退して入社するまでの約十年間が、いくら調べても判らない。警察関係など特殊な立場以外はアクセス出来ない情報も調べた。銀行預金やクレジットカードの利用履歴などの各種データベースを探っても、彼女の足取りはまったく摑めない。住民票を移していなくてもどこかに生活の痕跡はあって、普通はそこからどうやって生計を立てていたのか判ってくるモノなのだが……。

これは、誰かが意図を持って、彼女の記録を抹消したとしか思えない。ここまで徹底してそれが出来る人物は限られてくる。そんな有力な人物と、彼女は係っているということか？

そして、彼女は、華麗なる経歴を捏造して芝浜重工に入社した。これは彼女が自分で考えてやったことなのだろうか？　それまでの人生をすべてリセットして、芝浜のような超一流企業で、胸張って活動したかったからなのか？

あげく……彼女は事件に巻き込まれて、死んでしまったかもしれないのだ。

あまりにも、普通ではない。彼女の人生が書き換えられて、最後には殺害を疑わざるを得ないような痕跡だけを残して、またいなくなってしまうなんて……。

これをどう考えればいいのか？

答えの出ない僕は、データを見せて、裏官房のメンバーに訊いてみた。

「どういうことだろうねえ？」

と、津島さんをはじめ、上白河さんを含めたみんなが顔を見合わせて首を傾げた。

「ここまでのことをするには、誰かの力、それも相当な権力のある人物の協力が必要だと思うけど、創作した経歴は、誰の案なんだろう？　ひいては、誰が筋書きを書いたんだろう？」

「もし仮に、加治谷洋子こと篠崎瑞麗の身に何かが起きたとすれば……この経歴詐称(さしょう)を仕組んだ人物とも密接な繋(つな)がりがあるでしょうね。偶然とは考えにくい」

津島さんも等々力さんも室長も、裏官房の面々は、そっちの方に関心が移っているようだ。それはそうだろう。彼女の背後には誰かがいる。それが誰なのかを突き止めることが謎を解く近道だ。

しかし……。

僕は、やはり彼女個人のことが気になった。

彼女はどうして自分の人生を抹消して、まるで別人のような人生を歩もうとしたのだろう？　そして、事件に巻き込まれた形跡だけを濃厚に残して、姿を消してしまったのだろう？

オフィスでパソコンに向かいながら、考えるのは彼女のことばかりだ。そして今調べているのも篠崎瑞麗の足跡なのだから、公私ともに彼女のことしか考えていない。

追い込まれている気分だ。逃げ場がない。

篠崎瑞麗とは、僕が中学生の時に出会った。同じ学年だった。入学時から彼女は学年で、いや学校で一番可愛い少女として目立っていた。彼女に惹かれたのは僕だけではない。上級生、それも野球部のエースや、サッカー部のキャプテンなども彼女に告白したと聞いている。だが彼女が選んだのはなぜか、勉強以外に取り柄のない僕だった。

彼女には僕だけではなく他にも付き合っている男はいたようだけど……。

僕と彼女は何もかも違っていた。性格も成績も、交友関係も。僕の母親が彼女と交際していることを知って猛反対したのは事実だし、ある日突然、彼女が町から姿を消したのもそれが理由としか思えなかった。

だから彼女が家出して消えてしまった当時は、僕は母親をずいぶん責めたし、彼女を守れなかった自分自身も責めた。瑞麗と付き合っていたという噂のあるヤツらにも訊いてみたが、彼らも事情は知らないようだった。

彼女の笑顔。待ち合わせの場所に表れた僕を見て、いつもぱっと花が咲いたように微笑む、その愛らしさ。時おりふと見せる、憂い顔。いつも貧しげな服を着て、高校のセーラー服は明らかにお下がりでサイズが合っていなかった。生地もすり切れてテカテカと光っていた。

二人きりになれる場所も機会もあまりなかったけれど、抱き合うとき、恥ずかしそうにセーラー服を脱ぐ彼女の下着はきちんと洗濯され、いつも真っ白だった。それでも破れを繕った跡がそこここにあるのが可哀想だった。

考えれば考えるほど鮮やかに、彼女とのことが思い出される。

瑞麗の家は、ハッキリ言って貧乏だった。どうして貧乏だったのかハッキリ聞いたことはなかったが、父親が飲んだくれで仕事をせず、母親は夜の仕事で始終男をつくり、家を空けていた。三人姉弟の末っ子で真ん中が男。彼女はいつも姉のお古を着ていたので、それを級友にバカにされていた。

そんな彼女をからかったりバカにしたりする連中と僕は、喧嘩をした。子供の頃から腕力がなかった僕は喧嘩には負けっぱなしだったが、彼女はそれを評価してくれた。

「ありがとう。私のために怒ってくれるのは輝久くんだけよ」

「そんな……ごめん。君を守れなくて」

ケンカは弱いが、ガッツのあるファイターだとやがて周囲も認めるようになって、僕に喧嘩をふっかけたり、彼女を馬鹿にするヤツは減っていった。

彼女と付き合っていると噂される男子生徒は数人いたが、彼女にとってはどれも本命ではないようだった。

「だって……あいつら、しつこいんだもの。うるさいから、取り敢えず言うことを聞いているだけ。ちょっと触らせてあげれば大人しくなるもの」

ちょっと触らせてあげれば、という言葉に引っかかったが、彼女はぼくをじっと見て言った。

「でも、私の心には誰も触れない。私の心も躰も、全部、テルくんのものよ」

丘の上の、海が一望出来る場所。今は小ぎれいな公園と展望台ができてしまったが、昔は何もない原っぱだった。

ここで僕たちは弁当を広げたことがあった。ちょっとしたピクニック気分。彼女が作ってきてくれたおにぎりは、形がイビツで塩の塊が混じっていたりしたけど……彼女が握ったのだと思うと、物凄く美味しかった。

初夏の空は抜けるように青くて、海もまた青くて凪いでいた。

すべてが穏やかで、静かだった。そして、僕の隣には彼女がいるのだ。

これが幸せというものなのだ、と強く感じたことを覚えている。

「君の心は、僕のものなの？」

「そう言ったでしょう？」

太陽が眩しい。そして、彼女も眩しい。

その時、僕は童貞だった。それどころかキスもしたことがなかったし、彼女の手を握ったことすらなかったのだ。プラトニックというよりも、田舎の中学生としては、どうしていいのか判らなかったのだ。本能は身体の芯で喚き叫んでいたが、僕の理性というか羞恥心が……いや、失敗するのがなによりも怖かった。自分から仕掛けて失敗すれば、男として一生の汚点になってしまう……そんな恐怖があった。

だけど、彼女は、自分の心も躰も僕のものと言ってくれた。

その時に思った。いや自分に誓った。彼女と結婚するのだと。

笑われるかもしれないが、真面目な中学生だった僕としては、本当にそう思ったのだ。

彼女と僕の家庭環境の違い、親の反対などは想像もしていなかった。

カチカチになっていたのだろう。彼女の手が僕の肩に触れると、彼女は笑い出した。

「ねえ？　もしかしてテルくん、なんにも知らないの？」

わざと蓮っ葉(はすっぱ)に言った彼女が、顔を近づけてきて……唇が触れ合った。

その瞬間、僕の中の、全身の血が沸騰(ふっとう)した。

草の上に座っていた彼女の肩を摑んで押し倒すと、僕の方から唇を重ねた。

そして……誰に教わったわけでもないし裏ビデオなども観たことがなかったから、何をどうしていいのか全く判らなかったのだが、本能に命じられるままに……僕は彼女に重なって……童貞を失った。

そして、驚くべき事に、彼女は処女だった。彼女の愛らしい顔が一瞬、苦痛を堪(こら)える表情になるのを、僕は確かに見た。痛かったのかもしれないが、その時の僕は無我夢中だった。処女と童貞は失敗するらしいが、奇跡的に僕と瑞麗は上手くいったのだ。

「……君も、初めてだったのか」

「なにそれ」

終わったあと、草の上に並んで寝そべって、僕たちは言葉を交わした。

「おかしい？　だから、心はテルくんのものだといったでしょう？　つきまとってくる奴らに触らせるくらい、たいしたことないし」

だが、強がるようにそう言った彼女は、泣いていた。

「……何故(なぜ)、泣くの？」

「わからない」

そういうと彼女は、無理に笑みを作った。

そんな彼女が無性にいじらしくて、僕は彼女を強く抱きしめた。

「大人になったら、結婚しよう」

「だけどあなたは、いい高校に行って、それから大学行くんでしょ？」

「高校生ではまだ無理かもしれないけれど……学生結婚なんて、昔からあるだろ」

そう言うと、彼女は黙って僕を抱きしめ返してきて、僕たちは再び唇を重ねた。

そんな逢瀬（おうせ）を、回数が多いとは言えなかったけれど、それから何度も重ねた。

でも、それぞれ別の高校に進んだある日、彼女は僕の前から姿を消してしまった。

本当に突然に。

彼女の家族は、まったく心当たりがないと言った。

初めて会った彼女の父親には「てめえ、瑞麗をどこに隠しやがった？」と凄まれた。

これは、誘拐（ゆうかい）かもしれない。そう思った。しかし、身代金（みのしろきん）の要求も脅迫（きょうはく）も、そういうものがあるという話もなかった。

警察にも行ったが、家族でもない僕が捜索願いを出すことは出来ない、と言われただけだった。

「篠崎瑞麗さんは、もう十六歳を過ぎているんでね。結婚もできる年齢だし、義務教育も終わっている。こういう年頃の女の子の家出は、それこそ星の数で、たくさんあるんですよ」

瑠麗を探してください、と必死に訴える僕に、年配の警察官は気の毒そうに言った。

僕にできることは何もなかった。ほんとうに、何ひとつ。

彼女からの連絡も一切なく、彼女、篠崎瑠麗は、この世から忽然と消えてしまったのだ。

せめてなにか言い残して欲しかった。僕を責める言葉でもいい。なんでもいい。でも、それもまったくなかったのだ。

完全に振られてしまった。そう思った。僕から逃げ出したのと同じだ。

今も、理由は判らない。

そして僕は、女性に対してどこか心を閉ざしてしまった。

彼女が僕に会いに来たと知った、その日までは。

＊

「一刻も早く芝浜の秘書室に乗り込んで、加治谷洋子について話を聞きましょう！」

私は言った。

「静岡にいた瑠麗さんの家族も全員、所在不明になっているんですよね？」

「あ……ああ、僕が調べた限りでは」

それは異常ではないのか。

「瑞麗さんが静岡から消えて、それ以降の経歴がまったく判らないのなら、逆から辿るしかないと思うんです」

「そうだね。『世界エコノミー新報』記者の峠さんも、芝浜重工がおかしくなった、そのカギは秘書室にある、社内政治に首を突っ込みたがる女性が多いと言っていたから、探ってみる価値はある。話半分にしても」

次の方針は「加治谷洋子が在籍していた芝浜重工の秘書室に行って、洋子の同僚から話を聞く」ことになった。

「しかし、秘書室に入り込む名目はどうする？　秘書マル秘座談会、とか？」

そんなものを急遽セッティングすることはできない、と等々力さん。

横から津島さんが口を出した。

「それはそうだ。ウチは女性雑誌の編集部でもないんだし。偽装しても簡単にバレるよ」

我々は味噌っかすではあるけれど、一応は総理官邸の職員だ。身分詐称がバレると組織ごとお取り潰しということになるかもしれない。

「じゃあ、見学という名目ではどうです？　国家公務員として、民間企業のお知恵を拝借、組織運営に役立てるというか、名目はなんとでも立つでしょう。まあそんな感じで」

東京・芝浦に聳える高層ビル。それが芝浜重工の本社だ。周囲には芝浜所有のビルが多数あって本社機能の一部や関連会社が入居している。この辺りは「芝浜村」と呼ばれることさえあると言う。

その最上階には、国際的大企業らしく賓客を迎える特別なラウンジや会議室、経営トップの執務室が並んでいる。

見学という名目でやってきた私と等々力さんは、その豪華さに息をのんだ。三十五階建ての高層ビルからは都心が一望でき、東京湾の向こうには千葉も見える。

等々力さんによれば、ラウンジには高級ホテルのメインダイニングにも劣らぬ格調があるという。どちらも行ったことのない私には、はあそうですか、でしかないが。廊下からして、足が沈むほどふかふかの絨毯が敷き詰められている。

「腐っても世界の芝浜ってところだな」

等々力さんが私に耳打ちする。

会議室も重厚な造りで、同時通訳のブースや映写設備などもある。

「世界の拠点を結んで国際会議も開けます」

案内役の広報課の有能そうな女性社員は、テキパキと最上階フロアを案内してくれた。

「凄いですねえ！　こんな世界的大企業の舵取りをする経営陣の皆さんをサポートしてい

る秘書さんたちも、きっとさぞ優秀なんでしょう？　忙しいスケジュールを調整したり、大変なんですよね？」

　等々力さんがおだてにかかった。

「それはそうですね。弊社(へいしゃ)の場合、国内はもとより海外拠点も多いため、出張もたびたびありますので」

「会議や折衝(せっしょう)なども多いのですよね？　相手が外国企業や政府だと、アポ取りからして大変でしょう？」

　ええ、それはもう、と広報担当者は「苦労を判っていただけますか」という表情になった。たぶんこの広報担当の女性も秘書経験者なのだろう。

「その有能な秘書の方々に、ちょっとお目にかかれませんか？」

　さりげなく等々力さんは本来の目的を切り出した。

「そうですね。あまり長い時間でなければ……。ご承知のように、めいめい勤務状況が違いますから、全員を揃えることは不可能ですが……」

「秘書の方たちはみなさん、役員の個室の隣で仕事をしているものですか？」

　等々力さんは、テレビや映画に出てくる「秘書」をイメージしたのだろう。社長室の隣の部屋でタイプを打ったり電話を取り次いだり、来客の交通整理をする、「最後の関門」みたいな女性。インターフォンで呼ばれればすぐメモを持って駆けつける、美女。

私にもそういうイメージしかない。

「いえ。他の会社は知りませんが、弊社の場合は、各役員の執務室近くに席がある秘書は少数です。社長、副社長、専務、常務までです。それも、常に隣室に控えていたり行動を共にするわけではなく、必要に応じて、執務室の隣室に控えたりします。来客があるときなどですね。他の役員や上級社員の支援業務は、秘書課全体としてやりますし、総務部秘書課としての仕事もあるので、秘書課にもデスクがあります」

「では、秘書課のオフィスに秘書の皆さんが居ることもあるんですね？」

はい、と広報課の女性は答えた。

「そうですか。では、是非、そちらもご案内ください」

「それはご案内しますが……普通のオフィスに普通の社員がいるだけですよ？」

「しかし、御社のような世界的大企業ともなれば、数ヵ国語を話してマネージメント能力にも長けた、さぞやスーパーな方たちが集まっているんじゃないかと」

「たしかに、弊社には優秀な人材がたくさん集まっておりますが」

彼女の顔に、コイツには何か邪心があるのではないかと疑う表情が浮かんだ。

それを察した等々力さんは慌てて否定した。

「あ、いや、ワタシは独身ではありますが、ここまで来て嫁探しをするつもりはまったくありませんよ。いやほんと、マジで」

その慌てぶりを見て、それまで黙っていた私が助け船を出した。

「あの、このムッツリなんとか的な容貌のせいで、等々力はよく誤解されるんですが、本人は至って真面目な人間なんです。私たちも政府の中では黒子、と言いますか、いわば縁の下の力持ちみたいな部署なので、秘書さんのお仕事については非常に興味がありまして」

女性である私がそう言ったので、案内役の女性は、承知いたしましたと頷いた。

広報の女性に案内されて、私たちは二十九階にある総務部秘書課に行った。

二十九階の秘書課と言っても、大きなガラス窓から東京港の絶景を望むオフィスではなく、ごく普通の無機的な事務室だった。パソコンが載ったスチールのデスクにキャビネット、ファックスにコピー機、プリンターが並んでいるだけ。

しかし……そこにいる人たちは「普通」ではなかった。

等々力さんならこう表現するだろう。「才色兼備の高学歴、ワールドクラスの美女が集う場所」とか。

殺風景な普通のオフィスの筈なのに、華のある知的美女がこれだけ集まっていると、なんだか不思議な雰囲気だ。芸能プロダクションのような、モデル事務所のような……いや、そういうのともちょっと違う。みんなデスクに座って仕事をしたり電話をかけたりフアイルをチェックしたりと、普通の事務仕事をしているだけなのに。

大学の研究室でもないし、新聞社や出版社の編集部でもないし……私が知ってる世界が狭いせいか、なんともいえないこの「感じ」を、うまく表現できない。

ビジネススーツをキリッと着こなした、控えめながら知的な装いをした女性たち。

ありがちな「秘書」というと、若くて魅力的な美女という俗っぽいイメージがあるが、少し違う。魅力的で知性美に溢れているが、必ずしも若くはない。ベテランといってもいい人たちもいる。

それはそうだろう。重役秘書という仕事は激務だし、多くのスキルを要求される。経験値も必要だし、判断力も求められるだろう。英語などを咄嗟に通訳しなければいけない時だってあるだろうし……。

みるからに有能そうな人たちが集まっているのだが、言えることは、女子が集まるとキャピキャピしてしまう、そういう感じではまったくないことだ。

表面的にはみんな仲がよさそうで笑顔だし、和やかに話してはいるが、どこかお互いを警戒していて、自分を抑えている感じがする。

私はといえば、小学中学高校とまったく勉強をせず成績も最悪だった劣等感が強烈に刺激されてしまって、なんだか居たたまれない。圧倒されるというと変だが、生徒会の幹部会に放り込まれた劣等生みたいな気分になってしまったのだ。場違いというやつだ。

その中で、等々力さんはうれしそうな笑みを浮かべて、広報の女性に紹介されるまま、秘書さんたちの中を泳ぎ回って話しかけている。これを喜色満面というのか？　特に込み入った話もなにもしていない様子だが……でも、私は相変わらず腰が引けたまま、その中に入っていけないでいる。

広報の女性は、そんな私をチラッと見たが、なんだかすべて悟られてしまったようだ。私は完全に無視され、彼女も等々力さんへの案内に集中している。

とは言え秘書と言っても女性だけではない。男性も混じっている。ダークスーツにネクタイの、ごく普通のサラリーマンスタイルの人がいた。この人のほうが話しやすそうだ。

「……あの、今は秘書さんって男性も多いんですか？」

私が話しかけると、その男性は笑って気軽に答えてくれた。

「いやあ、それはずっと以前からそうですよ。秘書が若い女性って言うのは映画やドラマの印象でしょう。特にアメリカ映画の。議員さんや会社の重役秘書は一人じゃ足りません。数名ついてないと十分なサポートが出来なかったりするので、男女混合ですよ。うちだって、何もないときは一人でつくけど、海外出張とかになると数名ついていきますからね」

「重役さんって、一人じゃ何も出来ないんですか？」

うっかり訊いてしまった。相手の男性は困ったような笑みを浮かべた。

「まあ、役員にしてみれば飛行機のチケットを取ったりメシの心配とか宿の手配とか、そんな些末なことをオレにさせるなってことでしょうけど」

その表情には、「その割にはたいした仕事してませんけどね」と言いたそうな本心が浮かんでいる、ような気がした。

「重役秘書をこなせたら、その役員に取りたてて貰って出世が早くなったりします。その人とツーカーになれるので、その役員が統括している分野の子会社の幹部になることもあります。そういうわけで重役秘書は出世コースです。だから秘書は激務だけど志願者は多いんです」

「それだけ優秀な人が集まってるってことですよね？」

「そうですね。留学経験者が多いし」

その男性は当たり前のような顔で言った。

ここにいる人たちは、みんな自己評価が高くてプライドがあって、自分の仕事に誇りを持っているのだろう。それだけガードも堅そうだが。

にこやかな顔をした等々力さんが私のところに戻ってくるや、真顔になった。

「ここじゃなにも訊けないな。みんな口々に会社と上司を褒めるだけだ」

「そりゃそうでしょう。広報の人もいるし、うわべの話しかしないでしょう」

「……ここはアレだな。アレの力を使うしかないな」

独り言のように言った等々力さんは、一番のベテランに見える女性に近寄ると、ヒソヒソ話をした。

その話を受けたベテラン秘書は頷くと、「みなさん」と一同に声をかけた。

「こちらの、内閣官房副長官室の等々力さんのご提案なのですが、今夜、よろしければ、ちょっとした親睦会を開きたいそうです」

「あ、あの、ご都合のよろしい方……みなさんお忙しいとは思いますが、急なハナシですので、今夜、幸運にも空いている方がいらっしゃれば」

等々力さんは、言いにくそうに付け加えた。

「それはもう、ご馳走致しますので」

「費用は当然、官房機密費から出す。これは当然の出費だろ」

高輪のホテルの喫茶室で、等々力さんが弁解するように言った。私は別に非難もなにもしていないのに。

「酒の力を借りなきゃ、本音は聞けないよ。というか、あの広報のヒトの前ではみんな、何も喋れないだろ」

等々力さんに言われて、私は小洒落たレストランバーを探して押さえた。彼女たちのような一流企業のエリートにふさわしいグレードと雰囲気があり、料理も美味しくて、お酒も種類豊富に置いてあるお店。しかも、当日予約で、今日の夜。

　そう言われても、日頃からそういうお店と縁がない私は、その種の検索アプリや口コミアプリを駆使してあたりをつけるしかない。いっそホテルかレストランの個室を取ればいいんじゃないかと思ったが、それだと急な話は無理だし、予算的にも目玉が飛び出ることになるので、やっと見つけたそれらしい店の席をなんとか押さえた。

「だけど人数がハッキリしないと言ったら、お店の人、ムッとしてましたよ」

「そりゃそうだろうな」

「なのに、総理官邸ですと言った途端に態度がコロッと変わって……」

　私には単純に、相手の物腰が豹変(ひょうへん)したのが面白かった。最初は、どうせ上司の使いで来たような小娘(こむすめ)だから、ナンクセをつけていたぶってやろう……とまでは、まさか思っていなかったかもしれないが、とにかく感じの悪い対応だった。とにかく「断る理由」ばかり並べていたくせに、内閣官房という言葉と、実際に名刺も出したその瞬間、相手はもう土下座する勢いで平身低頭、すべてがあっという間に整ってしまったのだ。

「そういう経験は気分がいいとは思うけど」

　等々力さんは私を見て、心配そうに言った。

「権力の味を覚えてしまうのは、そういう時なんだ。気をつけたほうがいい。権力は官邸と内閣官房にあって、我々個人にはないんだ。そこをはき違(ちが)えると、我々が日ごろ後始末やら尻拭いに励んでいるクソ役人や、クソ政治家と同じレベルに堕ちてしまうんだから」

「肝に銘じます。びっくりしただけです。あからさまに私を見下していた支配人の態度がコロッと変わったので」

「まあな」

等々力さんが笑った。

「おれもたまにあるよ。風采の上がらない、パッとしない野郎だとあしらわれてたのが、所属組織の名前を出した途端に水戸黄門か遠山の金さんを見る目になったりするのがな。最初は面白かったけど、もう慣れた。というか、気にしないようになった。君も、気にしないようにしろ。相手が露骨に優遇してくる場合、下心ありありの場合もあるしな」

「はい、気をつけます」

なんにしても突然、こちらの要望がすべて受け入れられた事は驚きであり、ショックでもあった。

「ま、向こうは、政府が相手なら取りっぱぐれがない、と思っただけかもしれないけどな」

等々力さんはクールに言ってコーヒーを飲み干した。

芝浜重工本社から少し離れた、高輪にあるレストランバーが、「親睦会」の会場だ。

地下一階の、少し暗い分、落ち着ける店だ。十五人くらいが座れる大きな木のテーブルがいくつかあって、広い。お酒は洋酒がメインだが、日本酒や焼酎もある。メニューは洋風も和風もあるが、口コミでは肉料理やフライものが美味しいらしい。

十七時定時退社だが、いろいろ余裕をみて……女性だから着替えやお化粧直しの時間も必要だろうし、十九時開始ということにした。

私たちが三十分前にお店に入って待っていると……三々五々、という感じで秘書課の人たちがやってきた。みんな社内で会った時とは違う、少しカジュアルな服に着替えている。ロッカーにいろんなタイプの服を置いてあるのだろうか。

秘書課には男性もいたので、席は男女混合状態だ。十人が着席したところで、リーダー格の女性が立った。

「皆さんご存じ、秘書課長の原西です。今日は総理官邸主催の親睦会と言うことで、お集まりいただきました。こちらの官邸の方が、皆さんの自由闊達な意見を聞きたいとのことで……」

「あの、そう言うととても固っ苦しくなりますので」

等々力さんが笑顔を作って立ち上がった。

「それと、正確に申せば、『総理官邸主催』ではないのでありまして……我々は内閣官房副長官の家来ですので、その家来が催す宴ということで、どうかひとつ」

等々力さんはきまり悪そうに言った。

「自由闊達とか忌憚のないとか無礼講とか言うと、逆にブレーキがかかってしまいますが、別になにか難しい話をしようと言うわけじゃあないんです。こういう機会でもないと、我々は皆さんのような方々とお話し出来ないので……警戒しないでくださいね、ほんと」

まあ、そうは言っても警戒するなというのが無理な話だ。例えば私の前任地だった陸自の習志野駐屯地に防衛省の役人が突然やってきて、「何でも飲み食いして自由に話を聞かせてくれ」と言われて、ホイホイ話すか？　そんな訳は無い。

しかし……。

秘書課の彼女たちは一枚上手だった。

会社への批判のような、そういう微妙な話題は一切口にしないが、芸能人の話題やグルメや旅行の話などは自由闊達に、自然に喋って盛りあがることこの上ない。

きっと、こういう席はけっこうあって、対処のすべを知っているのだろう。優秀な人たちだけに、記録に残る可能性のあるところでの発言は無難な話題に終始する、そんな習性が身についているのだろう。

だがその自制は、お酒が進んでめいめいの顔色が赤くなり饒舌になってくると多少緩んだようにも感じた。お喋りを聞いていると、いろんな部署のいろんな人をディスる話題が増えてきたのだ。それでも、やはり慎重に、自分たちが仕える重役たちは俎上に乗せない。

「銀座ショールームね、ちょっと照明の具合がおかしいから控えめに注意したんだけど、なんだかキレられちゃって……それは違う、キミは何も判ってない、これが狙いなんだって凄い勢いで反論してくるの。でも商品に光が当たってないのよ。あそこの担当者、ヘンだと思うなあ」

「それを言えば社食。シェフにメニューの提案を何度かしてるんだけど、予算ガーとか栄養バランスガー、とか言って希望を全然聞いてくれないよね。そりゃ男性が多いから揚げ物が多くなるのは判るけど、女には草でも食わせとけ、みたいな感じでサラダだけ充実してるのもね。パンケーキはデザートじゃなくて、食事でもアリだって知らないんじゃない？」

「パンケーキ、メニューに入れてほしいですよね。甘くないやつ。僕、男ですけどデザート以外でパンケーキ食べるの好きですよ。映画でも、朝、駅馬車が着いたら、乗ってた客がステーキとパンケーキ！　って注文してたりするじゃないですか」

食べ物と悪口が合体すると、みんな話に乗ってきて盛り上がる。

「それはそうと、秘書課に加治谷さんって、いましたよね？」

盛り上がりを見て、等々力さんがすかさず質問を放り込んだ。

「加治谷さん？　……ああ」

一同は急にクールになってお互いに顔を見合わせた。

「あの……加治谷さんって今、どうなってるんですか？　私たちの方が伺いたいんですけど……」

「亡くなったっていう噂もあるんですけど、本当ですか？」

物凄く微妙な空気が流れた。なんと言うか、心配するような、災いを恐れるような、それでいて、どこか冷笑するような、酷薄な感情も混じっているようだ。

「加治谷さんが出社しないので、こちらの秘書課の方が訪ねていって、現場をご覧になったそうですが？」

と等々力さんが言うと、「そうそう」と一同は興味津々に食いついてきた。

秘書課長の原西さんが、課を代表するように等々力さんに訊いた。

「内閣の方なんですよね？　だったら警察にも繋がりがあるんですよね？」

「そうですね。警察の情報がダイレクトに流れてくる場合もあります」

等々力さんがそう答えると、一同は「さすが」「やっぱりね」とざわついた。

「そうですか。弊社にも警察の……鑑識の方が来て、指紋などを採取して行きました。加治谷さんの使っていたカップか湯呑みがありませんかって訊かれたんですが、なぜか無くなっていて……鑑定に必要なんですよね？」

「警察はどう見ているんですか？　残っていたっていう血痕はやっぱり……？」

　加治谷の血だったという答えを期待する雰囲気が盛り上がったが、等々力さんが、いえ、今のところはまだ確証がなくて、と否定すると、一気に膨らんだ期待は風船のように萎んだ。

「みなさんの感じだと、なんというか、加治谷さんは、あまり歓迎されない存在だったとか？」

「そんなことないです！」

　原西さんが慌てたように否定した。

「加治谷さんは、私たちの大切な同僚です。一緒に仕事をしてきたわけですから……」

　奥歯に物が挟まったような、とはこの事を言うのだろう。原西さんはすごく微妙、というしかない表情になっている。

「御社的には、加治谷さんの、今の扱いは、どうなってるんですか？」

「鍋田専務には別の担当者を付けました。加治谷さんは長期休職中という扱いです。本人から人事に直接電話があって、しばらく休むって連絡が入ったっきりです。同じことを、警察の方にも申し上げておりますが」

　秘書課長の原西さんの口調が妙に冷たかったのが一種のサインになったかのように、みんなが彼女についてあれこれ指摘し始めた。

「あの人、なんか、キチッとしてなかったよね」

「時間にルーズなところがあったでしょ？」

「忘れ物もしがちで……手配のし忘れとか秘書としては致命的でしょ？」

「なんか、本気で仕事してる感じが薄い気がしたんですけど」

「そのくせスーツの着こなしとか立ち居振る舞いとか、言葉遣いだけはなぜか完璧なのよねえ……外面だけ見れば、まさに秘書のカガミっていう感じで」

「あの人は誰か、エライ人のヒキで入ったんでしょ？」

「エラい人ってそれ、鍋田専務でしょ？　たしか彼女、鍋田専務の……」

そこで彼女たちは顔を見合わせて含み笑いをした。

その笑いの意味は、ここまであからさまにされれば私にだって判る。

だんだんと露骨に、瑞麗のというか加治谷洋子の悪口大会になってきた。なんだか彼女はもうこの世にはいないという前提があるようで、石川さんの憔悴した表情を思い出した私はちょっと……いや、かなり辛くなった。

「どことなく品がなかったよね。やたら露出の多い服を着てきたことがあったし」

「あれは、鍋田専務の好みだったという説もあったけど……それより、信じられます？　それとなく注意したら『うっせえんだよババアが』って言われて」

と言ったのは秘書課長の原西さんだった。

「え？　加治谷さん、本当にそんな事言ったんですか？」

他の課員が驚くと、原西課長は笑顔で答えた。

「そう。私も思わず聞き返したの。その口調がヤンキーそのものだったから。私、中学は公立だったから、クラスにヤンキーみたいな子もいたのね。もう、ホントにそのまんまの口調で」

小声ではあったけれどハッキリ聞こえた、と原西さんは言った。

「どうしたんですか、そのあと？」

「彼女、あっと気がついて口を押さえて、ペコリと頭を下げて『以後気をつけます』ですって」

「その服、私も覚えてますけど、注意したのは原西さんだけで、総務部長とか、上の男の人たちはみんなスルーでしたよね」

「だからそれは……鍋田専務のヒキで……途中入社だったし」

「普通、途中入社の人って、経験者採用で凄く優秀な人が入ってくるけど、あの人は、どうして芝浜に入れたの？　って聞きたくなるレベルだったわね」

「悪く言いたくないんだけど、驚くほどものを知らなかったでしょう？　歴史とか地理とかの一般常識、一般教養が特に。秘書としてアレは困ったよねえ」

地理的知識は、世界的大企業としては基礎の基礎だし、中高年男性は歴史上の人物の故事について話題にすることも多いから、秘書としては基礎教養として歴史は知っておかねばならないということのようだった。

「そりゃね、戦国武将でもマニアしか知らないような……例えば二本松義綱を知らないのなら仕方ないけど、北条早雲を知らないのはマズいでしょう？」

「最近の大学生も驚くほど何も知らないらしいけど……でも社会人になったら知らないで済ませられないでしょ。マナーとか。服装のＴＰＯとか冠婚葬祭のシキタリとか。都度検索すればいいとは言っても、基本的なことは知っておかないとね」

「彼女はどこからスカウトされてきたんでしたっけ？」

「あの感じだったら……オミズ？　だけど銀座とかの一流だったら、さすがに教養がないとダメだしねえ……北千住とか赤羽とか蒲田とかの？」

「ダメよ。そういう地域差別をしたら」

一同はどっと笑ったが……福生のゾク上がりの私としては、自分のことを言われているようで心が痛くなった。

私も瑞麗さんも学歴はないのだから、そういう知識はなくても仕方がない。

知らねえよそんなこと、知らないけどそれがどうした、と開き直れるものではない。社会人として勉強しなければならないことは判っているし、私なりに努力もしている。それでもやっぱり学生時代から勉強してきた人たちとの、どうしようもない差は埋められない。

そう思うと、私は瑞麗に強い共感を覚えてしまった。同僚たちにこんなに言われて、可哀想だとすら思う。

私だって、彼らが言う「社会常識」「一般教養」といったものを、ほとんど知らない。陸自では、サバイバルの技術を身につける方が大事だった。だがしかし、彼女たちが所属する秘書の世界では、マナーとか常識とか教養がサバイバルの技術なのだ。たぶん、私がいた世界の方が、特異だったのだ。

「でも、うちの役員には人気があったのよねえ、あの人」

そう言ったのは、美人が選抜されているような秘書軍団の中でも、ひときわ上品そうで垢抜(あかぬ)けていて、まさに「一部上場企業の役員秘書」を絵に描いたような美女だ。

「ウチの役員だけじゃなくて、社外のお偉いさんにも人気があったのよね。思いがけない人から『加治谷クン、元気にしてる？』とか訊かれて驚いた事が何度もあったし」

「専務と一緒に行ったパーティーとかで、顔を覚えられたんでしょうけど……」

「そうやって知り合ったＶＩＰに特別なサービスをしてたりして？」

「まさか……でも、あり得ないと否定する材料はないわよね」

加治谷洋子が、なにやら妖(あや)しげなことをしていたかのような想像が、さも事実かのように語られていた。

「仮にそうだとしたら、専務が黙っていないんじゃない？」

「まあねえ、鍋田専務だって、女はバカで好色な方がいいとか、さすがに思ってはいないでしょうけど。そもそも秘書がバカで尻軽だったら妙な評判が立って自分の仕事に差し支えるのに」

「さすがにそういう妙な評判は立っていなかったけど」

「だから鍋田専務には、加治谷さんの他に『実務秘書』がついてたから……」

その言葉に、一同は「あ〜そうか」と納得した。

「じゃないと大変なことになったよね〜」

ここからは加治谷洋子こと篠崎瑞麗の、よりはっきりとした悪口大会になってしまった。長期欠勤をしていて、多分このまま辞めてしまう人物なんだから、いや、誰も口にはしないが、既に誰かに殺されたんだろうという暗黙の了解の結果、「叩いてＯＫ」と言う雰囲気になったのだろう。それに、みんな彼女には迷惑をかけられていたようで、その鬱憤が一気に吹き出した感じだ。

私は、誰かの悪口を言って盛り上がって、大笑いする雰囲気は好きではない。

失踪の手掛かりは得られそうにない。篠崎瑞麗が芝浜重工の鍋田専務の秘書として確かに在社していた事が裏付けられ、その仕事ぶりも判ったのだから、今日の目的は達成した。ならば、いいところでお開きにして、もう帰りたい。

その時、私をじっと見ている若い女性に気がついた。秘書課の女性なのは間違いないが、この中では一番若い。

その女性は私を見つめて、何か言いたそうにしている。

彼女が席を立ち、さりげなく私に目配せをした。

私も、少し間を空けて、トイレに向かった。

第三章　彼女の夜の貌（かお）

さすがに高級店らしく、女子トイレもお洒落（しゃれ）で広々として、お化粧直しをするスペースがゆったりしている。そこで彼女は待っていて、時間をかけてお化粧直しをしている。

「あの、なにか？」

私が声をかけると、彼女は真面目（まじめ）そうに軽く頭を下げた。

「すみません。さっきは先輩たちに気を遣（つか）って言えなかったんですが」

彼女はドアを気にしつつ、話し始めた。

「あの人……加治谷さんですけど、会社にいる時、なんだかいつもイライラしてたんです。居なくなる直前は、特に。あれはストレスって感じだった。それもすごいストレス。専務の個室から秘書課に戻ってくると、いつもイライラしてたんです」

「専務お気に入りだったのに？」

ええ、と彼女は答えた。

「お酒臭いときもありました。それも、日中ですよ？　二日酔いが残ってるっていうより、朝から飲んでる感じで。見ちゃったんです。加治谷さんのデスクの下のダストボックスに、焼酎のストロング缶がいくつも捨てられているのを」

「それは、もしかして、専務とトラブルが？」

「そうかもしれません。専務が海外出張の時、同行しないことが多くなって……これ、噂ですけど。又聞きしたことなんですけど、加治谷さん、ホストクラブに入り浸ってたって。会社に来なくなったのも、ホストに貢いで借金して返済できなくなって飛んだんだ、とか……」

彼女は塗り終わったリップグロスのキャップを閉め、真剣な顔で私を見つめた。嘘をついているようには見えない。

「社内でも、庇いきれないミスが増えて、一時専務付きを外れて、秘書課の席で勤務していたのですけど、突然キレて、ファイルに綴じていた書類をばら撒いたり、パソコンのディスプレイを床に叩きつけて壊したりという奇行が……社のドクター、うちの産業医ですが、そこからも、しばらく休養を取ったらと勧告したそうです」

「そんなにヘンだったんですか？」

「ハッキリ言えば……ええ」

彼女の顔は曇った。

「酒乱なのか、何かをお酒で紛らわせようとしたのか、私には判りませんが」

「そのホストクラブって、どこの何というお店かって、判りますか？」

私の問いに、彼女は首を傾げて「さあ、そこまでは……」と答えなかった。本当に知らないのだろう。

「その代わりと言ってはなんですが」と彼女は付け加えた。

「これが最後ですけど……というか、私もそんなに知ってることがないので……加治谷さんは、エンジニア系の人とよく話してました」

「エンジニア系？」

「ええ。エンジニアの人はあんまり本社には来ないのですけど。だいたい研究所か工場にいるので。だけどその人は、労組でも活動していて、事業部売却の方針に猛反対しています。それで本社によく来ていたようで……」

「はあ……」

私にはそれが加治谷洋子、こと篠崎瑞麗とどう関係があるのか、全然判らない。瑞麗はそのエンジニアとなぜ会っていたのか？

「それで、その人、今日この店に来てます。私たちと近くの席で、うちの技術系社員の人たちと飲んでるんです」

私はそれに少し引っかかった。

「たまたま、ですか？　それとも」

「はい。この飲み会が催されることになったので、私からちょっと技術系の人たちにお知らせして……彼らの分もお願いできますよね？」

ちゃっかりしているが、W(ダブル)飲み会ということになれば、エンジニアたちの話も聞ける。絶好の機会だ。

「もちろんです！」と私は答えた。

「最近、うちの会社は色々と叩かれていますよね。分割だ、買収だ、いや上場廃止だって、私たち社員にも先行きが全然見えない状態です。みんな荒れたお酒になっていて……けっこうホンネで喋(しゃべ)ってますから」

そこまで話したとき、他のお客さんが入ってきたので、私たちの話は中断した。彼女は軽く会釈(えしゃく)して自分の席に戻り、私も戻ったが……。

彼女に言われた「技術系の人たち」が集まって飲んでいる席がどこなのか……店内を見回すまでもなく、それらしい集団がすぐ近くに陣取っていた。灯台もと暗しとはこのことか。

スーツにネクタイの人もいるし、作業服にネクタイの人も、在宅勤務だったのか、セーター姿の人もTシャツ姿の人もいる。営業やマネージメント系と違って服装は自由らしい。

その中に、エンジニアのイメージを覆(くつがえ)すような青年がいた。まさしく光り輝く美青年。どちらかと言うとくすんだ集団の中で、彼ひとりが鍛え抜かれたアスリートのような外見なのだ。芝浜の、社会人野球チームにでも所属しているのだろうか？　引き締まった身体に日焼けした浅黒い顔。整髪料で固めていないサラサラの短髪、そして爽やかな笑顔。他にもカジュアルな服装の社員はいるが、彼は半袖のポロシャツを着ている。

　全体に顔色が悪くて疲れた様子の、それも中年男性が多い集団だけに、その違いは歴然としていた。彼にだけスポットライトが当たっているような、強烈なオーラを感じる。

　しかしその彼はにこやかな表情で自然なしぐさでハイボールのグラスを傾け、先輩の話に相槌を打っている。

　そのイケメンの存在にかなり興味を惹かれつつ、私は耳を澄ませた。

　すぐに彼らの席でも、かなりきわどい愚痴をこぼしあっていることが判った。経営陣による原発高値摑みと粉飾決算……そのシワ寄せで、ワリを食うことになる部署の人たちだ。

「債務超過を回避するためとは言え、稼ぎ頭の部門を売り払ってしまって、将来どうするつもりなんだ？　上の連中は目先の金しか見えてないんだろう？」

「仕方ないよ。債務超過になると東証の一部から追い出されてしまうからな」

「いや追い出されたほうがいい。あれだけ下手を打ったのに、まだ一部上場企業でござい、とクソの役にも立たないプライドにしがみつくのか？　いっそ上場は断念して、筆頭株主の外資から役員も受け入れて全部リセット、一から出直すしかないと思うぜ」

「上の連中にはつくづくセンスがない。何が世界の潮流なのか、これから成長する産業が何なのか、全然わかっちゃいない。だからデジタルも半導体も捨てて原発なんぞに執着している。おれの部門は縮小だってよ！」

理系の社員たちの中に、髪の毛が薄くて額が広い……要するに禿げていて、目付きだけがやたら鋭い年配の男が居た。厳しい表情で腕を組み、座り込んでいる。彼の前のグラスは全然減っていないし、ツマミにも手をつけず黙り込んでいる。

頭髪が淋しくて眼光鋭い男……はて、どこかで聞いたような……誰かが、こういう特徴のある男をマークしろと言っていたのではないか。

「益子さん、黙ってないで、なにか言ってくださいよ！　会社側と一番、丁々発止でやり合ってきたのは益子さんなんだから！」

「そうですよ！　僕らだって、このまま使い捨てっていうかお払い箱にされるんじゃ、納得できません！」

そうか。周囲の若手に突き上げられている、この、ハゲで眼光鋭い男は益子という名前なのか。

「いや、その気持ちは判るが」

その人物がやっと言葉を発した。嗄れたハスキーボイスだ。

「もう、ウチはダメかも判らんね。経営陣は自分たちの保身しか考えていない。原発輸出事業の巨額損失を埋めるために、虎の子の医療機器部門も半導体部門も売り払って……しかしそれでほぼ唯一、原発事業部を残してどうなると言うんだ。儲かるどころか損失しか生まない。いずれ国有化されるだろう。そうしたらどうなる？　伝統ある芝浜は影も形もなくなる。消滅だよ。それが判っている人間は次々と芝浜を見限って辞めていく。もしくは追い出し部屋に異動させられ、辞職せざるを得なくなる。私は、組合のこともあるから、これまで何とか踏みとどまってきたが、そろそろ限界かもしれん」

益子はそう言って、テーブルの上の、氷がほとんど融けたウーロンハイで口を湿らせた。

「うちは上層部が無能なので経営がひどいことになったが、技術の宝庫とも言える企業だ。景気のいいときに金をかけて基礎研究を進めた、重要な技術をたくさん持っているんだ。だがそれを生かせていない。実用化への研究資金がない、というより上層部が金を出さない。その技術が金を産むことが上の連中には判らないんだ。まったく無能にも程がある」

だから目先の利くヤツは、ウチを辞めて中国企業に移籍する、と益子さんは言い、私は聞き捨てならないと思った。

芝浜には、自衛隊にも関係する重要な技術がある筈だ。国防にかかわる、そういう技術までが中国に流出してしまうのではないか？

憤懣遣る方ない、という無念の表情で益子さんは話し続けている。

「これは頭脳流出だ。今、先端技術に金を惜しげもなく投入するのはアメリカじゃあない。中国だ。つい最近、中国が日本のシェアを抜いた、スマートフォン向けの中小型液晶パネル、それから電気自動車にも使うリチウムイオン電池向け絶縁体の最新技術は、日本企業から、いや、ハッキリ言えばウチから持ち出されたものだ。証拠はないが、私はそう思っている。しかも技術の流出先は中国だけじゃないんだ」

外国企業に技術を売ったり、外国企業に自ら移籍して研究を続行、その成果を商品化して大金を摑んだ人間を何人も知っている、と益子さんは言い切った。

これは……由々しきことではないのか？　私の動揺を知るよしもなく益子さんは続けた。

「だから諸君、もはや芝浜に拘ってる場合じゃないぞ」

なんせ、と益子は鋭い目を光らせた。

「ウチはなにがなんでも『原子力部門』を死守するつもりだからな。数字からみれば真っ先に斬り捨てるべき将来性ゼロの原子力を、必死になって守ろうとしてるんだ。企業として正気とは思えない。いくら国策だから、親方日の丸で最後には政府がケツを持ってくれるからと言って、金を産んで将来性のある部門を切り売りしようって会社だぞ？　ここまでひどいことになっても政府の言いなりの民間企業の、どこが健全かね？　だいたいが、福島のあの事故だって、ウチと東電が政府の言いなりになったせいなんだ。国策による原発海外輸出にまんまと乗せられて、それと引き換えに国内原発の新造は諦めた。結果として古い設計の、古い原子炉を使い続けるしかなくなった。廃炉にして新しい設計の、より安全な原発を作る路線を捨てて、補修と稼働延長に舵を切ったからだ。そのことは、君らみんな知ってるだろ？　そんな会社に、果たして未来があるかね？」

みんな押し黙ったが、その中の一人が「じゃあ益子さんはどうして辞めないんですか？」と訊ねた。

「それは……組合のトップとしての責任もあるが、悔しいからだよ。もはや意地だね。これほどの会社が、なぜこんな事になってしまったのか、それを究明したいという気持ちになっているんだ。こうなるともう、おれの個人的な損得勘定は度外視だね」

「しかし……益子さんには大切にしているプロジェクトがあるじゃないですか」

「まあ、ね。それはそうなんだけど」

私は、元の席に戻って秘書さんたちと等々力さんの話に、にこやかに相槌を打ってはいたが、耳では全神経を集中させて、益子さんたちの席の話を聞こうとしていた。

「言うなれば、これは愛だね。自分でもひねくれているとは思うが、愛社精神だ。無関心の反対が愛なんだ。憎しみではなくて。芝浜重工の末路、じゃなくて行く末を見届けたい」

　だが所詮、これも片思いだ、と益子さんは自虐的に言った。

「社員の愛社精神に会社は応えてくれない。しかしな、親方日の丸で国の言うことに従順に従っていても、しっぺ返しが来るぞ。その意味ではうちの会社も政府に、いや通経省に片思いしてるだけなんだ。右肩上がりの、景気のいい時代ならそれでもよかった。ウチの会社のおっとりした社風のまま、政府べったりで安泰にやって来れた。だが今の時代、それじゃ生き残れないし、政府だっていつ切ってくるか判らない。例の噂、知ってるだろう?」

「斉木さんが、通経省の『あの方』から切られたっていう……」

「そうだ。うちが原発企業の買収がらみで出した新たな巨額損失が、通経省の知るところとなった。一度ならず二度まで、となるとさすがに政府も面倒見切れんと思ったのか、あるいは『あの方』も火の粉が自分に及ぶと気づいたのか……」

「噂では、電話で斉木さんが報告すると『いつまでそんなことをやってるんだ、君のところは!』と『あの方』が激怒してガチャ切りされたとか」

「満更嘘とも思えない。いざとなると官僚は逃げ足が速いからな」

　数年前、パソコン部門の不正会計を表に出して、当時の社長をクビにしてまで隠そうとした巨額損失が、とうとうバレてしまった、と益子さんは言った。

あまりにも生々しい話に、私はいつの間にかこちらの席の話題に相槌を打つのも忘れ、身体ごと益子さんたちの席に向けるようにして聴き入っていたようだ。

じっと神経を集中させて話を聞いていた……要するに盗み聞きしていたのだが、ふと顔を上げた時に、そんな私と、益子さんの目が合ってしまった。

バツが悪い私は咄嗟に目を逸らして俯き、そ知らぬ顔でジンフィズに口をつけた。

視界の隅で、益子さんがすっと席を立つのが見えた。

「ちょっといいかね？」

私の傍に来た益子さんは、さっきからの嗄れた声で私に声をかけた。

盗み聞きを叱られるのだ、と覚悟を決めた私は、小さく頷き、等々力さんに軽く会釈すると席を立った。

近くのコーナー席が空いていた。そこに益子さんは私を誘導した。

「あの……盗み聞きなんかして、すみませんでした」

最初に謝ってしまおうと思った。

しかし益子さんは笑顔で手を振った。

「いや、いいんだよ。社内ではもう誰もが知ってる話だ」

というかね、と益子さんは話を続けた。

「あなたは政府の人なんだろ？　ウチの会社の、なにを知りたいの？」

　ズバリと斬り込んできた。

「それに、さっきからウチの秘書軍団となにを話してるの？　なんだか、ある女性の悪口で盛り上がっていたようだけど」

　益子さんは、どうやら秘書さんたちにいい感情を持っていないようだ。

「たぶん、私も知っている人物のことなんで、心穏やかではなくてね」

　益子さんも、こっちの話に聞き耳を立てていたのか！

「知ってる人物って……もしかして加治谷さんの事ですか？」

　ご存じのことがあったら是非、と私も思わず彼ににじり寄ってしまった。

「まあまあ、話は順番に行きましょう」

　益子さんは間を取った。

「私はね、芝浜が今後生き延びていくとしたら、半導体部門に活路を見いだすしかない、と確信してるんですよ。特にウチは他社にはない最先端の技術を持ってる。それを、高く売れるからと売却しようとする上層部のやり方に、無念遣る方ないんです」

　益子さんは沈痛な面持ちで言った。

「『立体半導体』って知ってますか？　簡単に言えば二次元の平面で集積している回路を三次元的に、立体的に重ねることで更なる集積をして、なおかつ高速にする技術。平屋より二階建て、二階建てより三階建ての方が土地を有効に活用できるでしょう？　すぐ上と繋がればそれだけ連絡も早いし」

「なんとなく判ります」

「立体半導体こそ次世代の切り札だと思っている研究者は多くて、日本でも独立行政法人が動いて官民一体でやろうとしていて、その真ん中に芝浜がいるんです。しかし外国もそれを国家プロジェクトと位置づけていて、アメリカではインテルやＩＢＭも巨費を投じて開発に鎬を削っている。そんな中で日本も負けるわけにはいかない」

なのに、と益子は続けた。とにかく言いたいことが山ほどあってたまらない感じだ。

「それなのに、巨額の赤字を出して東証一部上場の維持すら危ぶまれているウチを再建するために、金のなる木のエレクトロニクス部門を売り飛ばそうとしてるんだ。信じられるかね？　このナンセンスな経営が！　先に処分すべきは、誰が考えたって将来性のない原子力部門のはずだ。なのにその原子力を温存しようとしている。あくまで原子力ありき、ですべてが回転しようとしている。経済合理性を考えればまったくあり得ない事なのに、この会社では、それが通ってしまう」

「あの、さっき、つい聞こえてしまったんですが」

気になっていることを訊いてみた。

「通経省の『あの方』が芝浜の原子力部門を見棄てたとか、切り捨てようとしているとか……『あの方』って誰のことなんですか？　教えて貰えませんか？」

それが誰か私にもほぼ判ってはいるのだが、当事者の口からその名前を聞きたかった。

「私の口から言うことは出来ないが」

益子さんは口を濁(にご)した。

「あなたの上司に聞いてみればいい。通経省の中で原子力立国を推進してきたのは誰か。長期政権の成長戦略の目玉として、原発海外輸出の旗を振ってきたのが誰なのかを。知らないはずはないから。ところで」

私からも、あなたに訊きたいことがある、と益子さんは言った。

「話を戻すけど……あなた方、さっき、加治谷洋子のことについて訊いてましたね？　なぜですか？　彼女の一体何に、政府の方が興味を持つんですか？」

それは逆に私から益子さんに聞きたいことでもある。半導体のエンジニアが、役員秘書である加治谷さんに、なぜ関心があるんだろう？

しかも益子さんの鋭い目つきを見るかぎり、ただの関心ではない。加治谷洋子さんのことを切実に知りたがっているとしか思えない。

私はその疑問をそのまま口にした。

「それは……いろいろあって……」

益子さんは口籠(くちご)もった。

「言うならば……」

そういうと、彼はしばらく考え込んだ。

「彼女は、保険です」

「はい？」

「だから、保険。私も自分の身は守りたいし、芝浜を辞めるとしたら、その後のことを考えておく必要がある。自分の財産も守りたいのでね。私の財産とは」

益子さんは指で自分の頭を突ついた。

「つまりこの中に入ってる知識。これが私の財産。知財ってやつです。紙やデータは所有権が問題とされるが、私の脳味噌に入っているものについては、私以外の誰も管理できない。だが芝浜はそれを『わが社の資金で研究したものだ』と言ってくる」

「ええとあの……それだと、さっき益子さんが言ってた事と矛盾しませんか？」

「ん？　なにが？」

頭のいいヒトに向かって「矛盾してる」とか言うのは、頭が悪いと判っている私にとっては大冒険だけど、そう思ったんだから仕方がない。

「さっき益子さんは、会社の技術を社外に持ち出す技術者や、会社の切り売りを批判してたと思うんですけど、ご自分にはそんなに甘くていいんですか？」

「そうだったか？」

益子さんは首を捻って見せたが、たぶんアレだろう。それはそれ、これはこれ、という論法だ。他人に厳しく自分には甘いタイプなのかもしれない。しかし今はそれを追及している場合ではない。益子さんと加治谷洋子さんの間に、どういう繋がりがあったのか。

「まあそれはいいです。あの加治谷さんが益子さんの『保険』だっていうのは、どういう意味なんですか?」

「つまり、彼女が私の、安全を図るための担保なんだ。はやい話、私を殺したりすると、貴重な情報が手に入らなくなるよってこと」

「貴重な情報って……秘密の暗号とか、宝の地図みたいな?」

「まあ……当たらずといえども遠からずってところかな。ただ重要な前提条件が一つある。私がその知識を有していて、その知識がとても重要であると、関係者に周知させておかなければならないってこと。これは必須だ。判るね?」

回りくどい言い方をする人だ。

「考えてもみなさい。私がただのオッサンじゃないことを、私が凄い情報を持っていることを、その情報が如何に凄いかと言うことを知らしめておかないと、私はただのオッサンでしかない。江戸末期に、こんな雑紙、何の価値もないと輸出する瀬戸物を包んだら、なんと、包んでいた浮世絵のほうに瀬戸物の何倍もの値段がついた……それと同じだ」

そんな喩えはよけいに判らない。

「わからないかな。じゃあ別の喩えで。君の近所に住んでる爺さんが、毎日道路を箒で掃いていたり、犬と散歩していたりするごく普通の老人にしか見えないけれど、実は某国のスパイだった、としよう。その事実を知らなければ、君にとってその人物はただの爺さんだ。しかし防諜担当者は、その爺さんが実はリタイアした某国政府の元高官で、重要な外交機密にも通じていることを知っている……昔流行った三流スパイ映画によくあるパターンだが」

　情報でもモノでも人でも、真の価値を知る相手に「見つけてもらう」必要があるのだと益子さんは言った。

「つまり、益子さんがどういう人で、どういう知識を持っているか、その宣伝が必要だったわけですね？　それに加治谷さんを使ったんですか？」

「まあ、使ったというか利用させて貰ったんだな。彼女は社外の交友関係が派手だという噂があったからね。夜の元麻布でもよく遊んでいて、某大国の外交官と一緒にいるところを何度か目撃されている」

　益子さんは「某大国の外交官」との間を加治谷さんに繋いでほしかったのだろうか？

　元麻布には、たしか何処かの大使館があった筈……。

「誰がどこで目撃してどういう風に情報が流れるのか知らないが、彼女の社外の交遊関係はかなり噂になっていた。どこまで本当かはわからないが、夜ごとのクラブ遊びにバー通い、一緒にいる相手もありがちなパーティーピープルだけではなくて、高級官僚や政治家秘書、宗教法人の関係者など多士済々、凄い人脈を持っているのでは? と囁かれていたんだよ」

私は篠崎瑞麗と名乗った洋子さんが、うちのオフィスに落としていったマッチを思い出した。あれはホストクラブのものだと御手洗室長は言っていたけれど……。

「まあ話半分としても、そういう噂もまんざら嘘ではないだろうと思った。なにしろ、あれほどの美人なんだから。それで、彼女は……本当のところ、どこにいるんです?」

益子さんはいきなり真剣な表情になり、身を乗り出した。

「どこにいるって言われても……」

それを私たちも探しているのだ。益子さんはなおも訊きだそうとする。

「きみ、政府の人なんでしょう? 本当は、彼女がどこにいるか知っているんじゃない? ぜひ教えてほしいなあ。いや、これは本気でお願いしているんだけど」

「益子さんは……もしかして、加治谷さんを利用するというより、なにかその、好意のようなものを」

「そ、そんな! 何をバカなことを言うんだ、きみは」

動揺している。どうやら図星だ。だが益子さんは必死に否定する。

「僕は専従じゃないが組合側の人間だ。だが洋子さんは重役秘書じゃないか。鍋田専務と言えば、言わば敵方だぞ。そんな敵方の側近、いや愛人のような存在に……」

益子さんの顔は紅潮（こうちょう）している。否定すればするほどお察し、としか思えない。

「そうですよね」

私は一応引き下がったが、益子さんは収まらない。

「何を証拠に君は、そんなことを……ホストクラブで泣き喚くような女にどうして私が」

「それ、実際に見たんですか？　益子さんは、社外でも洋子さんと会っていたとか？」

「そうだとしたら、なんなの？　微妙な話をして頼み事をするんだから、会社の中では出来ないでしょうが」

妙にムキになっている。ふと思ったことを私は訊いてみた。

「あの……もしかして、加治谷さんの方から益子さんに近づいてきたりしたんですか？」

益子さんはしばらく私の顔を見つめていたが、溜息をついて口を割った。

「そりゃあ……社内一の美女に話しかけられれば、悪い気はしないよね」

そこまで言った益子さんは、黙り込んでしまった。

とりあえず話題を変えよう。

「洋子さん……いえ、加治谷さんが入り浸っていたホストクラブって、判りますか？」

「キミは、訊いてばかりだね。しかしこっちの質問には全然答えていない。君たちはどうしてウチの社のことを知りたがってるんだ？　洋子の何を探ってる？」

益子さんは逆襲に出た。

「私……嘘がつけないので」

私は、ハッキリと言った。

「御社の皆様からこうしてお話を聞いているのは、御社と通経省の関わりが深いからです。通経省は最近あまりにも不祥事が多い、なんとかしろ、と上からは言われています」

「なんとかしろったって、通経省で盗撮があったり、役人が詐欺事件を起こしているのとウチは関係ないだろう?」

「そうとばかりは言えません。失礼な言い方ですが通経省も御社も同じ時期に、同じ速さで同じくらいダメになっているように見えます。原因も同じじゃないんですか?」

「まあ……そうとも言えるかな。通経省もウチも『やらかした』んだから。稼ぎ頭の半導体事業を捨てて、大枚はたいて原発一点買い、という意味では同じだ。人間、失敗すると心が折れて、ますます自分が嫌いになって、ますます何も考えたくなくなるものだ」

益子さんは力なく言った。

「何も考えなかったから失敗したというのに……しかし、そうなると自分の仕事に誇りを持つどころか、ちゃんとしよう、という気持ちすらなくなってしまう。怖いんだよ。自分を嫌いになるってことは。失敗そのものより悪い。でも、それと洋子が居なくなったことに、何の関係が?」

「洋子さんを探せと、これも上から言われています。それに、御社が現在この状況になっているそもそもの原因……どうしてそこまで通経省の言いなりになってしまったのか、という不可解な経営判断に、誰かが……何者かが影響を与えたのでは、という人もいるんです」

経済記者の峠さんの名前は出さないほうがいいだろう。

「それが……洋子だと言うんですか？　加治谷洋子が鍋田専務や、他の役員に影響を与えたと……」

益子さんは腕組みをして考え込み、「まあ、ありえないことではないかもな」と言った。

「だが、それにしても、洋子を探し出してどうしようと言うんです？　いや、彼女を見つけてほしいのは山々ですが、今さら罪に問うことは出来ないのでは？　そもそもあなた方は何なんですか？　警察か？　内調（ないちょう）か？」

「そのどちらでもありません。警官じゃないから逮捕も出来ないし、内調のような予算も人員もありません。強（し）いて言えばどこの部署も処理できない案件を、落ち穂拾（おぼひろ）いのように片付けてゆく、そういう仕事を私たちはしています」

「よく判らんな」

益子さんはそう言ったが、どうやら私を「敵ではない」と思ってくれたらしい。

「赤坂のプレステージ。ヒロトというホストが彼女のお気に入りだった。彼女を探すなら、そこから始めるといい」

＊

数十分後、私と等々力さんは赤坂の雑居ビルの前にいた。昭和の建築スタイルを残した古いビルだ。エントランスが、一階から最上階の四階まで吹き抜けになっている。今では考えられない、贅沢(ぜいたく)な空間の使い方だ。一階に人工の小さな池があり、壁面に金属の抽(ちゅう)象(しょう)アート風の飾りがある。そこを縫って本来は人工の滝が流れ落ちる仕様だったようだが、今は滝はとまり、池の噴水も、水中の照明も稼働していない。

その地下に「プレステージ」があった。

ホストクラブに足を踏み入れるのは初めてだ。

扉の前で躊躇(ちゅうちょ)していると等々力さんに背中を叩かれた。

「ほれ、行くぞ！」

「今回は結構お金かかりそうですね」

「仕方ないだろう。飲み会だって二グループ分払ったが、まあ、ネタは摑めたんだし。津島さんだって了解してくれてるんだし」

等々力さんは仕事と称して飲めることが嬉(うれ)しいようでもある。

「ホストクラブに男の等々力さんが入るのってヘンじゃないですか？　大丈夫ですか？」

「そうか？　そうなのか？　う～ん……そうなのかなあ？」

等々力さんは、根源的な疑問を突きつけられたような顔になって足が止まった。

「しかしなあ、オッサンの牙城(がじょう)みたいな銀座のクラブに女性客が行っちゃイカンか、と言えば、そんなことはないわけで」

等々力さんは、気を取り直したように言った。

「ま、細かいことは気にせず行こう。女湯じゃないんだし、男子禁制とも書いてない。日本国憲法第24条、両性の本質的平等だ！」

高級なお店らしく、黒服がうやうやしくドアを開けてくれた。

中は……きらびやかなベルサイユ宮殿のような内装を予想していたが、意外にも黒とメタリックシルバーの、近未来的でスタイリッシュなインテリアだった。もしかして、宝塚(たからづか)の舞台みたいな大きな階段が……と期待していたのに、それもない。

ホストもそうだ。イメージとしては全員が高級そうなスーツをビシッと決めて、と想像していたが、これも予想に反して上はパーカーやトレーナー、もしくはブランドロゴ入りのTシャツ、ボトムはジーンズや綿パンといった、カジュアルな格好ばかりだ。

「今はこういうスタイルが多いんですよ」

私たちを席に案内してくれた黒服が言った。

「初めてですか？　ご指名、ありますか？」

　そう訊かれたので、私は篠崎瑞麗が指名していたという「ヒロト」の名前を出した。

　承知いたしました、と黒服は丁寧（ていねい）に頭を下げて離れていった。

「ホントに落ちるんですか？　ここの経費」

「もちろんだ。こっちだって好きで来てるわけじゃないんだから」

　等々力さんはそう言ってニヤリと笑った。

「しかし国のカネで飲んで遊ぶのは背徳感があるよな。昔の政治家や官僚もそうだったんだろうな。この後ろめたさを感じなくなったら、人間、終わりだが」

　そこに声がかかった。

「ご指名ありがとうございます。ヒロトです。よろしくです」

　やって来たのは、茶髪だが特に背も高くなく超美形でもない、見たところはごく普通の若い男だ。まあ、チビデブブサイクではないから不快ではない。ただ、この手のお店で篠崎瑞麗こと加治谷洋子のお気に入りだったことから……かなり現実離れした容姿（ようし）の、ほとんどこの世のものとも思えない、凄い美形の青年をイメージしていた。完全に肩すかしだ。

　それは等々力さんも同じようで、ええっ⁉　という表情で驚いている。

「あれ？　どうかしました？　ああ、お客様方は初めてですか？　初めてですよね？　そうなんですよ。初めての方はホストって言うと、超美形で俺様タイプの、ローランドみたいなのを想像しがちですけど」

そう言って笑うところは、その辺の爽やかな大学生という感じだ。

「そういうビジュアル系ばかりじゃないんです……超美形の看板ホストって、いわゆる花魁、みたいなイメージなんすかね？　ど派手な外見、ど派手な髪型、加えて超上からの、超エラソーな態度」

「キミ、花魁知ってるの？」

等々力さんが興味津々という顔で訊いた。

「いや、歌舞伎で観ただけっすけど」

「歌舞伎観てるんだ。凄いね」

等々力さんは素直に感心した。

「別に凄くないっすよ。同伴出勤のお客さんに連れてってもらいました。花道のすぐ横の、手摺りのついた席に座らされて、豪華な弁当を食わされて……したらすっげえゴテゴテ衣装とゴテゴテの髪型の花魁が、本命彼氏がいるからって、太客の爺さんをNGにしてました。彼氏とあんたじゃ雪と墨、暗いところで見ても間違うわきゃない、二度と来んな……みたいな。すげーっすよね。おれら、思っててもそんなこと言えないっすよ」

それからもたまに行ってます、自腹で。音声ガイドの機械を貸してくれるから、わからないってこともないし、とヒロトは当たり前のように言った。

篠崎瑞麗は、この普通な感じと好奇心旺盛なところにハマったのか？

等々力さんが改まって訊いた。

「あのさ。こういうこと訊くと怪しまれると思うんだけどさ……」

等々力さんは、二枚のプリントアウトを取り出して彼に見せた。内閣人事局から取り寄せた、芝浜重工と関わりのある通経省の官僚二人の画像だ。

「この人たち、この店に来たことない？」

一人は桑原哲郎。政策立案総括審議官だ。もう一人は参事官の小杉保。二人とも省の幹部で、産業政策形成を担当している。この上の役職となると産業経済審議官と事務次官しかいない。産業経済審議官は主に国際問題を担当するので、国内企業の管轄となると、まさにこの二人、桑原と小杉がツートップなのだ。

桑原も小杉も、いかにも東大を卒業して国家公務員総合職試験に合格しましたという、絵に描いたようなインテリ顔だ。別に悪相ではないし禿頭でもない。小杉の方が年配で太っていて、メタルフレームのメガネを掛けている。

「お客さんたち、警察の方ですか？　それともマスコミ関係？」

果たして、思いっきり怪しまれている。

「そのどっちでもない」

「え～？　なんなんすか？　気になるなあ……なんかの秘密組織？　もしくはどっかのス

しまうところだ。

パイとか？」

冗談めかしたが本音だろう。普通なら、すいません、そういう個人情報は、と言われて

「安心して欲しい。私らは政府の人間だ」

等々力さんは身分証を見せたが名刺は渡さない。用心しているのだ。

「そういうことなら……まあ、何度かウチに見えてたのは、こちらの方ですね」

半分くらい納得した様子のヒロトは、写真を指差した。政策立案総括審議官の、桑原の方だ。どっちかと言えば快活でざっくばらんそうな顔立ちだ。

「で、この女性は君のお客だよね？　いつも指名されるんだろ？」

等々力さんはもう一枚、今度は加治谷洋子こと篠崎瑞麗の写真を見せた。

「ああ、ヨウコさんね。いろいろな方とご来店いただいてます。ほかにも髪の毛がちょっと残念で、目つきの鋭い年配の方とか」

それはたぶん、益子さんの事だろう。

「立ち入ったことを聞いて悪いけど、それであなたはこの女性、ヨウコさんと、どのくらいの関係なのかな？　結構深いところまでいってるの？」

「いやいや」

ヒロトは手を振った。

「ホストがお客とすぐ深くなるわけじゃないっすよ。お客さんは、たとえばキャバとか行って、キャバ嬢とすぐ彼氏彼女の仲になれると思ってます？」

「言われてみれば……そんなワケはないよな」

「そりゃ色恋営業や枕営業で客をつなぎとめるホストはいるし、そういうのが目当てのお客さんも、もちろんいます。でもヨウコさんはそういうひとじゃなかった」

「なかった……って過去形だけど、彼女、最近、ここには？」

「見えてないですね。ここんとこ、ぱったりと」

前はほとんど毎晩のようにご来店いただいていたのに、とヒロトは心配そうな様子になった。

「ヨウコさん、最初はそうでもなかったんですけど、最近、飲み方がヤバかったので」

「飲み方がヤバい？　具体的にはどんな感じだったんですか？」

彼女が失踪したことは言わずに私が訊くと、ヒロトはちょっと言葉を選んだ。

「なんというか……急にテンションが高くなってボトルもバンバン入れて、こっちが引くくらいカネ使いまくって……それはありがたいんだけど売り掛け溜めてトバれると俺も困るんで、大丈夫っすか？　っておそるおそる訊いたら、ぱっと現金で払ってくれて。でも、気がつくとすげえマジな顔でどっか見つめてたり、とにかくなんか、悩んでいるってことは判りました」

以前から酒癖がいいとは言えなかったけれど、最近は特に無茶な飲み方をしていた、と彼は言った。

「もう、滅茶苦茶絡まれて、暴言吐かれたり物投げてきたり、大変だったんすよ。介抱するのが」

等々力さんがわざと意地悪く突っ込む。

「そんなこと言って、どうせキミらが彼女を煽ってお金を使わせたんだろ？　浴びるように酒を飲ませて、高いオードブルを取らせたり……」

とんでもない！　とヒロトは手を振った。笑っていた顔が一瞬引き攣り、眉間に皺が寄った。

「俺たちは世間でいろいろ悪く言われているけれど、少なくとも俺は、ヨウコさんにそういう接客はしてませんでした」

ああ、この人は全部受け止めてほしい人なんだな、とすぐに判ったから、とヒロトは言った。

「いろんなお客さんがいます。オラオラ営業で奴隷扱いされて、カネを使わされることが快感だってひともいるし、色恋でお姫様気分になりたいひともいる。ヨウコさんはどれでもなかった。ただただ受け止めてほしい、そばに居て安心させてほしい人なんだと」

だからどんなに酒癖が悪くても、ひどい暴言を吐かれても、皿やグラスを割られても、全部許した、とヒロトは言った。

「ヨウコさんが暴れると、いつも抱きしめてあげるんです。辛いよね、辛かったねって、何度も耳元で囁きながら。そうしたらヨウコさん、泣きじゃくるんですよ。小さな女の子みたいに。それですっかり静かになってそのまま眠っちゃったりして。帰るときは嘘みたいに大人しくなっていました」

「金払いがよかったからだろ？　そんな地雷女、普通は我慢できないよ」

「まあ、それはありますね。かなりお金使って貰いましたが、あれは何処（どこ）から出ていたんだろう？　彼女、普通のＯＬさんですよね？　すげー実家が太いとかですか？　……まあとにかく、ヨウコさんについては俺が心の支え……つぅか、そういうモノだったのは確かです。それは自信があるっすよ」

セラピーを受けるみたいな感じで、彼女はここに来ていたのか。

「いつもありがとうね、ってヨウコさんは俺に言って、『私は女の友達が全然いないから、お客さんを紹介してあげられないけれど』って言って、男の人の知り合いを何人かここに連れてきてくれました。正直、偉そうな人たちばかりで、どう接客していいものか俺たちも困ったんですが、ヨウコさん、自分が受け入れられて持ち上げてもらえて、ヨイショされる姿を誰かに見せたくて、男の人たちを連れてきていたんじゃないかな」

そんな話を聞いているうちに、ポン、と景気のいい音がして、シャンパンが抜かれ、店内では賑やかなコールが盛り上がった。シャンパングラスを積んで上から高級シャンパンを注ぐ、アレも始まる気配だ。

「待って待って！　あたしが自分でやる！」

ホストから黒っぽいボトルを奪い取った女が、小さなテーブルの上に五段に重ねられたシャンパングラスのてっぺんから、ゴールドの液体を注ごうとしている。その女性に私は目を奪われた。

見事な曲線を描くボディ。熟女と言ってよい年齢だがバストもヒップも、まさに熟したメロンかスイカのように「たわわ」という言葉が相応しい。だがウェストはぐっと引き締まり、歳にしては短めの、白いドレスの裾から覗く膝下の脚もきれいに陽に灼け、見事に筋肉がついている。なにかのアスリートなのだろうか、と彼女の顔を見て、私はふたたび衝撃を受けた。

真っ赤に塗られた大きすぎる唇。日本の女性としては高すぎる、というより長すぎる鼻。大きく弓なりに描かれた眉。その下の、何か磁力すら放っているような大きな眼。アンバランスなのに、ひどくセクシー、というかエロい。

「凄いおばさん……いや、女性だな」

驚いたように等々力さんがつぶやくのが聞こえた。

女の私でさえ目を奪われるのだから、ある種の、というか、いわゆる肉食系の女性が好きな男の人には強烈にアピールするのではないだろうか。この人が辿ってきた人生の道筋には、無数の男性の屍が点々と散らばっているような……なぜかそんなイメージが私の脳内には浮かんだ。

いや……男性ばかりとは限らないかもしれない。

この人は……恐らく人を殺したことがある。何の根拠もないのに直観的にそう思った。習志野で厳しい訓練を受けてきた私自身と同じ臭いを、私はこの女性から感じ取っていた。同時に、その顔立ちに、どこかで見たような、という既視感も覚えた。

どういうひとなのだろう？　年齢も職業も経歴も、全然見当がつかない。

店中のホストが唱和するシャンパンコールで、店内がワーッと沸いたところに「いらっしゃいませ！　ウツメさま！」という声が重なった。

店のエントランスを見ると、入ってきたのは巨大な男だった。

スキンヘッドに、巨体にぴったり合った、ピンストライプの黒いスーツ。

手首には金色の腕時計と数珠。こちらはお金の臭いを全身から立ちのぼらせている。

大入道は辺りを払うような迫力で、シャンパンタワーで盛り上がる席に近づいてゆく。

「あら、法主さま、どうなさったの？」

「ちょっとここに用がでけてな」

大入道は関西弁で派手な熟女と言葉を交わしている。ヒロトが囁いた。

「あの人ですよ。ヨウコさんが連れてきたのは。以来、ご贔屓にしていただいています」

「え？　どっち？」

ゴージャス熟女かスキンヘッドか判らないので私が聞き返した。

「男性の方です」

男性客お断りのホストクラブもあるようだが、ウチはそんなことはない、とヒロトは言った。

「ウチはウェルカムですよ！　あの方はトークも面白くて盛り上げてくれますしね。最初はヨウコさんが連れてきて、以後、気に入ってもらえたのか何度も来店されてます。いつも綺麗な女性を何人か連れてこられて、『ワシには気ィ遣わんでええねん。この子らを接待したってや』って、気前よくお金を使ってくれるんで……一体、どんなお仕事をされている方なんでしょうね」

「外見からすると宗教法人か」

と等々力さん。

「あるいは女性が多い職場？　キャバクラか風俗の経営とか？」

「いや、一緒に来る女性がフーでもオミズでもない感じなんです。謎の人ですよ」

「今、一緒にいる女性も、なんだか」

謎めいた人ですねと、私が言い終わらないうちに、そのスキンヘッドの大入道が私を見て、バッチリ目が合ってしまった。

この人にも、傍にいる熟女と同じく怪しいオーラがあって、目の輝きに磁力がある。

大入道はにこやかに微笑むとゆっくりと立ち上がり、私の方に向かってきた。

「！」

私は驚いた。なんせヤクザかと見紛う巨体のスキンヘッドなのだ。一瞬身構えたが、しかしまあ……相手は微笑んでいるんだし、こういうお店の中だし、考えすぎだろう。

「素敵なお嬢さんに見つめられたら、ご挨拶しないわけにはいきませんな。ワシはこういうもンです」

関西風のイントネーションで話すそのスキンヘッドは、うやうやしい手つきで名刺を私に差し出した。

『白峯宗大本山創橙寺　大僧正　宇津目顕正』

と、極太のフォントで刷られていた。

「お坊さんですか」

私がイメージするお坊さんとは、着物に袈裟、手には数珠で足袋に草履という和服姿なのだが、今目の前にいる大入道は、見るからに高価そうで仕立ての良いダブルの背広を着ている。どちらかと言えば宗教というより、反社という言葉が似合う。

しかし……この人物の全身からは線香のような強い匂いがした。これはコロンや香水の香りではなく、お葬式や法事で嗅ぐ、お香の匂いだ。いや、線香というレベルではない、強烈な香りだ。

「お嬢さんはお一人で？　いや、この御仁(ごじん)とご一緒ですな？」

何と呼べばいいのか、宇津目さん？　宇津目大僧正？　宇津目先生？　とにかく大入道であるところの宇津目氏は、等々力さんを指し示した。

「はい」

「しかも、純粋に遊びに来たンではない。そうですな？」

「はい……まあ」

「そして、ここに来た目的は……ずばり、捜し物や。違いますか？」

「どうして判るんです？」

思わず私が発した言葉に、宇津目さんはフォッフォッフォと笑った。

「ワシくらいになりますとな、それくらいのことは判るんですわ」

そう言って合掌(がっしょう)した。その所作は流石(さすが)に様(さま)になっていて、なるほど、お坊さんというのは嘘ではないらしいと判った。

「……怪しすぎるだろう」

と小声で等々力さんが言い、聞こえたはずだが、宇津目さんはまったく動ぜず微笑みも絶やさない。

「お初にお目にかかります。ワシは東京の西の方で寺をやっとる宇津目、いうモンです」

微妙に場所をボカシながら等々力さんにも名刺を渡す。

「うちは宗教法人としては歴史が浅いンで、いわゆる『新宗教』と呼ばれるンですけど、寺そのものは平安時代にまで遡る由緒ある寺院なんですわ。ワタシは関西育ちなんで言葉がこれですけどな、ウチの寺は古刹、いうやつですな。名前は言えまへんが、病気で引退寸前にまで追い込まれたさる政治家が、うちで内密の修行をしてやね、結果、見事に復活をとげ、位人臣をきわめたこともあったっちゅうくらいで」

そう言って私を見た、顔は笑っているが、その目が怖い。瞳孔がやたら大きく、真っ黒で、今にも吸い込まれそうな磁力を放っている。

「新興宗教ですか。失礼ですが、信者の数はいかほど？」

反感を持ったらしい等々力さんがいきなりカマすが、大入道は動じない。

「言うほどの数はいてません。三桁がせいぜいや。けどワシらには教団として大きくなろう、いう野心はおませんのや。なんでか判りまっか？」

「さあ。なんでです？　公安に監視されたくないからですか」

「面白いこと言いますな。ウチはオウムとはちゃいまっせ。大きくなる必要がないのんはウチが『本物』やからや。ほんまもんの力を、社会の、選ばれた、ごく少数の人にお頒けする。ウチはそういうところです」

「上級国民限定の、会員制クラブみたいなところだと？」

「まあ、そういうことですわ。あんた、位人臣をきわめるようなお人には何が必要か、知ってますか？」

等々力さんは少し考えて答えた。

「まあ、今の日本で、政治家ってことなら、地盤カンバンかばん、ってとこでしょうね。何のひねりもない答えで申し訳ないが、まあ親の七光りは絶対必要ってことで」

「それだけではアカンのや！　七光りだけやのうて運の強さ、言い換えればより高い、目に見えない世界からのご加護が無うてはなりませんのや。そういうお力を引いてきて、真に必要とするお人に繋ぐ、それがウチのしてることです」

「ご加護」にあずかれば金運、財運は思いのまま、病気を治すことも、逆に政敵を病気にすることも破滅させることも、そして何よりも重要な、国家の先行きを読むことさえ出来るようになるのだ、と宇津目氏は言った。

「それが一般に知られてしまうとやね、有象無象が押しかけてくる。病気を治せ金持ちにしろ憎い相手を呪え、と、どうでもエエようなしょーもない連中の頼み事が持ち込まれる。それでは困るよって、ウチはあえて、知る人ぞ知る存在でおりますのや」

宇津目さんは途中からは等々力さんを無視し、私の目を射貫くように見据えたまま、お経で鍛えたのか、腹に響く野太い声で語った。あまりのバリトン美声に、催眠術にかかってしまいそうな喋り方だ。

「戦前ゆうか昭和の初期に出た、うちの中興の祖といえる高僧が、それはそれは凄まじい法力を持ってましてな。政治家や偉い軍人が大勢、相談に来たそうや。その流れが今に至っておる次第で、今でも、紹介のある方の相談にしか乗りまへん」

だが等々力さんは相変わらず反感を隠さない。

「はあそうですか。で、その、おたくで修行したとかいう、位人臣をきわめた人って誰なんです？　いや言わなくていいです。名前は言えないといいつつ、言ったも同然じゃないですか？　日本で位人臣をきわめ、といえば総理大臣しかありませんからね。しかも病気で引退寸前だったというと、もうあの人しかいない」

「さすがでンな。お見通しや」

宇津目さんは目力を抜き、普通の笑みを作って等々力さんを見た。

「しかし、大僧正。あの人物を助けたのは日本の為になりましたかな？　むしろ……」

「逆やと言わはるんか？　ウチは宗教法人としては歴史は浅いが、さっきも言うたとおり、寺としては平安末期から続いてます。その長～い歴史の節目節目で、ワシらはメガネに適ったお人に力を貸してきた」

「それが日本に仇なす存在だとしても？」

宇津目はいっそうにこやかになった。

「さあそれは。日本に仇なすという意味がよう判りまへんけど、ワシらにしてみれば、日本の為いうよりは、ワシらがお祀りしてる御方の為に、選ばれたお人であることが大切ですのや」

「おたくでお祀りしている神様か仏様かは知りませんが、一体それは何なんです？　おたくはどんな宗教なんですか？」

苛立った様子で等々力さんが訊く。

「出来れば簡単にお願いできますか？　難しい教義を言われてもこっちは仏教の知識が乏しくて、理解出来ませんのでね」

「せやなあ」

宇津目さんは頷いた。

「お祀りしているのは崇徳上皇の霊位です。崇徳院は京都の白峯神宮に祀られておりますけども、うちは寺院としてその菩提を弔うとともに、崇徳院の霊力をお借りして、この日の本をあるべき姿に作り変えるっちゅう、それを目的とする教団です」

「霊位なら神社では？　お宅様はお寺ですよね？」

「神仏が分けられたのは明治になってからのことですわ。日本では古来より、神仏は一体やったさかいね」

宇津目さんはそう言って、また合掌した。手を合わせるたびに胡散臭くなっていくように感じるのはどうしてだろう？

「大僧正が今おっしゃった、日の本、つまり日本のあるべき姿とは何です？」

「もちろん、崇徳院が望む形に、ということですワ。あなた方は御存知ないかもしれまへんけど」

宇津目さんは説明を始めた。

「明治維新以降、崇徳院が冥界から望まれたとおりに、日本の歴史や外交が動いてきた経緯が、事実としておます」

宇津目さんが自信たっぷりにトンでもないことを口走るので、私はもう、このオッサン頭おかしいんじゃないのか、としか思えなくなってきた。しかし等々力さんは逆に興味をそそられた様子でふんふんと頷いた。

「崇徳院といえば……私などは不勉強でよく知らないんですがね、たしか、日本国の大魔縁となり、皇を取って民とし民を皇となさん、つまり天皇家に仇をなすと誓った方だったのでは？」

「ほう。お若いのによう御存知でんな。崇徳院の怨霊について、多少のことは知っておられるようや」

宇津目さんは、黒服が元の席から持ってきたブランデーで口を湿らせると説明を続けた。

「平安時代の末期に保元の乱、いうのがおましてな、後白河天皇と争って破れた崇徳上皇が配流先の讃岐で、自分を追放した天皇家と平家を恨みつつ、失意のうちに亡くならはりました。その時ですわ。今あんたが言わはった『日本国の大魔縁となって天皇家を滅ぼす』との誓いを立てられたのは。自ら舌先を嚙みちぎり、血文字で呪いの経文を書き、それを海に沈めたと言われてますな。その呪いは覿面で、まず後白河天皇の身近な女性が次々と亡くなったのを手始めに、平家一門も呪いの経文同様、海の藻屑となり滅亡。やがて武士の世となり、天皇家による支配は終わりを告げました。あまりに悪いことばかりが起こるので、これは崇徳上皇つまり讃岐院の怨霊ではないかという話が広まって、『崇徳院の怨霊』は広く信じられるようになりましてん」

「怨霊とか呪いなんて所詮、迷信じゃないですか。何百年も昔の」

「そう思わはるやろ？　けど上の方の人らには、今でもそういう祟りを信じてる者も多い。現に天皇はんが京都から東京に移らはった時、わざわざ崇徳院をお祀りしなおしましたんやで。平安時代が終わって武士の世になった時、崇徳院は気が済んだやろうけど、明治になってまた天皇親政に戻ったわけやから、怨霊もまた復活するんと違うか？　どうか、もう祟らんとってください、そういう気持ちやったんやろうと思いますな」

明治天皇が即位する際に勅使を讃岐に遣わして、崇徳天皇の御霊を京都へ帰還させて白峯神宮を創建した、と宇津目氏は言った。

「気を遣(つか)うとったんは明治天皇だけやない。昭和天皇かて昭和三十九年に、崇徳天皇の式年祭を執(と)り行わせていますのや」

節目の死後八百年祭のため、香川県坂出(さかいで)市の崇徳天皇陵(てんのうりょう)に、勅使が遣わされている、とのことだった。

「けど、どの家庭でもご法事はやるものでしょう?」

と反論する等々力さんに宇津目氏も言い返す。

「そうかて歴代天皇全員の百年祭をいちいちやりますか? 百二十四代もおられる全員を百年ごとに祀っとったらエライことになりまっせ? 死後八百年経(た)ってもまだやるのは崇徳上皇だけです。それだけ力のある御霊(ごりょう)や、いうことです。伝説に真実味があると思いまへんか?」

ホントかな? と思うが、自信たっぷりの口調と立て板に水の説得力ある弁舌で聞くと、なんだか本当のように聞こえてきてしまう。

「それでね、あなた」

宇津目さんは等々力さんに標的を定めたようだ。

「明治維新以降の日本の歴史を見て、なにか思うところはおまへんか?」

「『坂の上の雲』ですか? まあ、よく頑張(がんば)ったんじゃないですかね」

「日露(にちろ)戦争まではそうとも言えるやろ。けど、どこかおかしいとは思わんかな? わざとに悪い方にばかり進んでいくような、いうたら不自然な感じや。あげく原爆二つ落とされてしまいや。なんでそんなことになったのか、なんであそこであんな判断をしたのか、あんなアホに実権を与えてしまったのか、とつくづく不思議に思うようなことが」

「……もしかして、それが『崇徳の怨霊』の仕業だと？」

「人の恨み、特に位の高い人の恨みを軽く考えてはいかん、ちゅうことです」

宇津目さんは断言した。

「恨みを残して非業の死を遂げた、そういう人の怨霊はこの世に影響を与えますのや。時の権力者にとんでもない誤った判断をさせて、あげく国を滅ぼすことさえある」

そう言って、また合掌した。

しかし……おかしいではないか。

「あの、宇津目さんのお寺では、そういう、災いをもたらすパワーを、政治家に与えているって事ですか？　でもそれって、悪いことをしてるんじゃないんですか？　世の中を悪い方向に進めているわけでしょ？」

そう言った私に、宇津目さんは破顔した。しかしやっぱり、その目は笑っていない。

「薬というものは、病気を治すし毒にもなる。『崇徳の怨霊』は、そういうものや。毒ばかりではおまへん。いい作用も起こしておるのです」

「毒の作用をさせないように、宇津目さんは出来るはずです」

「どうやって？」

「ですから『崇徳上皇の怨霊』の力を授ける相手を選べばいいじゃないですか」

「ワシが？　どうやって？　どういう基準で？」

「それは……」

　喋りながらナニを言ってるんだ、と思った。少なくとも「誰に授けるとヤバいか」ぐらいは、新聞やテレビを観ていれば判りそうなものじゃないか。

「何が日本の為になるかならんか、そんなことは何百年も経ってから判ることや。さっきも言うたけどもワシらにとって大切なんは、ワシらがお祀りしてる御方の為に、選ばれたお人であることです。正味な話、誰が崇徳院のお力と繋がるかは、冥界におられる崇徳院御自身のお考え次第、いうことや」

　とてもついて行けない、と思った。日本の国益よりも、存在すら怪しい怨霊の意向が優先されるなんて、国家公務員のはしくれとして、私にはとても認められるものではない。

　まあでもいいか。誰にだってバカな考えを持つ自由はある……と思ったところで、それまでスマートフォンで何やら検索していた等々力さんが反論した。

「申し訳ないが、宇津目さん。私にはすべてが非科学的に感じられます。『崇徳の怨霊』にしても、ほら、このサイト。ここには、崇徳院は讃岐の地でそれなりに幸せに生涯を全うしたので、呪いとか恨みとかは抱きえない、と書いてありますよ。歴史学では実績のある学者の意見です」

「そう思うんやったら、そう思えばええ。しょせんはオカルトと、笑う者は笑えばええんです。ただし……ただしや。負のエネルギーちゅうもんは、しばしば不滅で半永久的に残ることがおます。恨みや怒りの感情が強ければ強いほどに、それを信じる人が多ければ多いほどに……鎌倉時代の古戦場に、今でも落ち武者の霊が出る、いうやないですか」

続いて宇津目氏は驚くべきことを言った。

「崇徳院ご自身がどう考えておられたか、亡くならはった時にホンマはどうやったか、いうことも、実はあまり重要ではないんです。大事なんは、大勢の人がそれについてどう思っているか、や」

大勢の人が信じるものは『気』となって実体化する、と宇津目氏は言った。

「チベット仏教で言う『タルパ』の考え方や。たとえば幽霊いうたら必ず髪の長い女で、白い服を着てるのはなんでや、思いますか？　それは大勢の人が『そういうもん』と信じとるからや」

「いやいや、私は、その霊そのものを信じませんので」

等々力さんがそう言うと、宇津目さんは「ほうですか」と冷静に応じた。

「科学がすべてやと。ほな、あんた、これを見てどう思わはる？」

そう訊いた宇津目さんが、眉間に皺を寄せた、次の瞬間。

テーブルの上のブランデーグラスが、突然パリンと割れた。

「わ！」

いきなりのことに、等々力さんは顔を引き攣らせた。

私も驚いた。割れたグラスは、普通に、ギザギザのガラス片となったわけではない。見事に真っ二つに、まるで断ち割ったように割れたのだ。

こんな割れ方は、普通ではない。

私たちは息を飲んで絶句した。ややあって、ようやく等々力さんが言った。

「どんな手品ですか、これは？　こんなことで我々が騙されるとでも」

「手品やおまへん。信じるか信じないかはあんた次第や」

その時、宇津目さんが最初に座ったテーブルから美熟女がこちらにやってきた。シャンパンタワーに興じていた色っぽい熟女は、宇津目さんに声をかけた。

「ねえ、法主さま。いつまでよその席で話しているの？」

「ああ、済まんすまん。こちらがね、ワシの大好物の話を振ってくるさかいに。ほんで、ついつい」

美熟女は、割れたグラスを一瞥すると納得したように小さく頷いたが、私に目を留めるとじっと見つめて、いきなり私の手を取った。

「あなた、可愛いわね。よくそう言われない？」

「言われません。ガサツだとか女らしくないとはよく言われますが」

「見る目がない連中に囲まれてるのね」

美熟女は呆れたように等々力さんを見た。

「お仕事は？　当ててみましょうか。警察関係でしょ」

「あ、いえ、そうじゃなくて……」

「でも、何かを調べているのよね？　さっきチラッと耳に入ったけど。でもそんなに可愛いのに？　なんか、もったいないわね～、無駄に可愛いなんて」

この褒め方は微妙だ。無駄に可愛いって、どういう意味？

「あのね。女は、若さと美しさをお金に換えなくちゃだめよ。日本の男社会はそうそう変わらないから、だから女はきっちり策を講ずるしかないのよ。あなたの場合、その可愛さを武器にしないと損よ。どう？　私のところに来て仕事をしない？　絶対損はさせないわ。ちょうど欠員が出たところなの。しかも二人も」

なんだ、このグイグイくる感じは？　私はスカウトされているのか？

「可愛いだけじゃダメ。賢くなきゃ。学校の成績じゃなくて、地頭がよくなきゃね。あなたにはその両方がありそうだと思うの」

「あの、それはどんなお仕事なんですか？」

美熟女はにっこりと笑った。妖艶さに磨きがかかる。

「ここでは詳しく話せないけれど……世の中を動かす手応えを得られる、やり甲斐のあるお仕事よ。もちろん、それだけの収入は保証出来る。たぶん、今のお仕事の百倍くらいは」

「この子、そんなに安月給じゃないですよ」

等々力さんがムッとした顔で口を挟んできた。

「あらそう？　一千倍と言ってもいいんだけど」

美熟女は平気な顔でそう言い、添島茜と書かれた名刺をそっと私の手に握らせると、両手で包み込むように押さえた。

「よく考えて、連絡ちょうだい」

美熟女が腰を浮かせたとき、また男性客が入ってきた。この店はホストクラブなのに、男の客がけっこう来る。

だがその客を見た私と等々力さんは同時に「あ」と声を上げてしまった。

みるからにエリート風の中年男性。それが通経省政策立案総括審議官の桑原、その人だったからだ。高級官僚にしては快活そうで、ざっくばらんに見える顔立ち。写真で見た通りの印象だ。

驚いたことに、桑原が案内されたのは、美熟女と大入道宇津目さんがいた席だ。

「じゃあね。私は戻るから、宇津目さん、あなたも早く戻ってきて」

美熟女はそういうと自分の席に戻り、華やかな笑顔で桑原の相手をし始めた。

「あの男は、加治谷ちゃんにゾッコンやったんや」

宇津目さんは加治谷洋子を「加治谷ちゃん」と呼んだ。

「加治谷ちゃん、知っとるやろ。加治谷洋子。あんたら、彼女を捜しとるんやろ?」

なんでそのことを宇津目さんが知っている?

「桑原は立場を利用して、彼女にかなり接近しとったみたいでね。芝浜重工の専務秘書やいう事を判った上で、手を出しとった。あんな老けた若大将みたいな顔して、やる事はけっこうえげつない」

宇津目さんの顔からは笑みが消えている。

「しかも、彼女のことを『上からのお下がりだ』とか言うとった」

「その『上』って、誰なんですか?」

「さあなあ?」

宇津目さんはハッキリとは言わない。

「聞いた話やけどもや、加治谷ちゃんは外国と通じとって、あの美貌(びぼう)で知り得たいろんな情報を流しとった。ま、噂やけどな。芝浜のエンジニアから仕入れた最新技術を外国人に渡したとか、な。詳しい事は知らんけど。ま、所詮(しょせん)噂やけどな。あんた、それについて何か聞いとらんか?」

「いえ、それは初耳です。宇津目さん、宇津目さんは加治谷さんと、どういうご関係なんですか？　加治谷さんが何処にいるのか、もしかして御存知じゃないですか？」

「それはこっちが訊きたい。加治谷ちゃん、殺されたいう噂も聞いたけど、それはホンマか？」

真剣な表情になっている。

「加治谷ちゃんとは夜の街で知り合った、ただの飲み友達や。けどエエ子やったさかい、気になるねん。何か判ったら教えてくれるか？　あの桑原も心配しとる」

どこまでが本当の事なのか、判らない。

名指しされた桑原は、楽しそうに笑いながら美熟女と酒を飲んでいる。心配しているようには見えない。その美熟女は、宇津目さんが私とヒソヒソ話し込んでいるのを見咎めて、ふたたび宇津目さんを呼び戻しにきた。

「さあさあ、桑原さんも来たことだし、こっちで飲みましょうよ」

美熟女は花のような笑顔を浮かべて宇津目さんの腕を掴み、自分たちの席に戻っていった。

「こちらの店は、いつもユニークなお客さんが集まるんですか？」

宇津目さんの後ろ姿を眺めながら、私はヒロトに訊いてしまった。

「さ～。あまり他のお店を知らないので……でも、けっこう有名人とかいらっしゃるので、ユニーク度は高いかもしれません」

どうしましょう？　と私は等々力さんを見た。

篠崎瑞麗がこの店でかなりお金を使っていたこと、通経省の要人も一緒に来ていたことが判った。別に裁判の証拠にするわけじゃないから、今の段階で裏付けがなくてもいい。

そろそろ帰ろうかと腰を浮かした時、ヒロトに止められた。

「用が済んだら帰るって、淋しくないですか？　もうちょっとお話ししていきませんか？」

「でも私、お酒弱いので」

弱いのではない。歯止めが利かなくなるのだ。

「だったらソフトドリンクもありますよ」

等々力さんは、目で「まあいいんじゃないの」と言っている。

私たちは、一応のミッションは達成したという安心感で気が緩み、ヒロトの巧みなトークを楽しんだ。もう、完全に普通のお客状態だ。

「お仕事抜きで、また来ます！」

思わず言ってしまった。

「おいおい、自腹だと払えねえぞ。借金地獄に堕ちるぞ」

官房機密費で支払いを済ませた等々力さんが怖い顔で言った。

またお越しください、との声に送られ私たちはエレベーターに乗った。

「勘違いするなよ。金を落とす客だからこそ、ヒロトだって愛想よく丁寧な態度だっただけだからな」

エレベーターの中で等々力さんが私に説教する。

「判ってますよぅ。それ、等々力さんがキャバクラとか行っても同じこと思います？」

「おれは、目玉が飛び出るような高い店には行かねえもん」

エレベーターが地上に出て、ケージのドアが開いたところに、黒いコートを着た男四人が立ち塞がった。

「え？　え？　降りるほうが先でしょ」

抗議する等々力さんを無視して、彼らは黒い壁のように押し入ってきた。

無言のまま突入してくるなり私の腕を……両腕を摑んで外に引き擦り出そうとする。

「なにすんのよっ！」

多少の事では負けない自信はある。私の腕を摑んだ両側の男にすかさず肘打ちを食らわせる。顎にヒットした感触があった。思い切り振り抜いたので、たぶん二人とも顎は砕けただろう。

しかしこの男たちが凄いのはそれにまったく怯まなかったことだ。顎を砕かれた程度ではまったく腰が引けず、摑む力も緩まない。

「君たち、何をする！　こら。手を離せ！」

果敢に男たちに飛びかかった等々力さんだが、一瞬にして顔面にパンチを受けて鼻血を噴き出しながらエレベーターのケージの中にひっくり返った。

二人に両腕を掴まれ、あとの二人に前後を挟まれて、私は無理矢理エレベーターから引き擦り出されてしまった。

ビルを出たところの車道には、黒いワンボックスカーが後部ドアを開けて待っていた。私を乗せて、走り去ろうというのか。

絶対に乗ってはいけない。

そう思って抵抗した。後ろから口を塞いでくる男の手を思い切り噛んだ。ガリっという音がしたから、指の何本かは折れたはずだ。

しかし……やっぱり男たちは怯まない。

その時、黒い稲妻のように走る影があった。その人影は目にもとまらぬ動きで、私を拉致しようとする男たちに飛びかかってきた。

それは……高輪のレストランバーで、芝浜のエンジニアたちの中にいて、愚痴話をニコヤカに聞いていた、ただ一人若くて細マッチョの、アスリートのような青年だった。

背も高いことがわかった。二メートル近い長身で、筋肉質の腕にも脚にもパワーがある。私を前後に挟んでいた男二人の襟首を掴むと、あっという間に歩道に叩きつけた。

私の右腕を掴んでいた男が懐から拳銃のようなものを取り出そうとしたが、青年は先手を打って一撃を加え、武器を歩道に叩き落とした。

そこで左腕を掴んでいた男が青年の背後を取り、腕を回して首を絞めた。青年はその腕から頭を抜こうとしたが、なかなかうまく行かない。

その隙に私はワンボックスカーに押し込まれた。気がつくと投げ飛ばされた男二人が復活し、右腕を掴んでいた男と三人がかりで、車に詰め込まれてしまった。

必死になって抵抗したが、一対三では敵わない。

助けてくれようとした青年を絞め落とそうとしていた男も、青年を突き飛ばし、後から乗り込んできた。

ドアがバンと閉められて、車は急発進した。

ドアの外では、エレベーターから這い出してきた等々力さんが、「おれは無価値か？　おれは置いてけぼりか！」と叫んでいた……。

第四章　遺された血痕の謎

激しい振動と、ちらつく眩(まばゆ)い光に意識が戻った。慎重に状況を評価する。どうやら無理やり押し込まれた車で運ばれている。吐き気がするのは、押し込まれてすぐ吸わされた麻酔(ますい)ガスのせいだ。かなり抵抗して吸わないように息を止めたのだが、それも限界があって、結局は意識を失ってしまった。手首と足首が結束バンドのようなもので縛られている。

断続的に車内に射し込んでいる光が、後続車のヘッドライトだとやがて判った。二台の車が連なって、舗装(ほそう)されていない山道のようなところを走っている。

意識が戻ったと悟(さと)られないよう、私は薄目をあけて外の景色を見た。ここは何処(どこ)なのか。車窓の外は暗い。だが時々、鬱蒼(うっそう)とした木立から、木の間隠(こまがく)れに光が見える。下界の光だ。かなりの標高。おそらく東京の西部だろう。

ここで抵抗してもどうにもならない。

私の両脇に座る男は黙って前を向いている。が、私が意識を回復したかどうか見張っている筈だ。私は意識不明のままのフリをした。陸自の特殊作戦群ではそういう訓練も受けているから、素人かセミプロのレベルなら見破られない自信はある。

やがて車はさらに狭い山道に侵入し、いくつかのカーブを曲がったあとで減速した。タイヤが砂利を踏みしめるジャリジャリという音がして、大きな建物の裏手らしい場所に止まった。続いて後続車も止まり、ライトが消えた。

私は車から引き降ろされ、荷物のように男の肩に担がれて運ばれた。

男が砂利を踏みしめる音が響く。空気が冷たくて澄んでいる。時折、闇を縫って、ギャギャギャギャギャ、というような夜の鳥の声が聞こえる。高くてもの悲しい、笛の音のような声、そしてホーホーと鳴くフクロウらしき声もする。かなりの山奥だと判った。

前を歩く男が引き戸を開け、私は大きな建物の中に運び込まれた。音の反響からして、木造建築のようだ。

嗅いだ記憶のある匂いが空間に満ちている。お香のような匂い……どこで嗅いだのか。そうだ、ついさっき……というか意識を失う前に、あのホストクラブで嗅いだ香りだ。

私は床に下ろされた。木の床だ。かなり滑らかで、磨き込まれている。

男たちはさっさと出ていき、扉も閉められた。

広い空間で空気が冷え切っている。木の床も冷たくて、身体がしんしんと凍っていく感じだ。床がピカピカのツルツルだから、余計に冷たい感じがする。

私はゆっくりと頭を回し、周囲の状況を把握しようとした。

すぐ近くに祭壇のようなものがあり、どこかから洩れてくる光を金属が反射している。目を凝らすと、それが仏像や壺、蓮の花をかたどった飾りであることが見てとれた。

ここは寺の本堂だ。ご本尊の前に、ぶ厚い座布団がある。お坊さんがお経を唱える場所なのだろう。

やがて……どこかから足音、そして人の話し声が聞こえてきた。小声なので話の内容は判らないが……複数の人間がひそひそ話をしているのは確かだ。

私が寝かされているのは、ご本尊のすぐ傍だ。音を立てないようにじわじわと身体をずらし、話し声とかすかな光のほうに私は移動した。

ご本尊の脇にどうやら続きの部屋があり、引き戸が細く開いて中が見える。二人の男が向かい合って座り込んでいる様子が隙間から見えた。

顔を寄せ合い、ぼそぼそ話しているが、しんとした本堂にけっこう声は響いている。

誰がいるのか確かめようと、首を伸ばして盗み見る。

隣の部屋のすべては見えないが、新たに外から誰かが入ってくる気配があった。

「ども。遅うなりまして、すんまへん」

聞き覚えのある声がして、巨大な背中のシルエットが目に入った。頭が光っている。

どっかと腰を下ろした大入道は……自称大僧正の宇津目さんだ。赤坂のホストクラブ

「プレステージ」から移動してきたものか。おそらく後続車に乗っていたのだろう。

「斉木さん、一体何の用です？　通経省は駆け込み寺ではないんですからね。細かいことでいちいち我々をアテにしないでいただきたい」

　右側の男が口を開いた。この声もプレステージで聞いた。通経省の審議官だとかいう桑原氏だ。

　宇津目と桑原はプレステージから後続車に乗って移動してきたのだろう。だが、斉木と呼ばれた第三の人物は……？

「そうは言われましても……我々も本当に困っているんです。なんとかしてください。お力を貸していただかないと、どうにも」

　斉木と呼ばれた男が、宇津目さんに土下座せんばかりに平身低頭している。

「お願いします」

「そない言われてもなあ……女に脅されてるって……アンタの方でも表沙汰にできない、マズいことがおますのやろ？　アンタ自身の不倫みたいな小さなことやのうて、会社の大きな不祥事とか」

　宇津目さんはそう言い、右側にいる通経省の官僚・桑原も同調した。

「そうだ。大僧正さまの仰るとおりだ。だいたい、どうしてそんなことになったんだ？脇が甘かったんだろう？　君たちで何とかしたまえ」

「いやそんな！」

左側の男は悲鳴を上げた。

「今まで、なにもかも通経省の言う通りにしてきました。そのために巨額の損失を出して、あげく収益を挙げていた虎の子の事業も切り売りせざるを得なくなったんですよ？　それもこれも通経省さんの甘言に乗ったせいではないですか。『いずれ原発の輸出で儲かる。他国がすべて原発から撤退している今なら、日本が世界中の原発事業を独占出来るんだから』という言葉を信じたんです。それがどうです？　こんなことは言いたくないですが、今、この有様ですよ」

斉木と名乗る男は、悲痛な声で訴えた。

「ここまで国に尽くしてきたんです。どうか、お力を貸してください！　ここで見棄てないでください！」

だが、そこまで迫られても、桑原の反応は鈍い。暗い灯火に照らされて、無言のまま眉根を寄せるだけだ。

「いやいや、黙ってやり過ごされては困るんです！　本当に、ウチは上場廃止になるかどうかの瀬戸際なんです」

「だから、今度の株主総会では力を貸す。なんとか無事乗り切れるようにする」

「それだけじゃあダメです」

支援を要請している側が、高圧的な態度に出た。

「GEと組んだ日立さんはカナダに小型原発を売ることが内々に決まったんでしょう? ウチは、インドネシアやタイへのセールスさえも不調なのに」

「それはオタクの問題でしょう? こちらとしては個別の商談まで面倒は見られませんよ。ただでさえ民間との癒着が問題になっているのに」

「今それを言いますか? だったらヘイスティングス・エレクトリック買収の件はどうなんです? あれはウチに是が非でも買わせようとした通経省の策謀でしょう? 三菱重工さんも日立さんも買わなかった難アリ物件を」

とんでもない厄ネタを高値掴みさせられた、と嘆く斉木。うんざりしたように桑原が答える。

「斉木さん、それはないでしょう。ウチとしてはオタクに話は持ってはいきましたよ。しかし企業として買収を実行するかどうかはオタクの判断でしょう。策謀とは人聞きの悪い」

「いいえ。思えばあれがすべてのつまずきの始まりだったんですよ。しかも買収を煽ったのは桑原さん、もっと言えば官邸の『あの方』でしたよね」

「そうでしたかな?」

必死な男……どうやら芝浜重工の重役らしい……に向かってトボケて見せる桑原に、男はムキになった。

「今さら何を言うんです？　何がなんでもヘイスティングスを日本勢で買い取れ、ＧＥに負けるな、と煽ったのはあなた方通経省ですよ」

「斉木さん、やめましょう。今さら済んだことを蒸し返しても仕方がない。それにあなたの言い分は間違っている。その点だけは訂正させて欲しい。我々通経省が、長期政権の経済政策の目玉として、原発輸出を国策として推進したいと考えたのは事実だ。折しも原子力から手を引こうとしていた海外企業がヘイスティングスを売りに出していた。ヘイスティングスといえば、加圧水型原子炉のトップ・メーカーですからな。正直言えば、オタクでも三菱さんでも日立さんでも、どこかが買えばいいと思っていた」

「ナニを言うか！」

芝浜重工の男は激昂した。

「そうは言わなかったぞ。ウチと他の二社を競わせたのはあなたじゃないか！　どこでもいい、日本企業が買えさえすればいいと思っていたなら、三菱さんや日立さんとコンソーシアムを組めばよかったんだ！」

「そうですよ」

桑原は、今更ナニを言ってるんだ、という顔をした。

「それが冷静な判断でしょう。しかし、あなたのところの……いやもうこの際、ハッキリ言いましょう。斉木さん、原子力部門のトップであるあなた。斉木さんご自身が無駄な競争心を全開にして、最初は三菱と、次の入札では日立・GE連合と競り合って無駄に買値を吊り上げたんでしょう？　そんなこと、我々通経省はやって欲しいとはまったく言ってませんよ。それはあなた、斉木さんの暴走でしょう？　結果、どこの銀行も商社も、協力に二の足を踏まざるを得ない高値にまで価格が競り上がってしまった。そこをむざむざ高値掴みしてしまったのは、あなたの暴走を止められなかったオタクの首脳陣の責任ですよ」

「そこまでおっしゃるなら私も言いますがね、国策としての原子力の推進に協力してきたのは何処だと思ってるんです？　国内トップの重電メーカーのウチの力があったればこそでしょうが」

「何をおっしゃる。ウチはオタクに原子力を最優先でやって欲しいとお願いしたことなどありませんよ。勝手に忖度したのはオタクの会長だ。オタクの会長が経団連のトップになりたいばかりに、国策にスリ寄ってきたんだ。国と二人三脚で国策推進という実績が欲しかっただけだ」

芝浜重工の男は「ウチの口車に乗せられたかのような言い方は止めて戴きたい！」と桑原にばっさりと斬り捨てられて全身を硬くする様子だ。なるほど。この男が、芝浜重工の原子力部門を握る、斉木という人物なのか。

その斉木は、声を震わせながらも懸命(けんめい)に応戦した。

「たしかに、あれは私たちの失敗だったかもしれません。それでもあなた方、いや日本政府があそこまで原発に執着(しゅうちゃく)していなければ、私たちとて、あんな無茶な買収に追いたてられてはいませんでしたよ。それでもまあ、買収金額については、ヘイスティングスののれん代ということで諦(あきら)めもつきましょう。しかし……その次に買収してしまったレイク・アンド・シャスターの件で、私たちは今、どうにもならなくなっているんです」

原発工事に特化した特殊建設会社のレイク・アンド・シャスターが、芝浜の命取りになりつつある、と斉木は、泣き落としモードに入った。

「掘れば掘るほど負債が出てくる。メチャクチャな決算をしていた事が判ってくる……こんな疫病神(やくびょうがみ)のようなポンコツ企業を、どうして買収なんかしてしまったんだろう……訴訟(そしょう)に次ぐ訴訟、トラブルに次ぐトラブルでちっとも工事が進まない。コストが嵩(かさ)むばかり。事態を打開するには、我々を訴えていたレイク・アンド・シャスターも買収してしまえばいい。そう思ってしまったのです。貧(ひん)すれば鈍(どん)す、と言いますが、そこまでウチが追い詰められ、まともな判断が出来なくなったのもあなた方のせいだ。日本の原発を海外に売れ、現地で工事をして原発を造れ、それが国策だと、通経省が私たちに言ったせいなんだ。桑原さん、あなた、レイク・アンド・シャスター、いやヘイスティングスから口利き料でも貰(もら)ってたんですか？」

「失敬な！　言っていいことと悪い事がある！」

桑原は憤然とした。

「何もかも政府のせいだと言われても困る！　ヘイスティングス買収まではたしかに日本国政府の肝いりだ。しかしレイク・アンド・シャスターについてはおたくの判断じゃないか。おたくは金の卵を産むガチョウを売ってしまっただろう？　収益を挙げていたメディカル部門だ。その資金で、ヘイスティングスの減損でできた赤字を穴埋めしてようやく一息ついたと思ったら、またぞろ性懲りもなく高値摑みの買収だ。とても面倒を見切れないよ」

「何を言うか！」

斉木も色をなして言い返した。

「お宝のメディカル部門を売ってまで原子力部門を守ったのは、国策だからじゃないか！　政府の意向に沿ったからじゃないか！　今更、政府の都合で梯子を外されても困るんだ！」

「斉木さん。冷静になりなさい。あなたの言っていることはおかしい」

冷静な口調に戻った桑原が、諭すように言葉を連ねる。

「オタクは民間企業ですよ。東証一部上場の、特別銘柄の、戦前から日本を代表する名門大企業じゃないですか。買収は、あくまでもあなた方自身の経営上の決断で、取締役会の承認も得たうえでのことでしょう?」

それに対して斉木が言葉に詰まったので、桑原はさらに言葉を重ねた。

「実際に買ったのはあなた方なんですよ?　国際的ビジネスの最前線で日々仕事をしている筈の、あなた方が決めたことなんだ。たしかに我々は、我が国成長戦略の目玉として、重電各社に原発輸出を薦めましたよ。しかし日立も三菱も、挙げた手を下ろしてしまったんだ」

「だから何なんです?」

官邸や官邸に密着していた通経省に逆らう選択肢など、自分たちにはなかった、と斉木は悲痛な声を絞り出した。

「何もかも思うようにはいかなかった。安全策だって『あの事故』の前から比べると何倍ものコストがかかるようになっていた。アメリカ政府からも次々に追加規制がかかり、何年もかかって、ようやく建設の認可が下りる状態になってしまったんです!」

「斉木さん。いい加減、人のせいにするのはやめなさいよ。我々だって何もしなかったわけではない。三菱重工に言ってヘイスティングスをおたくから買い取らせようと努力はした」

「重工さんは逃げたじゃないですか!　うちと違ってアチラの社長はアメリカでのビジネス経験があった。あの二社が始終工事で揉めていて評判が悪いことを知っていたんだ」

「たしかに、それについては三菱の社長から警告された。あそこには日本として手を出さないほうがいいと」

それを聞いた斉木はキッとした顔で桑原に詰め寄った。

「だったらどうしてそれを我々に教えてくれなかったんですかっ！」

しかし桑原は薄ら笑いを浮かべた。

「教えてどうなると言うんだね？　それが判ったのはオタクがヘイスティングスを買ってレイク・アンド・シャスターも高値摑みをしてしまったあとだ。リアルタイムで知ったのならともかく、その時はもう、どうにもならなかっただろう？」

「何を他人事みたいに……」

怒りのあまりか斉木の声が低くなった。

「いいですか？　何度も言うが、うちはオタクの言うことを何でも聞いてきたんですよ？　結果、とんでもない厄ネタ企業を、しかも二社も摑まされて、あげく、決算の数字を操作するしかなくなりました。政府は、ウチがよく事情を判っていないところに付け込んで、あのゾンビみたいな死に損ないの会社を買わせたんだ。しかも三菱さんとの競争心を煽るだけ煽って」

その結果ウチは追い込まれた、今まで隠してきた巨額損失が表に出ればウチはおしまいだ、と、斉木は憑かれたような口調でまくし立てた。

それまで黙っていた宇津目さんが、ここで口を開いた。

「けどな……日立も三菱も買収するのを見送ったヘイスティングスでっせ？　他社が慎重になってるのに、どうしてオタクは買うてもうたんですか？」

「それは……何度も言っているように他社に獲られたくなかったからです。それに、桑原さんも我々を煽りに煽ったではないですか。日立さんと三菱さんが競り落とそうとしていると」

指をさされた桑原はそっぽを向いた。

「嚙み合うてませんな、お二人の話」

宇津目さんが言い、桑原がイヤイヤと割り込んだ。

「私はあくまで情報をお伝えしただけです。現にあの段階では日立も三菱もヘイスティングスを手に入れて、アメリカのシェアを全部獲ってしまおうとソロバンを弾いておりましたからな。斉木さん、あなたの主張では、まるで私や通経省がわざと情報を握りつぶして芝浜さんに不利になるように動いたと言わんばかりだが、それは断じて違う。日本経済を担う官庁として、日本を代表する巨大企業に不利になるような真似をするはずがないじゃないですか！」

「傍から聞いていても、そう思いますわ」

宇津目さんは、聞きようによっては絶妙な煽り方をした。

「通経省さんとしても芝浜さんにはいろいろ便宜を図ったのではおまへんか？　ここだけの話、密告が寄せられた金融庁と証券取引等監視委員会を抑えて、おたくの不正経理が表に出るのを極力遅らせたんですからな。あの夜の、場所もここでの密談、忘れたとは言わせまへんで」

背中の動きだけで、宇津目さんが斉木を睨みつけたのは判った。

「そもそも、八十億もの巨額の不正会計が表沙汰にもならず、東京地検も動かんかったことを、まさか、当たり前やとは思うておられまへんでしょうな？　同じ粉飾決算でも、オタクより遥かに金額が小さかったライブドアが摘発されて、あげく潰れてもうたのに」

それを聞いた斉木は「冗談じゃない！」と血相を変え大声をあげた。

「宇津目さん、あんな成り上がりと一緒にしないでいただきたい。ウチは歴代トップが経団連の会長を拝命するのが当然の、名門中の名門企業です。『財界総理』の指定席はウチのトップと言われているんですぞ」

「せやからそういうとこですわ。そういう財界病が原因で左前になっとるんと違いますか、オタクは？　今の経済状況では経団連やのなんやのと、そんなゼニにもならん見栄張りにウツツを抜かしてる余裕などおまへんやろ。財界総理？　あほくさ。それがなんやねん。はっきり言うて、オタクの会長が、経団連のトップを取りたいばかりに通経省の言いなりになってきた、あげくがこのザマや」

宇津目さんはわざと乱暴な言葉を使って煽っている。しかしその言い分は間違っていないんじゃないか、と経済に疎い私でも感じた。

だが斉木は怒りがおさまらない様子だ。

「ウチの粉飾決算を庇ってやったと仰る？　馬鹿な。むしろそんな介入などしていただかないほうがよかったんだ。発覚が遅れたばっかりに我々の傷はいっそう深くなり、我が社は収益部門をバラバラに切り売りしなくてはならなくなったのです」

「あんた、時系列が混乱してまっせ。都合よく話の順番を組み替えてまへんか？　それに、わては知ってまっせ。発覚を遅らせたのは芝浜さん、おたくや。監査してもろとることは別の監査法人の、コンサルティング部門に高いカネ払って、粉飾決算を指南させてましたやろ？」

うんざりしたように宇津目さんが言った。

「しかしやね、これも私がここでの密談でつぶさに見てきたから言えることやけど、芝浜さん、あんたとこは、なにもかもヒトのせいにするのは如何なものですやろか。こういうことは通経省さんの口からは言い辛いやろうから私が代わりに言わせて貰いますけどな、オタクが無理めな価格であの原発企業二つを高値掴みして資金の手当てに困った時、政府がメガバンクを動かして助けたこと、それも忘れたらあきまへんで」

それを聞いた桑原は、わが意を得たりというような笑みを浮かべた。しかし斉木は顔をしかめて首を横に振った。

「みすず銀行の沢口会長のことですか。あれも今となってはあんな金、借りないほうがよかった。あそこで資金の手当てがついたばっかりに、あんな厄ネタ企業を高値掴みすることになったんだ。そもそもあの銀行自体がおかしい。回収の当てもない金を貸し込む余裕はあったクセに人件費をケチるだけケチって、今世紀になってから三回、今年だけでも、なんと八回もシステム障害を起こして金融庁を激怒させたじゃないですか！」

「あんたなあ、金を貸してくれた銀行を、そないに悪う言わん方が宜しいで」

宇津目さんが取りなすように言ったが、ひそかに聞いている私も呆れるしかない。

日本で一流とされている企業も銀行も、どうやら全部裏ではつながっていて、おかしな互助会みたいなものができている……要するにそういうことではないのか？

しかもその互助会の判断はことごとく間違っていて、お金の使いどころもほぼすべて、的を外しているらしいのだ。

しばらく、沈黙が場を支配した。

本堂の磨き抜かれた木の床が、眩しいくらいに隣室のロウソクの火を反射している。

ふたたび妖しい香りが強くなった。それは「プレステージ」で、宇津目さんの全身から漂っていた香りだと気がついた。お線香か何か、仏教の儀式に使うお香の匂いなんだろう。

重苦しい沈黙を破ったのは宇津目さんだった。

「高値掴みしてもうたモンはしゃあない。損切りしはったらよろしいがな。なんで売りに出さへんのですか？」

「簡単に言われるが、売ろうにも買い手がつかないからです。不良債権を買ってしまったんですから」

桑原が言う。

「とにかく、そんな昔のことを今さら蒸し返してもしょうがない。今の話をしよう」

それには斉木も同意した。

「そうですね。では……話を戻しましょう。とにかくあの女は我が社の不祥事について何もかも調べ上げていて、それを株主に知らせると脅してきているんです。大株主の海外ファンドも、取締役解任の動議を出すと言っている。その取締役とは、私のことですよ」

怒りから一転、感情を押し殺して能面のような表情になった斉木は、他の二人を見比べるように睨みつけた。

「解任されて何もかも失ったら……私にはもう怖いものはなくなる、それが通経省にとっても、どういう意味を持つか、お判りでしょうな？」

それを聞き、凄味(すごみ)のある斉木の表情を見た桑原は、これまでの高圧的な態度を一変させて慌(あわ)て始めた。

「まあまあ斉木さん、ちょっと待ってくれ。早まってはいかん。いかんよ。これからみんなで落ち着いて、善後策を考えようじゃないか」

「時間がないのです」

斉木は追い打ちをかけた。

「海外の機関投資家から、改革が十分ではない、収益も上がっていない、役員を退任させろ、株主総会の議長も信任しない、という動議が出ているのです」

「ほうでっか。せやったら差し当たり、女の件より先に、株主総会をどうやって乗り切るかという相談でよろしいか？」

宇津目さんが仕切った。

「その件は承知した。その海外の投資家にはウチから圧力をかける」

桑原が確約した。

「コトがコトだけに、書面での確約は勘弁して欲しいが」

「結構です。実行して戴けるなら。そのうえで……」

密談は芝浜を脅しているという女の話に戻った。

「その加治谷洋子という女は入社の経緯も曖昧(あいまい)で、勤務態度も宜しくない。しかし持ち前の美貌(びぼう)と色香で重役秘書という大任を務めています……私は、コンピューター部門を統括している鍋田がどこかで拾ってきて、愛人兼秘書って事にしてたんだとみていますが」

斉木は腹立たしそうに言った。

「加治谷洋子は私にまで露骨な色仕掛けで近づいてきました……ああいや、もちろん悪い気はしませんでしたよ。私としても。何しろ美人ですからね。ところがその後、とんでもない女だったことが判ったのです。私に接近したのも、うちの事業部の情報を取るためだったんです。スパイですよ、あの女は」

斉木は続ける。

「それだけでも充分胡散臭いのですが、やはりというか、ついにというか、あの女はあらゆることを調べ上げて、その結果をもとに我々を脅している。しかも、それだけではありません。重要な我が社の機密まで持ち出しているんです。どこの国とは言えないが、我が国に敵対的な某国が今、喉から手が出るほどほしがっている技術情報なのです」

斉木は先程とはまた表情を一変させて、切迫した口調になっている。

「我が社の再建は、あの技術を守れるかどうかにかかっているのです。当初は評価できず研究をサスペンドしましたが、それが失敗でした。あれが流出し、ウチより先に他社で製品化されたら、ウチは終わりです。打つ手がない。タマがなくなるんです。そうなると、原子力部門も守れなくなるんですよ！」

「しかしやねえ」と宇津目さんがボヤいた。

「そもそもの話、そんな機密を誰が彼女に与えたンですかな？　そんな大切なモンをやね。オタクのガバナンスはガバガバになっとるのと違いますか？」

宇津目さんを桑原は「まあまあ」と取りなした。

「最先端の画期的な技術はどこの国も、自国のものにしようと鎬を削ります。なんとかして真似しようとする者もいれば、手っ取り早く盗み出そうとする者もいる。今や産業機密は国家機密以上に価値がある」

桑原はそう言ってから、斉木を見た。

「あの女のバックには、一体何処がついている？」

「確証はありませんが、さすがに一人で我々を脅すほどの度胸があるとは」

「だからバックがあるでしょう！　あるに決まってる！」

桑原は食い気味に言った。

「だがその女が機密を持っていても猫に小判だ。必要とする者に渡って、初めて価値が出る。その何者かは当然、相当資金力がある大きな組織。あるいは国家」

「国家、いうたら大方……」

宇津目さんが何か言いかけたとき、「お話は終わったかしら？」という声がして、四人目の人物が入ってくる気配があった。

「まだ終わってへんがな。何の用や？」

宇津目さんがそちらを見たが、引き戸の隙間からは姿が見えない。

「ちょっと本堂に用があるのよ」

だがその声には聞き覚えがある。ホストクラブで「うちで働かない？」と私をスカウトしてきた、あの美熟女の声だ。貰った名刺にはたしか……添島茜と書いてあったはずだ。

「あ、さよか」

宇津目さんが軽く答えた。

私は、最初に寝かされた元の位置に急いで戻ろうとしたが、その前に引き戸がスパン！と音を立てて左右に全開した。

暗い本堂に光のすべてが射し込んだ。

その眩しさに私は反射的に目を瞑(つむ)ったが……ゆっくり目を開けると、護摩を焚(た)く炎のゆらめく光越しに、女性が立っていた。

ドレス越しに、見事な曲線の豊満なプロポーションが透(す)けて見える。

「さっきの話だけれど、上白河さん、いえ、レイさん。あなたに断るという選択肢は無いから。これはもう決まったことなの」

ホストクラブで私に話しかけてきた美熟女・添島茜が言い放ったので私はムカついた。

「はぁ？　何を無茶苦茶なことを言ってるんですか。ひとをいきなり拉致監禁(らちかんきん)しておいて、仲間になれ、選択の余地はないって……そんなことが通るわけがないでしょ！」

「こんな状態でよく喋(しゃべ)れるわね」

彼女は笑った。

「その元気の良さがますます気に入ったわ。あのね、私たちにはそれが出来るの。あなたが嫌なら、無理やりにでもね」

彼女は思わせぶりに言葉を切った。

「隣の部屋での話、全部聞いたんでしょ？　あなたがいるのを知ってて話してた、と思うけど」

「それは……私に聞かせるため？」

「違う。わしらは、アンタが注射かなんか打たれて寝てると聞かされとった」

宇津目さんが彼女の後ろから言った。

「同じことよ。いいこと？　私たちはこの国の、一番上の人たちと繋(つな)がってるの。この国を動かしているのは私たち。逆らうのは賢(かしこ)い考えじゃないわね。あなた一人、潰すくらいなんでもないんだから」

「なにそれ。アンタ、アタマ大丈夫？」

だいたい、「この国を動かしてるのは私たち」と、皇族でも有名政治家でもない、一般人に近いようなヒトが言い出すのは正気の沙汰(さた)ではない。

「あんた何様？　日本を動かしてるって？　ナニソレ。高いお酒の飲み過ぎじゃないの？」

縛られているのもお構いなしに、言いたいことを言ってしまった。

「まあいいわ。信じられないのも無理もないでしょう。上白河さん。あなたは政府の一員だから、自分たちこそが日本を動かしてると思ってるんでしょうけどね」

そんなことはまったく思っていない。だって私は総理官邸の一員かもしれないが、末端も末端の、芥子粒みたいな存在なんだから。

「上白河さん、いえレイさん。あなたのことは何もかも調べさせてもらいました。それこそ、あなたについて、あなたより知ってるくらいにね」

彼女はそう言ってニッコリした。

「昔、福生で暴走族だったことも、陸自の特殊部隊でトラブルを起こしたことも、中学高校時代は結構な不良だったことも……それこそ全部ね」

「それがどうしたの？　週刊誌ネタにもならないし、私の事を知りたいヒトなんか、この世にはいないし」

「そう？　総理官邸スタッフにとんでもない不良が、とか、官邸は元ヤンをリクルートして日本を暴力支配とか書かれてもいいの？」

「書くのは三流のネットニュースだけでしょ。『まいじつ』とか。そんなの読んで誰が信じるんですか？　信じるのはバカだけでしょ」

「国民をバカと言うのは間違いの元よ。そういう記事を差し止めるのに無駄な労力とお金が必要になるでしょ？」

私の前歴は既に承知のことだし、私が自分で応募したわけでもない。私は陸自から引き抜かれて転籍したのだ。私を使うことで起きるあれこれは承知の上での引き抜きだろう。必要とされる限りはそれなりの働きをするし、切り棄てられるのならそれまでだ。

「それにね。私の誘いを断れば、あなたの大事な人たちに危害が及ぶかも」

「それが脅しになると思ってるのね」

私は一笑に付した。親に危害が及ぶ？　ウチの親なら機関銃を浴びても死なないんじゃないか？

ただ……彼女の脚を見て、私は彼女をあまり舐めない方がいいと思い直した。白いドレスの短い裾から伸びる脚は美しいが、見事に筋肉がついている。色香で男を虜にしているだけではなく、いざとなったら武闘派にもなれる鍛え方……それが判ったのだ。

そう思って見ると、彼女の腕や首筋にも弛みがない。それは美容のためではなく、苛酷なトレーニングの賜物ではないのか？

そうは思いつつ、私は彼女を煽ってみた。

「ねえ。そういう古くさい脅しって、これからもずっと使うの？　全然アップデートしないのね」

私が笑ったのが、お気に召さなかったらしい。

「口の利き方に気をつけなさい。法主さまのお力を使えばあなたの息の根、今すぐにとめることも出来るのよ。指一本触れることもなく」

きっとした表情になり、怒りを露わにする美熟女を宥めるつもりか、宇津目さんがドタドタと足音高く入ってきた。

「まあまあ二人ともそのへんにしとき。このヒトは」

と宇津目さんは私に向かって添島茜を顔で示した。

「このヒトは、ワシの力を過信してる。ワシが呪えば、その相手はコロッと逝くと信じとる。しかしまあ実際はそう簡単にはいかん」

「まあ、法主様がそんな弱気なことを……法主様の大望……あの大きな目的に障りますよ」

「ええのや」

宇津目さんは彼女をいなした。

「大事の前やからこそ、こういう細かいコトにこだわるのは止めとき、言うとるんや。それに、脅したり賺したり強要しても、人間ちゅうもんは本気で仕事はせえへんで。本人が心底『やったろか』とやる気を出さん限り……あんたがそうやろ？」

茜は私をチラリと見て、「まあ、それはそうね」と言った。

「それより、あんたと大事な打ち合わせがある。これは聞かれたら困ることやから、向こうで」

と宇津目さんは言って添島茜を連れて行き、それに斉木と桑原も従った。

本堂から人がいなくなった。

音が、しない。

完全な静寂（せいじゃく）が支配した。

薄暗くて広い本堂がしんとしているのは、恐ろしいくらいだ。

外からは、野鳥の不気味な鳴き声が聞こえてくる。

が……。

少し離れた場所で微（かす）かな物音がした。何かが倒れるような音。しかし、別室に移動した連中は気づいていないようだ。

ほどなく微かな気配があった、と思ったら、本堂正面の引き戸がすーっと開いた。

筋肉質の身体を黒いタートルネックのセーターと黒いジーンズで包み、黒いソックスに黒い目出し帽という、怪しさを絵に描いたような男が音もなく入ってくると、私の足首の結束バンドを切り始めた。

「またお会いしましたね。これで三度目ですが」

両手両足の結束バンドを切ったところで目出し帽を取ると、そこにいたのは、例のイケメンだった。芝浜重工のエンジニアたちの中に居た細マッチョ、そして私が無理やり車に乗せられるときに阻止しようと奮戦してくれた、あのアスリートのような男だった。

「初めて声を聞きました。いやでも、あなたがどうして」

「助けに来たんですよ」

ありがとう、と言うべきなのか？

「何者なんですか、あなたは？」

「まあそれは追々、とにかく早くここを出ましょう」

と彼が言った途端に、けたたましい警報が鳴り響いた。火事や緊急事態を知らせる、あの耳障りなキューーッキューーッという電子音だ。

同時に、ドスドスという大勢の足音が近づいてきた。

彼が私の手を取って引き起こし、走り出そうとしたとき、別の引き戸がすぱん！と音を立てて勢いよく開くと、大勢の男たちがどやどやと乱入してきた。が、私はその男たちの出で立ちを見て唖然としてしまった。

全員が袈裟のようなものを纏っている……のは寺だからよいとして、てるてる坊主のような白い頭巾まで被っているのだ。これは……思い出した。大河ドラマに出てくる僧兵だ。しかも手に手に長刀や刺股を持っている。まるで弁慶か、武田信玄と戦ったという、あの武将のようだ。

今どきこんな人たちが？と目を疑ったが、彼らはこの寺のガードマンなんだろう。とすれば、彼らが手にしている長刀には刃がついていないか、ただの棒なのか。それなら銃刀法的には合法だが。

しかし、向こうは二十人以上いる。しかも四方から取り囲まれた。さあ、どうする？　刃物や銃を持っていないのなら、なんとかする自信はある。彼はどうだ？

と、コンマ五秒くらい考えたところで、彼が突っ込んでいった。取り囲まれた四方のうちの、直感で一番弱そうなところに。

「きえーっ！」

という鬨(とき)の声を上げつつ彼が頭から突っ込んでゆく。

私はどうする？　混乱させて手勢を分散させるためには、彼と反対の側を攻撃するべきだ。そこから逃げる？　しかし、この建物の構造を知らないし下手をすると迷ってしまう。そして彼と落ち合う場所も決めていない。

ここは彼と同一行動を取るべきだ。

これもコンマ五秒で判断した私は彼に続いて突進した。

僧兵たちは、まさか我々が強行突破してくるとは思っていなかったらしく、瞬時にうろたえ、左右に退(ひ)いてしまった。これでは僧兵、いやガードマンとして物の役に立たないのではないか。

私のいる場所を探り当ててやって来たのだから、彼はこの寺の構造は知っているはずだ。ついて行くしかない。

当然、私たちの後ろからは僧兵たちがまとまって追ってくる。

暗い廊下に出た私たちは全力で走った。

「レイさん！　危ない！　障子から離れて」

私が気配を感じるのと彼の警告がほとんど同時だった。

とっさに横に飛びすさった瞬間、廊下に面した障子から長刀状のものがぶすぶすと何本も突き出された。串刺しにされるところだった。ダミーではなく刃はついているらしい。

「上！　上！」

立て続けに警告が飛んでくる。

え？　と思って天井を見上げると、今度は蜘蛛のように天井に張りついていた男が降ってきた。からくも身を躱したところに彼の突きと蹴りが炸裂し、蜘蛛男は撃退された。

追ってきた僧兵が襲ってくるので、私も咄嗟に突き出された長刀の柄を掴み、相手ごと振り回して数人を蹴散らした。

彼も左右から襲ってくる僧兵を殴り飛ばし蹴り飛ばし、タックルをかけて倒し続けている。かなりの使い手だと判った。

しかし応戦していてもキリがない。なんとかしてこの悪の寺院から脱出しなければ！

彼と目が合った。どっち？　と目で問いかける。

彼は顎（あご）を動かし、あっち、と視線で答える。言葉は交わさなくても意思が通じあう感覚があった。

目につく敵はほぼ無力化したところで彼が走り出し、私も走った。

果てしなく長い回廊を抜け、本堂をほぼ一周したか……と思えたところで、ようやく玄関にたどりついた。

無限に湧いてくるんじゃないかと思われた僧兵は追って来ない。もしかして、全部やっつけてしまったのか？

と、油断をした瞬間だった。

一室の引き戸がさっきと同じくスパンと開くと同時に、人影が白い稲妻のように飛び出してきた。

白いミニドレス。そこから伸びる筋肉質の脚。

あの、美熟女・添島茜だった！

彼女は驚くほど高く跳躍（ちょうやく）し、その膝（ひざ）が彼の首筋を狙った。飛び膝蹴りだ。

だが彼は機敏（きびん）に後ろに飛（と）び退（の）き、二人は睨み合う格好になった。

茜の手にはきらりと輝くものがある。小さいが凶器だ。

至近距離でしゅっしゅっと空を切る刃を、だが彼はすべて回避した。屈（かが）み、のけぞり、わずかな隙（すき）を衝（つ）いて彼女の右手首をガッチリと摑んだ。

次の瞬間。

彼女は驚くべき身体能力を発揮して、右手首を摑まれたままふたたびジャンプすると、彼の側頭部から後頭部に膝蹴りを食らわせようとした。

それを察知した彼が、美熟女の腕を捻る。

茜の手から刃物が落ち、木の床に突き立った。

だがそれでも終わらない。腕の捻りを利用して茜は彼の手を振りほどき、一メートルほど離れたところに飛びすさった。

彼女が一歩前に出ようとするのと、彼が床から刃物を抜いて彼女に向かって投げるのが同時だった。

その刃物は茜のドレスの股間を貫き、壁に釘付けにした。

ドレスを破れば彼女は突進できただろうが、その顔には「勝負あった」という表情が浮かんだ。

「今だ！」

彼は怒鳴って、私の手を摑むと引き摺るようにして走り出した。

振り返ると、釘付けになった添島茜の傍に宇津目氏が現れ、こちらを凝視しているのが見えた。

「こっちだ！」

境内の砂利道を、私たちは裸足で走った。砂利が尖っていて痛い。履いていた靴はどうなった？

　境内を出たところに車があった。

　私たちが飛び乗って彼が運転席に座ってエンジンをかけ、勢いよく飛び出した。

　首をめぐらし後ろを見続けたが……後方にヘッドライトの光は現れない。

「追って来ない……どうして？」

「やつらの車は全部パンクさせておいた」

　ぬかりのない人だ。とは言いつつ、彼の頬には傷があって血が流れている。私も、着ていたビジネススーツのスカートやブラウスが裂けて血が滲んでいる。全身が痛い。多分、ひどい痣になっている。戦っているときは夢中で痛みを感じなかったのだ。

「とりあえず通報しないと」

　民間人が武器として刃物を持つだけでも違法だ。だが一一〇番しようにも私の携帯は無い。

「その前に、きみと話したい」

「いいわよ。助けてもらったし。私も訊きたいことがある」

　そう言いつつも、彼の怪我が気になった。

「ねえ、あなたの傷、ひどいわよ。どこかで落ち着いて傷を洗ったりしないと……」

「うん……」

彼は、運転しながら生返事だ。そういや彼の名前すらまだ訊いていない。

「あなた、誰なの？」

「うん」

彼は相変わらず生返事だ。

「どうして私を助けたの？　っていうか、私がいる場所、どうして判ったの？」

彼は、私のスカートの裾を指差した。

え？　と思いながら触ると、ボタンのような……水銀電池くらいの小さなものが付いている。

「なにこれ、発信器？」

「うん」

「どうして？」

相変わらずの生返事だが、彼は私をチラッと見た。

「きみと話す必要があるので、ずっとマークしてた」

「これがあるから、あの寺の場所も判ったワケね？」

「うん」

「だからどうして？　私を助けてくれたのは有り難いけど……理由が知りたい。アナタ、素人じゃないでしょう？　腕っ節もそうだけど、こんな小型発信器なんか使っちゃって」

彼は無言になった。

これは、時間をかけてじっくり問い質す必要がありそうだ。普通に考えれば警戒すべき状況だが、なぜか私には彼が危険な相手とは思えなかった。どこか自分と同じ臭いがするという安心感……懐かしさのようなものさえ覚えていた。

「私を仲間に引き入れようとした、さっきのあの女が言ってたんだけど……あいつら、この国を動かしているんだって」

ふ〜んと鼻先で嗤うような反応をした彼は、運転しながら私をチラッと見た。

「本当にそれが本当だったら、どこに隠れても無駄ってことになるけど……」

彼は私の顔をじっと見て、言った。

「試してみる？」

そう言いながら走っていると、ラブホテルの看板が見えてきた。幹線道路から少し入ったところで、いかにもラブホがありそうなロケーションだ。

「入ってみよう」

彼はそう言うと、私の返事も聞かずにハンドルを切って、ラブホに入った。

これほど巧妙な「連れ込み方」もない、とは思ったが、不思議に抵抗しようという気持ちにはならなかった。先刻から感じている、彼に対する懐かしさのような気持ち……多分、そのせいだ。思えば私は生まれ育った環境から、これ以上ないほど遠くかけ離れた霞が関と永田町で仕事をして、ずっと気を張ってきた。ビジネススーツを着てはいても私の地金は福生のゾクでヤンキーなのだ。周りを見れば高学歴のエリートばかりという環境で、明らかに無理をしていた。気がつかないうちに、私の心には目に見えない傷がいっぱいついていたようだ。なぜか私と同じ臭いのする彼の傍で心安らいだ時に、そのことがはっきりした。疲れている、と自覚した。少しの間でいい、この安らぎに身を委ねたい、と思ってしまったのだ。

というわけで、お互いの傷を診るために、服を脱いで、傷口をお湯で洗ったりするうちに……私たちはなるようになってしまった。お互い、名前も知らないままに……まあ、彼は私の事を知っているのだろうけど。裏官房に連絡をしなければ、という考えがちらりとよぎったが、彼の携帯を借りることも、ラブホの電話を使うこともためらわれた。

いつしかごく自然に抱き合って唇を重ね、そのままベッドに倒れ込んでいた。

まだ名前も聞いていない彼は、ハッキリ言って私の好みだ。ストライクゾーンど真ん中といっていい。自分より弱い男は認められない私としては、彼はビジュアルを含めて満点だ。戦い方を見て地頭の良さは判ったし、筋肉バカではない細マッチョであるところも好ましい。

私は彼に下着まで脱がされるままになった。

「あの……シャワーは？　汗かいちゃって」

と言ったが彼は無言で「作業」を続け、私の胸を露出させると、その頂点にキスをした。

抗うつもりはない。イヤならラブホに入る段階で車を降りて逃走すればよかったのだ。

乳首に舌が這う感覚……しばらく忘れていたその甘美な刺激に、私は陶酔していった。

あっさりと全裸にされ、彼の舌はゆっくりと下りていって、私の秘部を徘徊った。

秘芽を舌先で転がされると、背筋に電気が走って、軽くスパークした。

「あ……」

思わず声が漏れてしまい、花芯から熱い蜜が溢れてくる。

全身の感度が上がっているから、彼の手が私のどこに触れても電気が走る。脇腹に手が触れるとビクンと全身が波打ち、太腿や内腿を撫でられると、軽くアクメに達してしまう。

硬くなった乳首を弄られると、それだけでイッてしまいそうだ。

身体の芯は、もう充分に熱くなっている。それを見極めたのか彼は少し乱暴にぐいっと挿入してきた。

「あああ」

また、声が漏れた。

彼は小手先のテクニックではなく、ストレートに愚直に力強い抽送を繰り返し、私はそのワンストロークごとに高まっていった……。

今まで私が知っていたセックスは、男が自分の欲望を満たすだけの、レイプ未満、オナニー以上のものばかりだったが、彼のそれは完全に違った。

「ごめん。お風呂に入らないままするのって、イヤだった？」

コトが終わって、彼は優しい声で訊いた。

「別にいいけど。ちょっと驚いた。いきなりだったから」

「イヤなことしたのだったら、ごめん。我慢できなくなっちゃって。きみと一緒に戦って、同志って感じがした。何も言わなくても、気持ちが通じるって判った」

それは私も同じだった。市街戦、接近戦、ゲリラ戦……危険なミッション遂行のための苛酷な訓練では同じチームのバディと、いつしか心が通じる不思議な感覚になることがある。それと同じものを、私はこの人に感じていた。心でつながって、それから躰でつながるのは、とても自然なことだった。

だがいつまでもこの心地良さに浸っていることはできない。私は起き上がり、枕元の電話機に手を伸ばした。裏官房に連絡し、報告しなくてはならない。

だがその手を彼が摑んだ。

「今は止めておいた方がいい。居場所が判ってしまう。きみの所属部署への着信が、モニターされている可能性がある」

ぼくも今はまだ警察にマークされたくない、という彼に私は受話器を置いて、訊いた。

「ねえ？　あなたのことを教えてくれる？」

「うん……」

どう話そうか、しばらく考える様子だ。

「国重……国重良平。芝浜重工本社技術研究所で、基礎研究をしていた」

格闘技が趣味なのだ、と良平は言った。

「会社にいるとストレスが溜まってね。人件費節減のため、よその部署に回ってくれと、ぼくも上から圧力をかけられている。倉庫業務とかバックオフィスの事務作業とか。それで終業後、ジムに通うようになった。ジムといっても普通のスポーツジムじゃなくて、総合格闘技のジムで……ボクシングから空手から、なんでも教えてくれるところだ」

彼……国重良平は、誠実そうな口調で淀みなく話した。

「仕事で基礎研究してるから、それで小型発信器を扱えるの？」

「そういうわけでもないけど。芝浜ではそういうスパイグッズ的な研究はしてないから。でも構造的に簡単だから、すぐ作れちゃうので。アップルの『エア・タグ』と同じようなものだよ。携帯電話の位置情報と同じだし」

「そうなんだ。でもなんのために？　どうして私に？」

「それは……」

ベッドで、私の目の前にある彼の顔が、はにかんだ。

「……あなたに好意を持ったし、興味も持ったから、じゃダメかな？」

「芝浜のエンジニアさんたちの集まりで、一度会っただけなのに？」

そう訊いた私に、彼は「ああ、やっぱり」と少しガッカリした表情を浮かべた。

「実はあなたのことはずっと前から知ってるんですよ。あなたのヤンキー時代から」

そう言われた私は、思わず「えーっ！」と叫んでしまった。

「それどういうこと？　もしかして国重さんも同じ……」

「ええ。ぼくもあの辺のゾクでした。レイさんはバリバリでしたよね。ぼくなんかは下っ端の下っ端だから、レイさんのことは仰ぎ見る感じだったので」

「ちょっとやめて！」

私はストップをかけた。福生時代のことはすべて消し去ってしまいたいことばかりだ。

「ジョーさんにもいろいろと」

「その名前、口に出さないで！」

昔の男・ジョーは手下どもパンチョの店で半殺しにして以来……そしてその後、私を殺そうとした自衛官に私をおびき出すための囮として使われて以来、消息を知らない。

私も元自衛官で、現在も国家公務員である以上、仕方なくジョーのことは助けた。だが本音を言えば死んだとしても、心はあまり痛まなかっただろう。

なんといってもジョーというクズ・オブ・クズは、私が居ながら私の親友に手をつけ、私を捨てる口実に手下にレイプさせたクソ野郎なのだ。久しぶりに昔馴染みのパンチョの店で再会したと思ったら、性懲りもなく私に襲いかかってきた。しかし人間は歳を取る。昔はゾクのカシラでも今は引退して自動車修理工場のオヤジになれば、それなりにポンコツになる。だがジョーは筋金入りのバカだけにその現実が判らず、私にボコボコにされ、しかもそれを根に持って私を敵に売り渡そうとしたのだ。腐り果てたゲスのクソ野郎だ。立場上、助けてしまったが、私個人としては、助けたことを今でも忌々しいと思っている。

しかし、そんなロクでもない事情について彼は全然知らないようだ。

「風の噂にレイさんが自衛隊に入ったと聞いた時にはみんなで驚いて、そのあと滅茶苦茶ウケましたよ。意外っていうか、らしいっていうか……いずれ上官をぶっ飛ばして不名誉除隊、っていう奴もいれば、いや、案外いい線いくかもって予想する奴もいて……どっちなんです？」

「残念ながら前の方。そういうアナタはどうしたの？　ゾクを辞めて今は芝浜のエンジニアってことは、ガリ勉になったたってわけ？」

「図星です」

彼は頷いた。

「ゾクはいつまでもやるもんじゃないし……バイトしてた中華料理店の親父さんが、お前はバカじゃない。勉強しろ、学費は出してやるって」

それは、ただの中華料理店ではないのではないか？　という疑いがかすかによぎったが、口には出さなかった。

「レイさん、今、付き合っている人いますか？　ジョーさんとは、まだ……」

「だからあいつの名前は出さないでって。あれは最低の男よ。ボッコボコにしてやったけど、まだ足りない」

「いや……なつかしいなあ。その口調とその目」

「なんのこと？」

「レイさんの目、あの頃の感じに戻ってますよ」

「あ～」

私は恥ずかしさを隠そうと裸のままベッドから下りてバスルームに逃げ込み、シャワーの栓をひねった。

ラブホだからガラス張りのバスルームのドアを開けて、彼が顔を出した。

「済みません……つい、懐かしくて昔のことを」

「タメ口でいいよ。もうゾクの先輩でも後輩でもないし」

「やっちゃったわけだし?」

彼はそう言ってバスルームに入ってくると、濡れた私の裸身を抱きしめて、また唇を重ねてきた。

そのままバスルームで、私たちはもう一度、愛し合った。

「さっきはクンニしてくれたから、そのお返し」

私は彼の前にひざまずくと、半立ちのペニスを口に入れて舌を絡めた。

「なんかこういうの、申し訳なくて」

彼は恐縮したような声で言った。

「……アナタに奉仕させてる感じがして、罪悪感が」

「考えすぎだよ」

私はペニスから口を離して、言った。彼のモノはもう充分に硬度を増しているが、ちょっと悪戯してみたくなって、再びペニスを口に含んだ。

そして両手を伸ばして、彼の乳首を摘まんでクリクリしてやった。アダルトビデオで「性奴隷状態にした女に奉仕させる」場面でよくあるパターンだ。ゾクをやってる時代、イキがっていた私はコトのあと、男と一緒にそういうビデオを観ては、また交わったりしていたのだ。

彼のそれが完全に聳り立った。

私はゆっくり立ち上がると、手で彼のモノをしごきながら、彼の乳首に舌を這わせて、わざとイヤらしい素振りで舐めてやった。

「あ。止めてくれよ……そういうの」

「アナタも男だから、アダルトビデオ観てるよね。あれはあれでよく考えてるよね。イヤらしさの極限を……」

そんな事を言う私の顎を摑んだ彼はそのままキスをして舌を絡めた。

私の手は、彼のペニスをしごき続けている。

彼は唇を離すと、私を後ろ向きにしてバスタブに手をつかせてお尻を突き出させ、濡れたままの私の腰をしっかり摑むと、後ろから挿入してきた。

密着した彼は、手を私の胸に回して腰を使いながら揉みしだいた。

振り返るとそこには彼の顔があって、ちょっと無理な体勢だけど、キスをしながら私たちは後背位で交わり続けた。

こういうの、洋画で見たことがある、と私は思った。シャワーを浴びながらだったっけ？

なんだか本物の大人のセックスをしている感じがして……私はフィジカルな快感ととも

に、心も興奮してきた。

彼の指が乳房から秘部に移り、交わっている陰唇を摘まんだり肉芽を転がすたびに、私は脚から力が抜けそうになった。

「ああ、いいよ。レイさん、すごくいい」

彼のその言葉で、私も再びオーガズムに達していった。

ことのあとまたシャワーを浴びて、いろんな意味でスッキリした私たちは、ソファに座って冷たいドリンクを飲んだ。

「ねえ、セックスでごまかさないで答えて欲しいんだけど」

マジな声を出して私は彼に訊いた。

「国重さん、あなたが私を追跡して、連中から助け出した、その目的はなんなの？　それが判らないと、気味が悪いのよ」

彼はもっともだと言うように頷いた。

「レイさんは、篠崎瑞麗さんを探していますね。僕も探してるんです。その件について情報交換をしませんか？」

彼は、加治谷洋子が篠崎瑞麗であると知っている……ということは、彼女について、相当深いレベルまで調べているのだろう。

「僕も芝浜の社員として、会社の利益が損なわれることに敏感なんです。何故って、持ち株会に入っているので……持ち株会って判ります？　自分の会社の株を買って株主になるんです。配当も来るし、自分の会社の株主になるのってけっこう気分いいじゃないですか」

「そういうものなの？」

私にはサラリーマンの経験が無いからその辺が判らない。まあ、自衛隊も公務員もサラリーマンだと言えないことはないけど。

「それに、芝浜重工は今のままだといずれ解体されます。よその企業、最悪外資に売り飛ばされて大規模なリストラが発生するでしょう。社員にとっても他人事ではないんです。生活がかかっているので」

そういうこともあって芝浜重工の行く末に自分も関心を持つようになった、と国重は言った。

「エンジニアの益子さんが何をやろうとしているかもだいたい判っています。それに加治谷洋子こと篠崎瑞麗さんが絡んでいることも」

レイさん、あなたにだって、それは想像がつきますよね？　と言って彼は言葉を切った。

「益子さんの言うことは、彼の正義でしょうけど、会社や他の社員の正義ではないです。必ずしも益子さんが正しいことをしているとも思っていません。いや、もっとハッキリ言えば、僕は、益子さんは会社に損害を与える行動をしていると思っています。芝浜の研究所が開発した技術を外国に移転……ハッキリ言えば『立体半導体』という技術を外国に売ろうとしてるんですからね。それも会社に無断で。益子さん個人が開発した技術でも、技術研究所で研究したものなら、個人のものではないですよね」

とは言え、と国重は言葉を切り、また続けた。

「益子さんの気持ちも判ります。技術はそれを生かせる企業のもとにゆくべき、という考え方もできますから」

だから、と彼は私の手を握り、目を見た。

「篠崎瑞麗について、情報交換をしましょう」

「国重さん、あなたは彼女のことについて、どこまで知ってるんですか?」

私は逆に聞き返した。

「篠崎瑞麗が芝浜では別名、いいえ別人格の加治谷洋子として動くようになった経緯を知ってますか?」

彼は、私の眼をじっと見て、言葉を探した。

「それは知りません。篠崎瑞麗という人間の『設定』を捨てなきゃいけなかった経緯は、僕には判らないのです」

石川さんを通じて私が知る限りでは、篠崎瑞麗のままでは芝浜重工の重役秘書には、学歴的にも能力的にも到底なれなかったので、華麗なる学歴を伴った別人格をでっち上げる必要があったのだろう。

しかし、そこまでして芝浜重工の重役秘書になる必要がどこにあったのか。優秀な人間に成り済ましてまで芝浜重工に入り込んだ、その理由は……？

国重さんも篠崎瑞麗を探している。彼のバックグラウンドが判らない以上、私も自分が知っていることを話すのは慎重になるべきなのか。

私は物凄く険しい顔をしていたのだろう。国重さんが核心に切り込んだ。

「僕はね、ハッキリ言って、彼女が産業スパイだったんじゃないかと疑っています。あなたはどう思います？」

「どこからかその役目を果たすために送り込まれて、そのために別名を名乗って、経歴もでっち上げられた？」

「そう考えれば自然でしょう？」

そう言いつつ彼は、再び私の躰に手を伸ばしてきた。

「もう少し、楽しみませんか？」

彼はニッコリした。

「あなたとは、相性抜群なんです。戦闘においても、それ以外でも」

＊

翌朝。目が覚めると国重の姿は消え、「危険に巻き込みたくないので、先に出ます。あなたも気をつけて。ここの支払いは心配しないで。タクシーの手配もフロントに頼んであります。都心までの料金も支払い済」とのメモが残されていた。

持ち物を奪われ一文無しで携帯もない私は、仕方なくタクシーを呼んでもらい、霞が関まで、と頼んだ。裏官房に連絡することも考えたが、敵に現在地を知られてしまうと言う彼の警告が頭に残っているし……連絡しなかった理由がどうにも言い訳しづらいし……。ならば直接行ったほうが早い、と判断してしまった。

が、オフィスには人の気配がある。早朝なのに……。

「遅くなりました！」

ドアを開けながら大声で挨拶した途端、叱声が飛んできた。

「バカモン！」

その主は、いつも温厚な好々爺・御手洗室長だった。

「今、何時だと思ってる！　どうして無事なことをまず連絡してこない！　あなたは小学生ですか！　この大馬鹿者が！」

室長は顔を真っ赤にして怒っている。

その後ろには津島さんと等々力さんも控えているが、同じく怒っている。

みんな、私が戻るのを待っていてくれたのか！

まずい、というにも程がある状況にやっと気づいて、私は凍りついた。

「……あのさあ、キミがああいう風に誘拐されてさあ、もしもの場合、死体かなんかで見つかったらこれ、全部おれの責任になるの、判る？」

等々力さんも目を真っ赤にして怒っている。

「上白河君、言葉通り受け止めるなよ。等々力君はさっきまで、自分をずっと責め続けてたんだからな。格闘能力ゼロの自分を、不甲斐ない不甲斐ないって」

津島さんは怒っているような取りなすような、中途半端な口調ながらも私を睨んでいる。

あ……。私はヘナヘナと床に座り込んで、手をついていた。土下座だ。

「す、すみませんでした！」

「で？　もうそろそろ夜明けの五時だが……これまでの経緯を説明しなさい」

室長が厳しい声で言った。普段温厚な人が怒ると、怖い。

「は、はい……」

私の声は震え、等々力さんがおさらいをする。

「赤坂のホストクラブ『プレステージ』が入居する雑居ビルの前でキミが正体不明の男たちに拉致されたのが昨夜二十二時頃。そして、奥多摩の『白峯宗大本山創橙寺』で結構な出入りというか、騒動が起きたのが午前零時頃」

等々力さんは手帳を見ながら、言った。

「あの本堂は、創橙寺だったんですか……判ってるならどうして？」

つい、そう言ってしまった私に、今度は津島さんの爆弾が落ちた。

「バカモン！　イカサマとは言え宗教施設に警察はみだりに踏み込めないんだ。町奉行と寺社奉行が分かれていた江戸時代からの警察の伝統だ。というか、法律でそうなっている」

「しかるべき令状を取ったりしていると、たぶん明日になっていたでしょう」

御手洗室長が冷静に言った。

「実は、キミを拉致したワンボックスカーは以前から警察がマークしていた車両なので、常に追尾していたんだ。警視庁公安部に感謝だな」

「で、キミが創橙寺に連れ込まれたのは判っていた。宇津目の寺だが、キミには危険な事は起きないだろうとも思っていた。宇津目にしても自分たちがマークされていることは判っているしな」

等々力さんはそう言って、首を傾げた。

「完全に計算外だったのは、あの黒ずくめのアスリートみたいな正体不明の男だ。高輪の店で、芝浜のエンジニアたちと一緒のテーブルにいたのは判っていたから、芝浜関係者なんだろうとは思ったが……」

「宇津目については、以上のような経緯があるので、君の誘拐拉致監禁容疑での逮捕などは、今のところやらない。様子見で、切り札として使おうと思う。これは警視庁とも協議の上のことだ」

津島さんがキビキビと言った。

ここで私はハッとした。

てっきり、官房副長官室の面々は、私が拉致されて行方不明になって、行方が掴めず、私からの連絡もないので、私がドアを開けた数分前まで心配の極みにいたのだと思ったが……そういう心配をしていたのではないのだ。すべて判っていたのだ。考えてみれば、それはそうだよなあと思える。

私は完全に、いわば色ボケの状態になっていた。ここに一報を入れるべきだった、いやすぐここに戻ってくるべきだったのに、あの謎の男の正体を探ることに気を取られ……いや、それは嘘だ。正直に言えば、彼とのセックスに夢中になっていて、他のことにアタマが回らなかったのだ。

「あの男とあれから何処に行ったんだ？　シャンプーの香りがするのは気のせいか」

等々力さんは私を指差して、スケベな笑みを浮かべた。

「亭主の浮気を見抜く奥さんか、おれたちは」

「あ〜！」

私は恥ずかしさのあまり、ふたたび床に突っ伏した。

「もう……煮るなり焼くなり、好きにしてください！」

「若いくせに、妙に古めかしい言い回しを知ってるね」

室長が笑い、等々力さんも言った。

「察するところ、夜明けのコーヒーを二人で飲んだのだろうから、あの男が何者なのか、説明してもらえるよな？」

全部バレている。私は観念した。

「あの人は、芝浜重工技術研究所の研究員、国重良平という人です。彼も、加治谷洋子として芝浜重工に入り込んだ篠崎瑞麗を追っています。情報交換を持ちかけられました」

「まさかその話のために明け方までかかったんじゃないよな？」

「その辺はノーコメントで」

等々力さんのねちっこくなりそうな追及を、私は躱した。

「国重さんは、彼女が芝浜の技術を外部に漏らす産業スパイではないかと疑っています」

「いや、待て待て。国重というその男が自称してるだけで、本当に芝浜の人間かどうか判らないし、相手はキミに色仕掛けでカマかけてきた可能性だってあるぞ」

「国重という人物は実在します！」

部屋の隅から、石川さんの声がした。

石川さんはさっきからずっと黙ったまま、自分の席に座っていたのだ。

「国重良平。芝浜重工・東京中央研究所基礎研究部門主幹研究員」

大型モニターに彼の顔写真がドーンと表示された。

『一九九六年、福生生まれの中国残留孤児三世で、中国系の暴走族ドラゴンに加入、その後、福生の暴走族に合流したが、更生して東京工業大学工学院システム制御系システム制御コースを卒業後、芝浜重工に入社。本社技術研究所にてデバイスの基礎研究に従事』

「略歴であるにもほどがあるな。肝心なことが全然判らない」

等々力さんが文句を言った。

「赤坂で拉致グループに襲いかかったあのアクションは、どう見たってプロだ。研究所の研究員じゃない。プロの殺し屋とか工作員とか、そのタグイじゃないのか？」

「あの……格闘技は趣味でやっているそうです」

それは信じられない、と私も思いながら、国重自身の言ったことを伝えた。

「私たちが高輪のお店で秘書さんたちと話をしているのを聞いて、私に興味を持ったと」

「なるほど」

腕組みして考えていた津島さんが、顔を上げた。

「国重という人物は、少なくとも、篠崎瑞麗は死んでいない、と思っているわけだよね？」

「僕も……死んでいないと思います」

石川さんがハッキリと言った。

「鑑識からの情報では、瑞麗の部屋に残された大量の血痕と、同じく部屋に残されたヘアブラシから採取した毛髪のDNAが一致したとのことですが、それは単に血痕と毛髪のDNAが一致したということであって、それが篠崎瑞麗のDNAであるという証明にはなりませんよね？」

「警視庁の鑑識から写真を送って貰いましたが……このヘアブラシ」

石川さんは大型モニターにへアブラシの画像を映し出した。

髪の毛が絡みついているが、その様子はどこか「これ見よがし」に毛髪を絡ませているようにも見える。

「ブラシ自体はイギリス製の年代モノの重厚な高級品ですが……彼女……瑞麗ならば、もっと可愛い、女らしいアイテムを選ぶのではないかと」

「君が知ってる高校時代の彼女とは、好みが変わった可能性は？」

津島さんが言った。

「加治谷洋子になったあと、勤め先の芝浜重工の重役から貰ったものかもしれない」

　等々力さんも言った。

「しかし、このヘアブラシと髪の毛が別人のものだったら、血痕も別人のものであって、篠崎瑞麗ではない、ということになりますよね」

「とは言っても篠崎瑞麗のＤＮＡが検出できるサンプルが、ヘアブラシ以外にないからねえ……」

　等々力さんがボヤいた。

「ええと、加治谷洋子こと篠崎瑞麗さんの部屋は、鑑識の報告によると異常なまでに綺麗に清掃されていたんですよね？　つまり血痕と照合できるサンプルは、このヘアブラシについている髪の毛以外、まったくないんですよね？」

　おかしくないですか？　と言った私に、等々力さんがはいはい、と応じた。

「それはみんなそう思うよな？」

「明日……」

　手をあげて、石川さんが発言した。

「明日、いや、もう今日ですけど、警視庁に行って遺留品を見せてもらおうと思います」

　そう言う石川さんに、私は申し出た。

「私も行きます！　女の目で見れば、男の人には判らない事に気づくかも」

「それもいいが、二人とも……いや、みんな、ちょっと休みなさい。今すぐ帰って、少し寝なさい。ここは十一時開店としよう」

室長はみんなを追い払うような手つきをした。

「幸い、電車はもう動いてるだろ」

「室長はどうするんですか？」

室長の自宅は、確か西武池袋線の小手指だ。

「私は……帰るのが面倒だからここで仮眠する。店番も要るでしょう」

「だったらそれは私が」

と津島さんが言い、「いえいえそれは私が」と等々力さんが言いかけて、彼はハッとした。

「まさかダチョウ倶楽部のギャグみたいに、どうぞどうぞとか言わないでしょうね？」

「なにかね？　そのダチョウ倶楽部とか言うのは？」

室長が真顔で聞いた。

＊

私と石川さんは十一時に警視庁に出向いて、篠崎瑞麗のものとされる「遺留品」を確認させて貰った。

部屋に残されていた瑞麗のショルダーバッグ、その中に入っていた他のアイテム（財布や化粧ポーチ）と比べても、ヘアブラシの重厚さは違和感があった。

一見して、私にも石川さんが抱いた違和感の意味が判った。

「たとえばこの化粧ポーチ。ポーチそのものも、中に入っているコスメも、全部キラキラして可愛いものばかりですよね。私もあんまり詳しくないんですけど、はっきり言って安物が多いです。ケチって安物を選んだと言うよりは、可愛らしい容器のデザインで選んだコスメばかりって感じです。そういう人が、こんなに高級で重厚で、見るからに高そうなヘアブラシを選ぶなんて、やっぱりおかしいです」

そうだよね、と石川さんも頷いた。

「人間って、やっぱり、好きなものってバラバラじゃないよね。一定のラインがあって、好みって傾向があるよね」

遺留品にはいろんな想いが籠もっている、と誰かが言っていた。想いはともかく、持ち主を語るものではある。私たちが見た篠崎瑞麗の遺留品には、はっきりした個性、瑞麗の人となりが感じられた。その個性から、重厚なヘアブラシは明らかに外れている。

見せて貰って遺留品を戻し、礼を言って引き上げると……ちょうどお昼になっていた。

「ここの職員食堂でお昼食べていきませんか？」

石川さんは、警視庁からすぐに立ち去りがたい感じで、私を食事に誘った。

私も、このまますぐに内閣官房副長官室に戻る気持ちにはなれなかった。失踪した篠崎瑞麗の存在が、遺留品を見たことでいっそう生々しく迫ってきたこともある。彼女は今、どうしているのか。生きているとしても、死んだほうがマシ、と思うような状況に陥っていなければ良いのだが。

「地下と最上階に食堂があるけど、どうせなら最上階に行きませんか」

石川さんの言葉に従って、私たちは最上階の十七階にある「カフェレストランほっと」に向かった。

警視庁という場所柄か、大盛りメニューが充実している。

「地下の職員食堂はもっと地味なメニューですけど、ここはハンバーグや肉料理が充実してるでしょう?」

考えてみれば、私は昨夜からずっと食事らしい食事をしていない。胃に歯が生えたか、と思うほど空腹であることに気がついた。

パスタにハンバーグ、カツレツ、野菜が一緒のプレートに入っている、要するに「全部載せ」ともいうべき「ギガカレー」を私はガツガツと食べた。だが石川さんは和風きのこスパゲティを半分まで食べてギブアップしそうになっている。

とにかく量が多い、ということもあるが、石川さんは瑞麗さんの遺品を見て、改めてダメージを受けている。そう思った。

「上白河さんは健康ですね」

石川さんが暗い顔で言う。

「いや、いいことだと思うよ。心も身体も元気だから、食べることができるんだもの」

石川さんは、私が食べているギガカレーの量を見て、切なそうに言った。

「僕は学生時代から小食なほうではあったけど」

「でも、国税庁だってガサ入れとか、体力使うときだってあったでしょ？」

「いつもじゃないから。そんなに毎日、マルサの出番はないから」

量は凄いが、味はまあまあのランチを食べていると、警視庁の面々がどっと入ってきて、広い客席が一気に埋まった。

「長居しちゃマズいですよね……」

「いや、彼らはメシを掻き込んだらすぐ出ていくんじゃないのかな」

私たちもコーヒーを飲んだらすぐ出ようと思っていたのだが……なんとなく、立ち去りがたい気持ちになっていた。

桜田門の十七階。皇居はもちろん、東京駅から新橋、四谷など都心をはるばると見渡せるロケーション。ここに毎日いれば、東京はウチが守っている、という気持ちになれるんだろう。

「あの、昔の話なんですけど……」

私はふと、福生時代の友達について口にしていた。

「幼馴染みでずっと私と仲良くしてくれたケイちゃんという子がいて。とても優しい子で、器用でお菓子作りが上手、私なんかと違って女子力が高い子だったし、家もウチとは違って堅実。お父さんが市役所に勤めていて、ケイちゃんも勉強はそこそこできるし、先生のお気に入りで、中学まではとても真面目だったのに……高校で突然、はっちゃけたんです」

自然と口に出たケイちゃんのこと。喋りながら記憶がどんどん蘇ってきた。

「それまでは地味で制服以外はジャージばかりだったのに、その反動がきて、突然、お洒落を始めたんです。それもギャル風の。持ち物も、それまで親に買い与えられていたような地味なアイテムは全部捨てて。安っぽい、キラキラの、でもかわいい小物ばかり集めるようになりました。親も、おろおろするばっかりで……下手に叱ってケイちゃんがグレるのが怖かったんだと思いますけど」

ケイちゃんは、セイコーのけっこう高そうな時計を惜しげもなく私にくれたのだ。

「ステンレスで紺の革ベルトの地味な時計だったんですけど。『ほんとにいいの？　高そうなのに』って訊いたら、『いいの。こんなダサ時計、見るだけで気分が下がるし、イラっとするから』って言われて。そして自分ではファンシーショップで買ったど派手な、偽ダイヤがいっぱいついた、なにかのブランドのぱっと見偽物と判る時計をつけてました。だけど、偽ダイヤはすぐに剝がれ落ちたし、時計だってすぐに壊れて動かなくなって……私はケイちゃんに『時計ないと困るでしょ？　やっぱり返そうか？』って訊いたんですけど、ケイちゃんは『あんなダサイのまた付けるくらいなら無い方がマシ』って言って、試験の時も時計なしで通してて」

石川さんは、首を傾げて聞いていた。私が思い出話を始めた、その真意が判らないのかもしれない。

「つまり何を言いたいかというと……女の身の回りのものに対する趣味とかこだわりは、バカにならないってことです。あのヘアブラシが瑞麗さんのものだとは、私には思えません。お母さんの形見とかならともかく」

「いや、それはない」

石川さんはそう断言した。

「瑞麗の母親は娘に形見のヘアブラシをあげるような、そんなタイプでは絶対になかった」

絶対に違う、と首を横に振って、石川さんはスパゲティの残りをなんとか食べきった。

考える間もなく僕は断言していた。

「瑞麗の母親は娘に形見のヘアブラシをあげるような、そんなタイプでは絶対になかった」

＊

そんな僕を、上白河さんは不思議そうな顔で見ている。

瑞麗の親は、とんでもない毒親だったのだ。

それに……彼女にそういうものをあげるような女性の係累(けいるい)や、親戚もなかった。

篠崎瑞麗は、そういう意味では、孤独な子だった。

彼女の遺留品とされるヘアブラシが、実は彼女のものではないかもしれないと津島さんに報告した僕は、上白河さんから聞いた話を参考にしつつ、あのヘアブラシについて調べた。警察も一応調べてはいるだろうが、さらに詳しく、どこ製のいつ頃のものか、それを調べてみずにはいられなかった。

彼女のものでなければ、彼女が生きている可能性があるからだ。

画像検索で似たものが幾(いく)つか出てきた。ここから先は、パソコンの前に座っているよりも、店などを直(じか)に当たる方がいいだろう。

ネットで当たりをつけてから、都内のアンティーク・ショップを回ってみた。しかし、遺留品に似たヘアブラシさえ見つけられなかった。

店のバイヤーに写真を見せて、いつ頃のどこの国の製品なのか訊いてみたが……確たることは判らなかった。

「品質の良い高級品であることは確かですが、製造元はわかりません。ハンドメイドの一点物かもしれませんし……工芸品かもしれませんし……最高級の木材を使っていること以外、これといった特徴が見受けられません。従って、『よく判らない』と言うしかないです」

その日も、なんの成果も得られないまま、僕はすごすごと自宅に直帰した。

足立区は千住にある、そこそこのグレードのマンション。玄関ドアを開けると……さっと動く人影が視界をよぎった。

「誰だ！」

鍵は閉めて出たはずなのに、人がいると言うことは、空き巣か！

「やめて。大きな声を出さないで」

物陰から声がした。

その声とともに奔流のように蘇った記憶に、僕は圧倒された。

「瑞麗？　君なのか？」

もう十年にもなるのに、決して忘れられない声。僕を過去に引き戻す声。

冷蔵庫の向こうから、彼女は姿を現した。黒ずくめの地味なパンツスタイル。道を歩いていても誰の記憶にも留まらないだろう。

たとえようもなく愛らしい、その顔さえ見なければ。

「なぜ君がここに？　どうやって鍵を……」

「テルくん、助けて！」

彼女はそう言って、いきなり僕にしがみついてきた。

「追われているの。逃げるためには私が死んだことにするしかなかった。テルくんとのことは『やつら』にも捕捉されていないから、ここしか頼るところがなくて」

彼女が言っている意味が咄嗟には判らない。

だが彼女の表情は必死で真剣で、嘘をついているとは思えない。

「君は、何に巻き込まれてるの？　ウチの事務所に来たって事は……」

「だから、助けて！」

「いやいや、それは説明してくれないと……」

僕は困惑した。彼女を助けたい、力になりたい、と強く思う。でも、彼女の背後に大きな問題がある事が判りかけていて、それが僕自身の仕事にも関わっている。個人的な感情だけでは動けない。

「どうして君は、まるで殺されたような工作をして姿を消したんだ？　その説明がないと」

「私、本当に殺されそうなの。だから、ああいう細工をして『死んだ事』にしたの」

彼女は必死な面持ちで言った。青ざめた顔色、震える身体……芝居だとは思えない。

「殺されそうって……誰に？」

「それは……今は言えない。言ったらあなたも殺される！」

瑞麗はそう言って、いっそうきつく僕にしがみつき、キスを求めてきた。

これを突き放せる男はいないだろう。

「……とても大切なものを、ある場所に隠したんだけど……私はそこに近づけなくなってしまったの」

「どうして？」

「どうしてって……見張られていて、殺されそうになってるから」

「だから、誰に？」

「言えないのよ！　だから石川くん、テルくん、あなたに頼んでるんでしょう！　判らない？」

彼女は苛立った。

「あなたに、取りに行って貰いたいの。お願い助けて。もうあなたしか頼れる人がいないんだから！」

そう言われても、困る。本当に困る。

「言いにくいんだけど……君は間違ってるよ。今からでも遅くはないから、警察に保護を求めるんだ。その方がいい。自分の部屋にああいう偽装工作をして、警察の捜査を混乱させたことは謝るんだ。こうなった経緯をすべて打ち明けて、助けを求めるんだ」

「私は、警察を信用しない」

瑞麗は言い切った。

「警察も、裏ではやつらと繋がっているもの。少しでもスキを見せたら、私は切り棄てられる。テルくん。あなたは政府の仕事をしてるんでしょう？　政府の側の人なんでしょう？　だから、政府とか警察がどれだけ非情でおそろしい存在か、判ってないのよ」

瑞麗は、涙ぐんだ。それは瞳一杯に溢れ、彼女の白い頰を伝い落ちた。

「あなたは知らないのよ。私を追ってくる相手が、どれだけ大きいか、どれだけ力があるか……」

そうかもしれない。しかし、それは追われていると思い込んでいる彼女の、被害妄想・誇大妄想かもしれないのだ。

それが僕の顔に出たのだろう。彼女は悲しげに僕を見つめた。

「言うことを聞いてもらえなければ、私にも考えがある。あなたが私と共謀して国を裏切ろうとしていたと、訴え出てもいいのよ。ここに来たことだって、監視カメラを調べればすぐに判るだろうし、私がこれまでに何をしてきたかも捕捉されている。あなただって、私と同じに彼らの標的になるのよ！」

だから私を助けて、と彼女は繰り返した。

それは、犯罪のお先棒を担いでしまったお前はもう一味だ、逃げられないという論理ではないか。

僕はそんな脅しには従わない。そう言おうとした時。

僕が乗ってこないのを見た彼女は、「これを見て」とスマホを突き出した。

その小さな画面には、全裸の男女がベッドで揉み合っている映像が表示されている。

顔はよく判らないが、男女とも、僕の知らない人物だ。

突然、女が逃げようとした。その腕を摑んだ男は女をベッドに押し倒して、女の顔を殴った。

『おい。まだ終わってないぜ。これからがお楽しみの本番だ。少なくともおれにとっては』

スマホのスピーカーから男の声が聞こえ、女の首に、男の両手がかかった。

『たっぷり時間をかけて、あの世に送ってやろう』

男の手元がズームアップされ、力を込めた手が女の首を絞める様子が大映しになった。

カメラが引き、女が全身をのた打たせて暴れ、男の顔に爪を立てる様子が映る。男はまったく動じない。そのままじわじわと力を込めて、女の首を絞めていく。

『げぇええ』

女の眼球が飛び出し、口から舌が出た。全身が痙攣し始めて……。

そこで彼女は再生を止めた。

「判る？　私が、こうなってもいいの？」

「いや、これは……どういう……」

「判らない？　私はこういう世界に生きてるのよ。だから……」

彼女はふたたび僕にしがみついた。

「……あれさえ取り戻せたら……私は助かるし……二度とあなたに迷惑をかけないから。だからお願い！」

「迷惑だなんて……僕は迷惑とは思っていないよ。ただ、君の言うことが」

「うれしい！　あなたならきっと助けてくれる……そう信じていた」

彼女はふたたび僕の唇を求めてきた。そして身体をさらにきつく押しつけてきた。

懐かしい匂い。忘れたことのない声。柔らかな身体を抱いてしまった僕は、瑞麗に力を貸そうと決めていた。

第五章　心の無い女

レイプのような、苦しくて少しもよくないセックスだった。

声をかけてきた「客」は最初から気味の悪い雰囲気があったから、断ればよかったのだが、あの時はひたすら人肌が恋しかった。

粗暴(そぼう)で無理やりで、こっちの希望に一切応えてくれないセックス。カネで買ったんだから文句を言うなという態度。これは人肌を求める相手ではなかった。

もう家に帰って寝よう。殺伐(さつばつ)とした部屋だけれど、存在自体に嫌悪(けんお)を感じる、この男といるよりはマシだ。

ベッドから身体を起こそうとしたところで手を掴(つか)まれて引き倒され、顔を殴(なぐ)られた。

サディスティックな客は多いが、さすがに殴る蹴(け)るの暴力を振るう男はいない。私たちのバックには暴力団が付いているという思い込みが、女を乱暴に扱うとヤバいという、ストッパーになっているのだろう。そういう意味では私は完全にフリーな女なのだが。いや、それは正確ではない。暴力団以上にタチが悪くて怖い組織に、がんじがらめになっている……。

「おい。まだ終わってないぜ。これからがお楽しみの本番だ。少なくともおれにとっては」

私の首に、男の両手がかかった。

「たっぷり時間をかけて、あの世に送ってやろう」

そう言ってプレイに移る男はいた。しかし、今、この男の目は本気だった。

「やめて……」

私は言ったが、男の手には容赦(ようしゃ)なく力が籠(こ)もり、私の首を強く絞(し)めてきた。

「や、め、て」

空気を求めて私はもがき、必死になって男の顔に爪を立てたが、男は動じない。表情を少しも変えず、平然と私の首を絞め続ける。

私は……殺されるのだ。

完全に息が詰まって、意識が薄れてきた。もう、手も足も動かせない。

目の前の男の顔に、冷たい笑みが浮かんでいた。

＊

私が宇津目の寺から生還した、翌日。

警視庁から新しい情報は今日も入ってこない。加治谷洋子こと篠崎瑞麗の足跡が見えてくるのに比例して、疑惑も膨らんでいく一方なのに。大企業の重役に高級官僚、得体の知れない宗教法人の高僧……彼女の周辺に見え隠れする人脈の怪しさも気になる。

この件を私は石川さんに話してみたが、彼は心ここにあらずという感じで、生返事しか返ってこない。

「石川さん、例のヘアブラシと血痕のことですが」

「うん……え？　なんでしたっけ？」

「ですから、篠崎瑞麗の自宅に残された血痕と、ショルダーバッグの中のヘアブラシのことです。本人のものではない可能性があるっていう……仮に他人のものだとして、あれだけの血痕ですから、輸血パックをぶちまけたとしても……二パック以上をぶちまけたのなら、何人分ものＤＮＡが検出されるのでは？」

石川さんはパソコンに向かったまま、反応がない。いつもなら少し考えて的確な答えが返ってくるのに。無視された私は、もう一度「石川さん？」と答えを促した。

「……あ、まあ、そうだよね」

ようやく返事が返ってきたが、そのあとの言葉を待っていても、続きはない。

視界の隅で等々力さんがなにやらサインを送っている。見ると両手でバツ印をつくり、

「止めとけ」と言っているようだ。すぐにスマホにショートメッセージが届いた。

『アイツは元カノの事がいろいろショックなんだ。そっとしておいてやれ』

それはそうですけど……と返事を打ち込み始めたとき、御手洗室長が顔を出した。

「上白河君と等々力君。ちょっと来てくれ！」

いつも温厚な室長だが、その口調と表情には緊張が漲っている。

なんかヤバいことをしたか？　と言いたげな等々力さんと顔を見合わせて、私たちは室長の部屋に入った。

「今、官邸から電話が来た。君ら二人を名指しで呼び出しだ」

「はぁ？」

私たちはまた顔を見合わせた。

「官邸の、誰から呼び出しがあったんですか？」

うん、と頷いた室長は、私たちにソファに座れと手で示した。

「電話の主は、あの新島さんだ」

通経省から官邸入りした、前の前の長期政権における、総理の最側近。首席秘書官を務めていた、新島直哉・現内閣官房参与。

「新島さんを知っているね？」

もちろんよく覚えている。私たちが辞職に追い込もうとした人物だ。しかし新島もさる者、粘り腰で政権内に残った。私たちに恨みを抱いていても不思議ではない。

総理の首席秘書官から内閣官房参与は「格落ち」だ、と室長は言った。

「明らかにメインストリームからは外されていますが、あの男がやった、精神的に不安定な人物を教唆して民間人の殺害を謀った件は、表に出れば大変なことになります」

有耶無耶になったとはいえ、と室長は言葉を続けた。

「そういう札付きの人物が参与、という形であれ再登用されたのは、前々政権で重用されていた人物を無碍には出来ないからでしょう」

戦後最長となった政権の頂点に君臨した元総理の影響力は、未だ衰えていないということか。

「それはよく承知していますが」

人事のウラ読みが習い性となっている等々力さんがうんざりした表情になったので、室長は「気持ちは判ります」と言った。私は不安になった。

「大丈夫なんでしょうか？　呼び出されるなんて……新島参与から副長官に手を回されて、私たち、クビになったりするんでしょうか？」

新島を追い込んだ時は、あの男を辞職させられないまでも無力化には成功したと思った。これにて一件落着だとも思っていた。その後政権が代わり新島は名実ともに無役になって、出身官庁の通経省にも戻れず、官僚としては終わった……筈だった。それなのに……政権が再び代わった途端、参与として復活するとは夢にも思っていなかったのだ。

「我々は、地雷っていうか虎の尾を踏んでしまったんでしょうか?」

等々力さんも不安そうだ。クビになれば私は陸自に帰ればいいし、それがダメなら、誰かのボディガードでも何でもする。等々力さんは、外務省に帰るのだろうか? いや、権力者に弓を引いた以上、それが許されるとは思えない。この組織がなくなってしまうのはマズい、等々力さんはそう思っているに違いない。

しかし、室長は微笑んでいる。

「奴さん、どうもね、君たちが芝浜重工や通経省に探りを入れていることを知って、不安になったみたいなんだ。有り体に言えば、我々が調べている加治谷洋子こと篠崎瑞麗の行方……これは生死を含めてだが、それが気になるらしい。それと、彼女が手に入れていたという機密情報がどうなったのか、それについても知りたいのだろう」

つまり私たちの調査がどこまで進んでいるのか、探りたいということか。

そこに津島さんも入ってきた。

「室長のおっしゃる通りだよ」

薄い壁というかパネルで仕切ってあるだけだから、ここでの話は筒抜けだ。

「参与と言っても常駐ではない。必要な時だけ呼び出されるポジションだ。新島の場合はカタチだけという感じすらある。前々政権でラスプーチンさながら、権勢をほしいままにしていた時とは違う。もはや恐れるべき人物ではなくなっている。室長がおっしゃったように、ほぼ忖度に基づいた人事だろう。ビビることはないよ」

津島さんはそう言って、同意を求めるように室長を見た。

室長が、そうですとも！　というように頷き、津島さんは続けた。

「それに引き換え、現在、かつての新島の地位にある首席総理秘書官は、堀田憲一氏です。堀田さんは新島と同じく通経官僚出身ですが一期違いで、ほとんどライバル関係にありました。堀田さんは新島とは正反対の考え方の持ち主で、東京電力に乗り込んで原発事故当時の会長一派を追い落とした改革派でもある。ことほど左様に、新島は内閣官房参与ではあるけれども、もはや往年の力は無い。そのへん、官僚の世界は冷たいもんだ。怖がることはないですよねえ、室長」

津島さんに再度振られた室長も、同意した。

「そうですよ。もはや新島に忖度の必要などありません。思いっきりおやんなさい」

室長の後押しはあるが新島は一時は権力者だったわけで、舐めてかかると足を掬われる。

具体的にどういう言動をすればいいか、私たちはその場で作戦を練った。

「新島が何を知りたがっているのか。逆にそれが瑞麗さんの行方を捜す手掛かりになるかもしれません。まさか本当のことを言うとも思えませんが、こちらが摑んでいる情報と、そこから推測される仮説を新島にぶつけてみるんです。あなた方を呼び出したところをみると、新島はこの件のキーマンの一人でしょう」

「自分から馬脚を露わしたってところですかな」

と津島さん。そうね、と室長は頷いた。

「多少の失礼は顧みなくてもいいです。逆に思い切って踏み込んだ質問をして、相手の反応を見るんです。その際、怒らせてもいい。新聞記者の手法ですね」

室長は笑って言った。それをやるには根性がいりそうだが。

「……石川くんの昔の恋人を悪く言いたくはないのですが」

ここで室長は声を落とした。

「ハッキリ言って篠崎瑞麗は、芝浜重工の幹部を色仕掛けで操って、原発輸出と原子力立国の泥沼に引きずりこんだのではないでしょうか。私はそう見ています」

「あの……色仕掛けで操って、っていうのは具体的には誰の指示で、ですか?」

思わず聞き返す私に等々力さんが室長の代わりに答えた。

「それこそ新島本人が篠崎瑞麗を焚きつけた、という可能性だってありますよね。新島は原発推進派なのだし、人の道に外れたことも平気で命じた男なんだから」

狂信的な右派を洗脳して、反政府的な言動をする文化人や芸能人を抹殺させようとした言動のことを等々力さんは言っている。室長と津島さんも腕組みして頷いた。

「その可能性もおおいにある。そのへんを我々が勘付いているかどうかを確認したい、ということなのかもしれない。もちろん、篠崎瑞麗の失踪は新島とは違う筋の話かもしれない。それは、まだ判らない」

津島さんはそう言って首を傾げた。

「まあ、あれだ。こちらが摑んでいる情報をある程度、差し障りのない範囲で出してみることだな」

「どこまでなら出していいという、その判断は……」

私には自信がないし、下手をして言ってはいけないことまで言ってしまいそうな不安がある。

「そこは、海千山千の等々力くんのアドリブ感覚に頼るしかないですね。頼りにしてますよ、等々力くん」

室長にそう言われ、ばん、と肩を叩かれた等々力さんは、その瞬間、ぱっと顔を輝かせた。

「室長！　実は私の事を評価してくだすっていたんですね……感激です！」

等々力さんは歩み寄り、両手で室長の手を摑んで激しく上下に揺さぶった。

「ご期待に添えるよう、不肖この等々力、全力を尽くします！」

等々力さんはこんなに感激屋だったっけ、と私は呆れたが、「まあ頑張ってな」と津島さんは彼の肩を叩き、室長が「期待してますよ」と応じると、等々力さんは今にも涙ぐみそうな表情で、何度も何度も頷いた。

「こんなミッション、なんで引き受けてしまったんだろう？　よく考えればあんなに感激することでもないのにな」

すっかり醒めた顔の等々力さんは、官邸への道すがら私にボヤいた。

「ほんの少しだけ特攻隊というか、鉄砲玉になった気持ちが判ったよ。これはさあ、無茶な任務だよ」

「え？」

私は驚いた。等々力さんも何を言っていいのか悪いのか、臨機応変の判断に自信がないのか？

「だって相手はあの新島だぜ？　前の事件であいつを追い込んだ時は、勢いで突っ走ったから、怖くもなんともなかったけど……今、アイツと再び対峙しなきゃならんとなると」

「怖いんですか？」

「それについては……回答を差し控える」

そう言った等々力さんの表情は硬かった。

私たちのオフィスから歩いて数分で総理官邸に着いてしまう。こんなに近くなければばいいのに……。

常勤ではないとはいえ、内閣官房参与には独立した執務室が割り当てられている。受付で来意を告げると、すぐに新島の執務室に通された。

ノックして名を名乗り、ドアを開けると……そこには相変わらず悪相の男がいた。窓を背にして大きなデスクを前に座っている。

「新島だよ。また会うとはな」

相変わらず仕立ての良さそうなスーツを着ているが、黒ずんだ顔色と目付きがすこぶる悪い事も前と変わらない。いや、以前は眉根(まゆね)を寄せてピリピリしたオーラに、数メートル離れていてさえ感電するような気がしたが、今はそうではない。閑職(かんしょく)でストレスが無いせいなのか、それとも頭の回転も鈍(にぶ)くなっているのか。

「昼メシには少し早いが、食事はしたかね？　ここの食堂はなかなか美味(うま)いんだよ。カレーとかどうだい？」

前回と同じ事を言った。ネタが乏(とぼ)しい男なのだ。

「結構です。それで、今日の呼び出しのご用向きはなんでしょう？　政権に刃向かう何者かを、また処分せよとの御下命ですか？」

思わず煽(あお)ってしまった。

「何の話をしてるんだ君は？　女性特有の思い込みの激しさは前と変わらないね」

新島は、ハッハッハと笑い飛ばした。ソファに座れとも言わないから、私たちは校長先生に叱られる生徒のようにデスクの前に立たされている。普通なら、座れと言うものだが。キミたちが立っているとおれが偉そうに見えるだろ？　くらいは言うものではないか。

「では本題に入ろう。君らは何を探ってる？」

ズバリ来た。やっぱり新島はこちらの動きを警戒しているのだ。

私が口を開こうとしたら、ワンテンポ早く等々力さんが言った。

「日本を代表する総合電機メーカーの芝浜から、最先端技術が漏れているという疑惑がありまして。さらにもう一つ。芝浜の財務内容がここまでの惨状に落ち込んだのは何故か、通経省の意向に添わんとするあまり経営が歪められたのではないか、という疑念があり、それについても明らかにしたいと思っています」

「そんなものは君」

新島は鼻先で嗤った。

「内閣裏官房の仕事ではないだろう？　君らはいろんなところに首を突っ込んでいるが、分を弁えたまえ。越権行為も甚だしいとは思わんのかな？」

「思いませんね」

等々力さんは挑戦的に言い切った。

「知ってしまった以上、知らん顔は出来ない。日本経済の根幹を揺るがす問題である以上、スルーは出来ません。ある程度調べて、上に報告するのが我々の仕事です」

「そんなこと、報告されたって副長官も困るだろ。産業スパイなら警視庁公安部、芝浜の経営問題なら通経省の仕事だろ？　君ら素人がしゃしゃり出る幕ではない。違うかね？」

　新島はそう言って笑ったが、顔は強ばっている。我々が、やる時はやる戦闘部隊だと身に染みて知っているからだろう。

「警視庁公安部は動いているかもしれませんが、最先端技術が漏洩する可能性については、我々もごく最近知ったばかりです。芝浜の経営問題については、もちろん通経省さんの管轄なのは承知していますが、経営悪化については通経省さん自体が深く関わっている以上、管轄官庁とはいえ公平な判断は出来ないと思っております」

　どうでしょう？　と等々力さんはそう言って一歩前に踏み出した。さっきまであんなに怖がっていたのに、新島にイヤミを言われて開き直ったのか？

「そしてこの二つの件は一見、バラバラなように見えて、実は根幹はひとつなのではないか、ということも判ってきました」

　私も、等々力さんに負けないよう、腹から声を出して言い切ってみる。

「たとえば芝浜の重役秘書だった女性がいます。彼女は、いわゆる色仕掛けで複数の役員に近づき、スパイのようなことをしていました。最先端技術の漏洩の背後にも彼女が居る可能性があります」

言ってしまった。もっと情報を開示してみよう。

「先端技術を研究しているエンジニアの心が、ひどい経営しかできない会社から離れてしまいました。愛社精神は消えて自分が磨いた技術が可愛くなり、なんとか生かそうと考えて、その極秘技術をライバル企業、おそらく海外企業に漏らそうとしています。そして、その仲介をしているのがその女性……筋としてはこう読んでいます」

そこまで言うと、新島は目を見開いて私を睨みつけた。その全身は固まって、ブルブル震えだした。私は構わず続けた。

「その女性は特定出来ています。本名・篠崎瑞麗。芝浜では加治谷洋子と名乗っていました。彼女は、あなたの指令によって動いていたのではありませんか？　彼女の交友範囲には、通経省の高級官僚も居たことが判っています」

「……その女への指令を私が出していたって？」

新島は目を剝くと、わざとらしく笑い出した。

「冗談じゃない。芝浜の混乱については私も迷惑を蒙ってる被害者の一人だぞ。芝浜がアメリカの原発企業相手に下手を打って、あそこまでひどいことになっているとは……だいたい、あれが東証一部上場企業のやることか！」

新島は吐き棄てるように言った。

「しかも二度に亘って無謀な買収をやらかしたと。私は芝浜の斉木専務が言ってくるまで何ひとつ知らなかった。芝浜は日本の原子力産業には欠くことの出来ない存在なのに、どうしてこうド素人みたいな経営をするのかと怒りが収まらんね！」

感情が抑えられなくなったのか、新島は立ち上がって、いらいらと歩き回った。

「いいかね、原子力は日本に必要なんだ。日本は原子力立国するしかないんだ。それ以外に我が国が生き延びる道は無いのだよ！　そしてその国策には芝浜が必須なんだ」

「つまり、そこまで日本にとって大切な会社なのに経営陣が下手を打ち、ヤバくなってしまった、そう仰りたいのですね？」

等々力さんが畳み掛ける。

「新島参与はそう仰いますが、芝浜が駄目になった原因は誰が見ても明らかです。政府の、いや通経省の言うがままになり、原子力部門に執着し過ぎたからです。福島の事故以来、世界が急速に原発に背を向けてしまったのに、日本政府は、いや新島さん、あなた自身が原子力立国を強く主張した。それに引きずられた芝浜は無理をしてアメリカの原発企業を買収。巨額の損失を出した結果、虎の子のメディカル部門、半導体部門を次々に売り出すしかなくなりました。会社が生き延びても、それまで頑張ってきた収益部門のエンジニアの人生はどうなります？　そういう人たちの気持ちをどん底に叩き落としておきながら、まだ国策だなんだと言いますか！」

「それは違うね！」

新島は強く否定した。

「逆だ。芝浜が国策に乗っかって原子力事業を推進したがっていたんだ。その結果、芝浜が失策を犯し続けて、勝手に窮地に陥ってるってことだ。それが証拠に……見たまえ。同じく原子力を扱ってる日立や三菱は、健全じゃないか。君の言うように悪いのが日本政府なら、日立も三菱も窮地に陥っているはずではないのかね？」

「私が聞いた内部情報によると」

私も一歩前に出た。

「芝浜は通経省から『原発の輸出は必ず儲かる。他国が原発から撤退している今、ほぼ日本が世界中の原発事業を独占出来るんだから』と言われ、それを信じて従ってきたと。アメリカの原発企業を買収してしまった件も、日立と三菱が競り合っていると通経省に煽られた結果、ありえない高値摑みをしてしまったのだと」

「誰がそんなことを言った？」

新島はギロッとした目で私を睨みつけた。仕方ない。言ってしまおう。

「芝浜の斉木さんですけど」

ハッキリとそう言った私に、新島は言い返そうとしたが、言葉が出てこない。

「通経省に煽られた。原発輸出は国策だ、何がなんでもヘイスティングスを日本勢で買い取れ、と。そう言ってましたよ。通経省がメガバンクを動かして巨額の買収資金を融通させたとも」

「そんな話、斉木からどこで聞いたんだ？」

「それは職務上の機密ですのでお答えを差し控えます」

　ここはそう言うしかないだろう。

「馬鹿馬鹿しい。斉木の言い分は、あくまで芝浜側の主張だ。通経省とは言っても、政府の一官庁に過ぎないものが、民間企業を意のままに操れるはずがない。逆だよ。逆なんだ。芝浜のほうが、財界の重鎮で居続けたいが為に、我々にスリ寄ってきたんだ。我々の責任ではない。君らは官邸近くの狭いビルに立て籠もって、一体何を浮世離れした夢想で暇を潰してるんだ？　え？」

「そうですか。通経省による行政指導も各種補助金も、有形無形の圧力も、何もかも、まるで意味がないと言うんですか？　だったら政府が存在する理由は何処にあるんです？」

　今度は等々力さんが攻め込んだ。

「通経省さんとしては芝浜にいろいろ便宜を図ったでしょう？　早くから情報を摑み、不正会計の内部告発があったのに、対応しようとしていた金融庁さんと証券取引等監視委員会さんを抑えて、芝浜が本当に隠したかったアメリカでの巨額損失が表沙汰になるのを極力遅らせた。違いますか？　東京地検が動かなかったのも、通経省さんの圧力があったからでしょう？」

　ここで新島は我々に背を向けて窓外を眺めた。作戦を練る時間を稼いだのだろう。

　しばらく窓外を眺めていた新島は、我々に振り返った。

「そんなことを、どこで聞いたんだ？　勝手な捏造か？　どうせ、芝浜の斉木にあることないこと吹き込まれたんだろ？」

「いいえ違います」

　ハッキリと応えた私に新島は訊いた。

「この件は通経省側の言い分ともすり合わせないと公平とは言えない。通経省の者からも聞いてるのかね？」

「はい」

　私はハッキリと答えた。

「それは誰だ？　本当に聞いたのなら、名前は言えるだろう？」

　私は等々力さんと顔を見合わせた。言ってしまっていいか？　と目で訊ねたのだ。答えは「言っちまえ！」だった。

「通経省の桑原って人です。調べたらその人、政策立案総括審議官なんですね。桑原哲郎さん」

　その答えを聞いた新島は言葉に詰まり、ふたたび椅子に座り込んだ。

「桑原か……」

「原子力産業は稼ぎ頭になる筈だったんですよね？　なのに結果、芝浜が得たものはなんですか？　アメリカのポンコツ企業だけじゃないですか。ポンコツ企業と引き換えに本物の稼ぎ手を全部手放してしまったんですよ？　結局、金の卵を産むガチョウを売り払って、ヤバい廃棄物を産む原発を残したんじゃないですか！」

　煽りまくる等々力さん。ここまで言って大丈夫なのか。だが、新島はムキになるのを懸命に抑えているように見えた。

「だから、それは、芝浜のぬるま湯に浸かった経営陣が下手を打った結果だろう？　聞くところによれば、芝浜はコーポレートガバナンスコードを率先して取り入れたというのに、社外取締役がまったく機能していなかったそうじゃないか。しかも色っぽい重役秘書が暗躍して、スパイのような真似をしていたって？　バカバカしいが、そうかもしれんね！　昔流行ったお色気サラリーマン喜劇みたいにな。その結果、生き馬の目を抜くグローバルなビジネス環境において、芝浜はボロボロになってるんじゃないのかね？　そうだとすれば、いわば、身から出た錆じゃないか！　自己責任そのものだろ。出来の悪い連中に、我々がどうこう言っても仕方がないと思うがね」

　そう言った新島は私たちを交互に睨んだ。

「どうやら、君たちを呼んだのは全くの無駄だったな」

「それは、新島さんが知りたいことを我々が答えなかったからですか？　それとも新島さんの意向に沿うようなことを、我々が言わなかったからですか？」

「それもあるが、一番の理由は、篠崎瑞麗という女の色仕掛けが原因で、芝浜が大混乱に陥っていると言わんばかりの君らの考え方だね。しかも、その女の鵜飼いの鵜匠というか猿回しの親方みたいな存在がこの私だって言うんだろ？　バカバカしい。人殺しの濡れ衣を着せて私を失脚させた上に、今度は猿回し呼ばわりか？」

「では、篠崎瑞麗のバックにいるのは誰だとお考えですか？」

「知らん！　私が知るわけないだろうが！」

新島は激昂して叫び始めた。

「とにかく原発は日本の生存圏の維持に必須なのだ！　生き残るためには絶対に必要なのだ！　出て行きたまえ！　消えろ！」

　私たちはほうほうの体で参与室から逃げ出した。

しかし、新島の「このドブ浚いが！　裏官房のクソ野郎！」と叫び散らす怒号はなおも廊下にまで響き渡っている。

「ありゃ『ゲルマン民族の生存圏拡大』を唱えたナチスドイツか、それをパクって大東亜共栄圏とか言ってた戦前の軍部と同じだな」

等々力さんは天を仰いだ。私にはそのボヤキの意味が判らない。

そこに、どこかで見たことのある男性が近づいて来た。

「君たち、新島さんを大分怒らせたようだね」

その人物は私たちを見て苦笑している。新島の部屋からは依然として怒声が聞こえてくる。

「堀田さんですね？　総理首席秘書官を拝命された」

等々力さんが訊くと、相手は微笑んで頷いた。

「堀田です。官邸の廊下では時々すれ違ってますね」

堀田が握手を求めながら言い、等々力さんが畏まって自己紹介した。

「はい。我々は滅多に官邸には参りませんが……私は内閣官房副長官室の等々力、こちらは上白河と申します」

総理秘書官は、まだ怒っている新島の、後任のポジションだ。政権をひとつ挟んでいるので、直接の後任ではないけれど。

「人呼んで官邸お庭番こと内閣裏官房か。時間ある？」

堀田は気さくに訊いた。

「は、はい。もちろん」

等々力さんは二つ返事で答えた。

「じゃあ、こっちへ」

堀田首席秘書官は自分の執務室に私たちを招き入れた。

＊

「……あの堀田さんは、新島のライバルで、政策も考え方も正反対だと言ったよな？」

オフィスに帰って、裏官房のみんなに堀田秘書官とも会えたと報告した私たちに、津島さんが言った。

「ええ。ご自分でも『私は財務省寄りだと見なされて主流派になれなかったんですよ』っておっしゃってました。『原発はもはや採算が合わない、と当たり前のことを主張しただけなのに』って」

「原発が事故で飛んだら生存圏どころか、日本の国としての存立すら危うくなるんだから、とも言ってました。火力発電所やプラントの事故とは比較にならないのだ、と」

等々力さんが言い添えた。

それを聞いた津島さんは「そうかね」と、なぜか嬉しそうだ。

「総理首席秘書官になったんで『国策推進！』派に宗旨替えしちゃったかと思ったら、前と同じく意気軒昂でよかった」

「堀田さんは紳士ですから人の悪口は言いませんでしたけどね。新島については、彼とは考え方が違うということにして」

と、等々力さん。

「ただ、新島が口を割らなかったことを教えてくれましたよ。通経省内でも裏では相当噂になって、問題視されていたんでしょうね」

ここで等々力さんは周囲を見て声を落としたが、津島さんに笑われた。

「大丈夫。石川くんはいないから」

「そうですよ。彼は早退しました。なんだか調子が悪そうで、心ここにあらず状態だったから、帰っていいよと言ったんです」

室長が言った。

「彼もいろいろ辛い立場でしょう。ここにいても我々が彼女のことを調べている事自体が、石川くんにとっては針のムシロでしょうし」

「……そうですね。では、心置きなく。問題の、篠崎瑞麗の話です」

等々力さんは頷いた。

「堀田さんは我々に、『篠崎瑞麗を通経省の桑原に下げ渡した政治家』の名前を教えてくれました」

「ええと……ちょっと待て」

津島さんが目を閉じて考えた。

「その話だと、篠崎瑞麗は政治家の誰かの愛人だった、という事実があるんだな？」

「はい」

等々力さんは頷いた。

「篠崎瑞麗を桑原に下げ渡し、自分の影響力を行使して、彼女を重役秘書として芝浜に入社させたのが、その政治家であると」

等々力さんが、わざとなのか生来の意地悪な性格なのか、勿体振ってなかなかその政治家の名前を言わないので、私が代わりに言ってやった。

「小沼信次郎って人です」

「なんだよ。今言おうと思ったのに！」

悔しがる等々力さん。

「小沼先生か……政界を引退して久しいが、一貫して与党主流派で副総裁まで昇りつめた、いわゆるクサい政治家だな。原子力利権とつながりが深くて、晩年は通経省から官邸入りした新島の代弁者のような感じだった。つまり、新島の言いなりになっていたって事です」

室長が背景説明をしてくれた。

「利権のあるところ小沼アリとも言われて、とにかくカネに汚い政治家という評判です。

権力闘争が好きで組閣とかの人事があるたび、いつも『小沼センセイの口利き』で大臣になる、在庫一掃みたいなポンコツが何人かいた。そういうのはだいたい失言で半年くらいで大臣を辞めて、その後任にはやっぱり小沼センセイの口利きで……」

津島さんも心から嫌そうな口調で語った。相当な札付き政治家らしい。

ああそれと、と私は言い忘れたことを思い出した。

「それと、赤坂のホストクラブにいて、そのあと宇津目さんのお寺にも現れた得体の知れない美魔女っていうか、凄い上から目線のヤな女ですけど……」

「きみのバッグに入っていた、この名刺をくれた女性か？」

「そうです。それです」

津島さんが、私が彼女からじかに貰った名刺を確認した。

「添島茜と名乗っているこのヒト、実は凄いファイターなので本当に驚いたんです」

私は、宇津目さんの寺を脱出するときの肉弾戦について再び語った。

格闘技経験のある国重さんと五分に渡り合った彼女、添島茜はカラダのキレもよく、特に足技が素晴らしかった。まさに、カンフー映画に出てくるような、屈強な女性ファイターそのものだったのだ。

「その添島茜は、篠崎瑞麗のいわば『先輩』にあたる女性で、それについても、小沼センセイが詳しく知っている筈だから聞いてごらんと」

なるほどね、と津島さんと室長は腕を組んで考え込んだ。

「これはもう、アポを取って小沼センセイに面会するしかないでしょう」

そう言った津島さんに、室長が「それがねえ」と浮かない顔で言った。

「小沼先生は、余命わずかで入院してるんです。ホスピスにね。ガンが全身に転移して、もはや手の施しようがないらしい」

「そういう人が、会ってくれますかね？」

「無理やりでも会わなければならないだろうね！」

そう言うと、津島さんは立ち上がった。

＊

午後。

移動中に慌ただしく食事を済ませた私たちは、三浦半島の油壺に着いた。

駅からタクシーで少し走ったところにある、相模湾が見下ろせる小高い丘に、そのホスピスはあった。

相手が引退して久しいとはいえ大物政治家なので、私と等々力さんに加えて津島さんもやってきた。もちろん、アポなしだ。前もって連絡を取ると面会を断られるかもしれないと案じてのことだ。

南欧のリゾートホテルのような赤い瓦を使った外見はしゃれていて、広い芝生の庭に面した二階建てだ。敢えて低層階の設計にしているところが高級感を醸し出している。

受付で内閣官房副長官室の身分証を出して来意を告げると、スーツ姿の中年男性が出て来て、このホスピスの事務局長と名乗った。

「今日の小沼先生は体調もよろしいようですので、短時間の面会ならばいいと思いますよ」

事務局長は私たちを政府高官か警察関係みたいに思ったらしく、丁寧な応対をしてくれた。こういう勘違いなら話がスムーズに行くので大歓迎だ。

一階は診察室と治療室で、病室は二階にある。リノリウムではなくカーペットが敷かれた廊下は落ち着いた照明で、まさしく高級ホテルのしつらえだ。廊下に面した個室のドアの造りも、病院ではなくホテルのそれだ。

こちらです、と示された部屋の前で、案内役の男性は引き上げた。

では行くか、と津島さんがドアをノックして「失礼します」と言いながらドアを開けた。

そこにはデスクがあって、老婦人が座っていた。セッティングとしては秘書の執務室のようだ。デスクの上には電話やファックス、ノートパソコンが並んでいる。

「受付から連絡がありました。私、小沼の元家内です。小沼とはずっと別れて暮らしておりましたが、小沼がいよいよだというので……こうして身の回りの世話を」

そうでしたか、と津島さんは深く頭を下げて名前と所属を名乗り、急な来訪を詫びて、本日の目的を告げた。

「小沼先生に、以前の政策決定にまつわる背景についてお話を伺えればと思いまして」

元妻と名乗った老婦人は穏やかに「具体的には、どういうお話でしょうか?」と訊ねた。

「小沼先生と白峯宗大本山創橙寺、ならびに添島茜という女性に関して……」

添島茜の名前を聞いた瞬間、小沼先生の元妻は逆上した。

「お帰りください!」

その声には絶対に許さない、と言う怒りが籠もっている。

「せっかく来て戴いたのに申し訳ありませんが、小沼がお目にかかることはございません」

「それはどうしてでしょう? お加減が悪いのですか?」

「それもあります」

事務局長は体調はいいと言ったのに、元妻は違うことを言った。

「小沼に、過去の、汚らわしい話を思い出させたくありません。私も不愉快です」

小沼の別れた妻だという女性はかなりの高齢だが矍鑠（かくしゃく）として、口調もしっかりしている。若い頃から小沼の国元の選挙区を、しっかり取り仕切ってきた賢夫人（けんぷじん）なのだろう。

「小沼には、ある女性が取り入ってきて、大変なことになったのです。この事を思い出させるのは小沼にとっても負担ですし、私も思い出すだけで不愉快千万なのです」

「ご不快なことを思い出させてしまって申し訳ありません」

津島さんは丁寧に頭を下げた。

「しかしながら……何卒（なにとぞ）、そのへんを曲げて戴いて、多少なりともお話を伺えればと。今、先生のお話をどうしても伺わないといけない案件がありまして……こちらの都合を申せば、事は急を要しておりまして」

「そちら様の都合は存じません」

元妻は冷たく言い放った。

「あの坊主（ぼうず）と女狐（めぎつね）だけは絶対に許しませんから！」

そういうと元妻は立ち上がり私たちを追い出そうとした。

「どうぞお引き取りください！　帰らないと警備を呼びますよ！」

元妻は、壁にある非常ボタンに手を掛けた。

その時、奥の方から「まあ待ちなさい」という声が聞こえてきた。

「お前の一存で帰すのは失礼だ。官邸の方なんだろう？」

「はい、小沼先生。官邸から参りました。内閣官房副長官室です」

津島さんは奥に向かって声を張った。等々力さんが小声で私に囁く。

「本当は、官邸『のほう』からきました、だけどな」

消火器の訪問販売か。小沼先生と元奥さんは押し問答をしている。

「入って貰いなさい」

「でも、あなた」

「いいから」

奥からの声に抗しきれず、元妻は奥に続くドアを開けて、「どうぞ」と素っ気なく言った。

病室は高級マンションのような雰囲気だが、省スペース設計のためか、入口脇に小さなキッチンがあり、その奥にはリビング、海が一望できる大きな窓に向かってソファがある。その脇にはキングサイズのベッドがあって、老人が仰臥していた。

「声が聞こえたんでな……家内が……失敬をした」

「小沼先生。このたびはお時間をいただき、本当に有り難うございます」

津島さんがひれ伏すように頭を下げ、私たちもそれに合わせて頭を下げた。

「添島茜か。私が元気だった頃の女遊びは……私の悪いクセだ。とは言え、いつかは君たちのような人間が訪ねてくると思っていた」

元妻は、黙ったまま出ていった。

「で？　訊きたいこととは何かね？」

小沼信次郎は痩せ細って、骨と皮だけのような状態ではあるが眼光は鋭く、鼻には酸素吸入のチューブ（カニューレと言うらしい）が装着されてはいても、声に張りはある。

小沼は自分で枕元のスイッチを操作してベッドの上半身を持ち上げ、起き上がった状態になった。津島さんが説明する。

「はい先生、その事でございますが、通経省と、総合電機メーカーの芝浜重工について少々、調べねばならない事情が出来しまして。そもそもは通経省の若い役人がくだらない詐欺事件を引き起こしたことが発端なのですが……」

「官邸お庭番と陰で言われている君たちだからな」

小沼は私たちの通称を使った。

「最近では官邸アンタッチャブルと呼ばれ……ゲシュタポと呼称するヤカラも居るとかいないとか」

等々力さんはジョークを飛ばしかけたが、津島さんに睨まれて口を噤んだ。

「構わんよ。こういう状況では何よりも笑いが必要だ」

小沼先生は度量の広さを見せた。

「恐縮です。それで小沼先生、この件につきましては背景説明を始めると何時間あっても足りませんし……先生にもご負担になるかと思いますので、省略しましてズバリ伺います」

「いいとも。私はもう、死ぬ人間だ。なんでも話す」

　小沼先生は頷いた。

「では、篠崎瑞麗こと加治谷洋子について、先生が御存知のことを教えてください。彼女は失踪して行方が知れないのです」

　津島さんの訊き方には、あなたはすべて知っているはずだという前提がある。

「篠崎瑞麗か……いい子だった」

　小沼先生は、あっさりとそう答えた。

「だが……失踪？　失踪したとなると君、言いたくはないが、おそらく生きてはいまい」

　先生は衝撃的なことを口にした。

　それはたしかに裏官房の全員が一度は考えた事ではある。だが、そうでは無いという可能性もあり、現状ではどちらとも言い切れない。

「先生がそうお考えになる理由をお聞かせ願えますか？　私どもは、篠崎瑞麗さんが芝浜の重役を籠絡（ろうらく）して、スパイのような工作をしていたのではないかと疑っています。先生は政府の原子力政策をずっと推進して来られましたよね？」

　津島さんの問いに、先生は頷いた。

「たしかにそうだ。だがしかし、今となっては国策として原子力立国を推進したことを、私は心から後悔しているんだ。官民をあげて原子力に執着した結果、芝浜重工は黒字部門を切り売りする羽目（はめ）になってダメになり、日本経済全体としても生産性の高い産業にシフトすることができなくなり、何よりもまずいことに、あの事故を起こしてしまった……日本は原子力のせいで三等国に転落だ」

「そういう方向を推（お）し進（すす）めたお一人が、先生ですよね」

等々力さんが我慢しきれなくなったように、思わず言ってしまった。

「いかにもその通り。だから、それを強く後悔している」

「後悔で済むことでは……」

と、なおも先生を批判しようとした等々力さんを津島さんが止めた。

「等々力くん。君は何しにここに来た？　新聞記者の取材か？　予算委員会の野党質問か？　先生、誠に申し訳ございません」

津島さんは頭を下げて部下の非礼を詫び、話を戻した。

「伺いにくいことを伺わねばなりません。奥様のお怒りの原因となった女性、添島茜と、先生との間柄についてでございますが」

小沼先生は、ウンと頷いた。

「それを話すと長くなるが、いいかな？」

先生はそう断って話し始めた。

「茜のことは、私が選挙で世話になっていた、ある団体から紹介されたのだ。魅力的な女でな。向こうもその気だったから、魚心あれば水心、すぐに男女の仲になって、手放したくなくなった。マンションを買ってやったりもして、私としては茜の歓心を買おうと……まあ、年甲斐もなく必死になった」

「ある団体、と申しますと、具体的には白峯宗大本山創橙寺、でございますね？」

実名を言い難そうな小沼先生に代わって津島さんがハッキリと名指しした。

「……そうだ。それで間違いない」

「お付き合いされていた間、添島茜に国政上の重要事項を話したりされましたか？」

「話した。話したと思う」

先生はキッパリと言った。

「老いらくのナントカ、七つ下がりの雨というやつだ。情けない話だが。まあ私の女遊びはずっと若い頃からだから、その喩えは適切ではないかもしれない」

ここで先生は声を小さくした。

「女房が激しく嫉妬すればするほど、なんというか、年甲斐もなく燃えてしまって」

「それで、先生が関わった政策について、どの辺までお話しになられてしまったのでしょう？」

津島さんはあくまで丁重に訊いた。

「今となっては覚えとらんが……私が関与していた案件については、全部話してしまったんじゃないかな……というのも」

先生は急に弁解口調になった。

「女に溺れたということもあるが、私を支援してくれる団体についても無碍にはできなかった。その団体というか……つまり創橙寺の宇津目からは、長年に亘って多額の資金援助を受けていたのでね。政治資金規正法に基づいて公表した分のほかにも……いや、公表していない方が多かったが」

小沼先生は瞑目した。

「宗教法人なら税制上優遇されているから金があってもおかしくない、多少貰っても構うまいと思っていたが……もっと慎重になるべきだった。しかし、政治家になって子分を養うにはカネがかかるし、子分がいなければ力を持てない」

先生がベッドサイドのポットに手を伸ばしたので、私は立ち上がって傍らの湯飲みに中身を注いだ。白湯だった。

礼を言ってそれを口に含んだ先生は、懺悔を続けた。

「悪の寺院……私は陰でそう呼んでいたのだが……創橙寺の資金源は満州から持ち出された莫大な資金だという噂もあった。悪名高いM資金みたいなやつだ。有名ではあるが実態不明で、実在すら疑われている幻の資金を実際に使えているとすれば、宇津目は大物右翼が連なる満州人脈に繋がる訳で……金の力もそうだが、背後に控える人脈の不気味さもあって、一度汚してしまった手はもう洗えないのだと悟ったのだよ」

「ヤクザの世界と同じですね」

等々力さんが、つい口に出してしまったが、小沼先生は否定せずに頷いた。

「この際言ってしまうが、あの白峯宗の傘下には広告代理店やモデルクラブのような組織もあるのだ。広告代理店は世論誘導の工作をやり、モデルクラブは美女を多数抱えている。代理店のトップは宇津目が兼ねているが、モデルクラブのトップは添島茜だ。彼女たちが何の働きをしているかは……言わなくても判るだろ？」

ハニートラップ要員だろう……その中でも有能な者が抜擢されて重要な工作を任される。篠原瑞麗も選抜メンバーの一員だったということか？

「有り体に言えば、カネと女の両方で私は創橙寺の宇津目、そして添島茜に、がんじがらめになってしまったんだ。まあ当時はそこまで深刻には考えていなかったがね。大物政治家はみんな、そういう『表には出られないが、力はある』支援組織を持っていたものだし……それにも増して、アレは『効く』という根強い噂があった」

「効く、とおっしゃいますと？」

津島さんが思わず聞き返した。

「非常な霊験というか現世利益があると言うことだ。政治家や大企業の経営者の一部には、あれは極めてよく知られている宗教法人なのだ。現在の創橙寺を立ち上げたのは、今、代表として暗躍している海坊主の宇津目だが」

「白峯宗大本山創橙寺の大僧正を自称する宇津目顕正ですね」

津島さんが念を押すと、先生は「そうだ」とハッキリ言った。

「あの調子がいい海坊主の、師匠筋に当たる人物が凄い宗教者だった。清貧に甘んじながらも、本物の霊能力があったと言われている。時の政治家や軍人に有益な助言を与えていたそうだ。時流にそぐわないことでも平気で口にしていたので当局に警戒され、戦時中は迫害も受けたようなのだが、陸軍士官学校の、それもトップクラスの成績優秀者が所属するサークルからは特に熱烈な支持を受けていた。信奉者だった軍人たちは凄まじい強運を授かり、被弾しても一命を取り留めたり、ノモンハン、インパールなど無謀な作戦を主導して大損害を与えたにも拘わらず、その後も順調に出世、戦後も責任を問われることなく余生を全うしている。その評判が密かに広まり、白峯宗自体も戦後に発展した。助言を求めて政治家や経営者が門前市をなし、教祖の死後は弟子筋の宇津目に実権が渡った。宇津目が宗教法人化して、今や金満だ」

満州人脈とM資金の話とは矛盾があるが、「清貧」という部分をカットすれば話はつながる。昔からいわゆる「鎌倉の老人」みたいな感じで、歴代首相やエリート軍人の指南役を務めてきた宗教者の系譜があるのだろう。その時の首相の性格によって関係の遠近はあったのだろうが。

小沼先生は言った。

「宇津目という男は、『崇徳上皇を祀(まつ)る白峯神宮ゆかりの場所に籠もって修行した』と言い張り、商売上手なだけではなく、本物の霊能力があるとも言われている。それがなにより証拠には、『位人臣(くらいじんしん)を極めた例の男』の力の源泉は、まさに宇津目の寺にある、との噂は根強い。例の男が政権を投げ出して野党に転落して雌伏(しふく)していた時に、あの寺に参籠(さんろう)して、なにごとか修行をしていたのは事実だからな」

「どうにも……神懸(かみが)かったお話で……」

等々力さんが困惑(こんわく)しきった様子で口を挟む。

「嘘(うそ)だと思うかね、君？　まるっきりの嘘八百(うそはっぴゃく)なら、私も適当に扱って、金だけ吸い上げていたと思うが、実際に現世の利益があるとなれば、また話は別だ。満州人脈だって君らが考える以上に、今の日本に大きな影響力を持っているんだ」

小沼先生はそう言って、白湯を啜(すす)った。

「そういうこともあって、私は、いささか危険なのではないかと警戒したものの、あの女のことを結局、秘書として受け入れた。多少の事ならいいと思っていたのだ。清濁併(せいだくあわ)せ飲むのが本当の政治家である、などと不遜(ふそん)にも思っていたんだな。しかし、家内が、あの女を毛嫌いした。数限りない私の浮気沙汰にもそれまでは文句ひとつ言わない、よくできた女房だったんだが、あの女についてだけは別だった。ハッキリと茜を悪し様に罵り、自分とその女、どちらを取るのかと私に迫ったので……離婚せざるを得なかった」

「その女の方を選んだ、と」

等々力さんが皮肉に響く口調で言い、「その女とは、この方ですね？」とスマホを見せた。例のホストクラブで撮った、「美熟女」添島茜の顔写真だ。

「そうだ。この女だ。茜の若い頃は、それはもう、美人でな。映画女優になってもおかしくないほどの美貌と、頭の回転と……」

「セックスですな？」

すかさず言った等々力さんに、先生は「左様」と応じた。

「ベッドはとにかく凄かった……良家の子女だった家内とは比較にならないテクニックで……すべての面で男を喜ばせるワザに長けていたんだよ。美容に力を入れていたが、健康美を狙っていたのか、かなり鍛えた筋肉もついていてね。スポーツウーマンの健康美というか、それなりの訓練を受けて身体能力が凄いという感じもあって……それがなんとも、良かったんだ」

先生は心なしか懐かしそうな眼差しになって、顔色すらほんのりと紅潮している。

筋肉……スポーツウーマン……だから、あの女は同じく使い手である国重を相手にほぼ互角の闘いが出来たのか、と私は合点がいった。

「添島茜が本名かどうかは、知らん」

先生はベッドの脇のサイドテーブルの引き出しから、一枚の写真を取り出して、津島さんに見せた。

「若い頃の写真だ。キレイだろ?」

かなり前の写真で、カラーだが褪色しているのがもの哀しい。どこかの観光地で微笑む彼女は確かに、宇津目の寺で大立ち回りをしたあの美熟女・茜の若い頃だ。小沼先生の言うとおり輝くように美しいし、躰は健康的に引き締まっている。非常に魅力的だ。

ただ……この顔はどこかで見たような気がする。もちろんこの添島茜本人ではなく、誰かに似ているのだ。

私だけではなく、津島さんも等々力さんも同じ事を考えたのだろう、私たち三人は思わず顔を見合わせた。

津島さんから写真を取り上げた先生は、丁寧な手つきで引き出しに戻すと、再び口を開いた。

「原発推進だが……核廃棄物の処分場がどうしても見つからない。ゴミを処分出来ないいま、原発は増え続けて核廃棄物も増える一方だ。フランスに再処理を頼んでも、プルトニウムを燃やすにはプルサーマルの制約があるし、『夢の高速増殖炉』もんじゅはたびたび事故を起こしてきちんと運転が出来ないままだった。これではいかん、この路線はまずい、とある時私も気がついた。だが軌道修正しようとするたびに、あの女……茜が色仕掛けで私を言いなりにした。今となってはお恥ずかしいが、あの女はベッドでは本当に凄かったんだ。九尾の狐の話を知っているかね？」

「は？」

　私たちは全員、首を傾げた。

「中国の昔の帝国で九本の尻尾を持つ狐が美女に化け、皇帝に寵愛されて権勢を恣にし、国を傾けたという伝説だ。その妖怪は日本に渡り、やはり美女の姿かたちとなって鳥羽上皇を骨抜きにしたとも伝えられている。だが、陰陽師に正体を見破られて内裏から逃れ、最後は毒を吐く殺生石となったという。どうだね？　政界・財界の権力者を惑わせて原子力に入れあげさせ、あげく毒を吐いて周りの生き物を害する原発を遺した、あの女そっくりじゃないか」

　自分が入れあげたくせに、と思ったけれど、それは等々力さんも同じ思いのようだ。津島さんは相変わらずのポーカーフェイスだ。

「二〇〇七年の中越沖地震で柏崎刈羽原発が止まった時の話だ。茜がひどく苛々していて、どうしたんだと訊いたら、東電に送り込んだ工作員が言うことを聞かなくなった、裏切ろうとしている、と怒っていてね」

「東電に送り込んだ工作員？」

やはり等々力さんが声を上げた。

「そうだよ。宇津目のところが送り込んだ女の一人だろう。『言うことを聞かなくなった』どころか、あろうことか反原発の論文まで書いた、と東電の会長から連絡が来た。茜が苛立っていたのはこのことか、と判った」

「その女性も工作員だったんですね？　なのに反原発の論文を書くってどういうことです？　寝返った、ということですか？」

私も疑問を口にせずにはいられない。

「彼女は、知りすぎてしまったんだ。そして、私や茜が持ち合わせていなかった、良心というものが彼女にはあった。こういう仕事をする者が持っていると邪魔なものなんだがね」

そう言った先生は、私たちの顔を順番に見渡した。

「どうして私が知っているかって？　その彼女が遺したものがあるんだよ。いや、正確に言うと、宇津目や茜を裏切った彼女にまつわる、いろんなものがね」

小沼先生は、淀みなく語り始めた。

「彼女……岸部亮子は、電力会社に送り込まれた工作員という立場を返上して、原発の危険性を訴えるようになってから、社内に居場所がなくなった。彼女についてあることないこと、悪意のある噂が広まっていたのだ……」

＊

「岸部君。私が知っている良い派遣会社があるんだが、そちらへの登録を考えてみてはどうかね。喜んで紹介するよ」

「それは、私に退職しろということですか？」

「そうは言っていない。ただ、自分が嫌っている職場でいつまでも働き続けるのも辛いだろう。君のためを思って言っているんだよ」

私、岸部亮子は今日も直属の上司に呼び出されて、かなりあからさまに退職を要求された。しかし私は強く拒んだ。いっそ退職してしまえばいいのだが、それが出来ない。私が電力会社に送り込まれるに当たっては非常に闇の深い、どうしようもないしがらみがあるので、簡単に辞めることが出来ず、辞めれば相応の制裁を受ける。それに辞めてしまえば、事情を知るインサイダーとして社会に危険を訴えることも出来なくなる。

深刻な原発事故が起きて日本が災厄に見舞われる未来が見える。それは阻止しなければならない。どうしても。なぜなら、私は知ってしまったのだから。

だから私は、社内に留まって告発し続けなければならないのだ。

　私は、我が社が管理するある原発の運用に、非常に問題があることを知った。具体的に言えば、原発の警備が手薄なこと、冷却水の配管が設計通りになっていないこと、その設計段階でも既にあったミスがそのままになっていること、原発をコントロールするのに必要なバックアップ電源が脆弱なこと等、枚挙に暇がなかった。

　しかも、国内の原発すらまともに運用できていないというのに、政府は原発輸出を国策にしようとしていた。国内原発の安全性をおろそかにしたまま輸出へと突き進む日本政府の方針に、何としても警鐘を鳴らさなければと思った。原発の事故は、普通のプラントのトラブルとはワケが違う。町が幾つか壊滅し、避難民は数十万人単位になって放射性物質は長期間残留し、病気も引き起こす。普通の工場が爆発するのとでは、その被害の規模は比較にもならないほど深刻なものになるだろう。

　しかも私は私が所属し、私をこの企業に送り込んだ組織の目的を知ってしまった。彼らは、恐ろしいことを考えているのだ。

　しかし私の訴えは誰にも相手にされなかった。論文を書き上げてマスコミにも訴えた。興味を示した記者は数人いたが、どの新聞社もテレビ局も、数日後、断りを入れてきた。明らかに圧力がかかっていた。

「どうだね。君の、その考え方では、我が社では居心地が悪いだろう。そろそろ転職を」

「私は正社員です。簡単に解雇できると思わないでください」

私がそう言い放つと、上司は苦り切った顔になった。

「君が書いたという、原発推進に反対する論文、見せて貰えないかな？」

「お断りします。これは休みの日に書いたものですから、私の自由だと思います」

「論文の中で示されるデータや知見は、わが社で仕事をする過程で知り得たものではないか？　業務上の機密保持規程に違反しているのではないかね？」

「それもご心配なく。すべてネットや図書館で公開されているものを引用しました。社内秘や社外秘のものは一切使っておりません」

上司は深い溜息(ためいき)をついて、行っていいというように手を振った。

私は幹部候補生として入社したが、それは、私の両親が信仰している宗教の偉い方から使命を与えられたのだ。電力会社に入り、身命(しんめい)を賭(と)して原発推進に尽くせと。しかし私だって頭脳を持つ人間だ。その原発に大きな問題があると知ってしまったら、同じ事は続けられない。

この事を組織に報告したが、問題の原発はそのままでよい、むしろどのような状況なら大事故が起きるのか、その条件を探れ、と言われてしまった。

どうしてそんな恐ろしいことを？　と訊くと、宇津日大僧正は「我々が信仰する御方の御遺志を実現させるためだ」と答えられて、私は心底(しんそこ)震え上がった。

私の態度が変わり、反原発の意志が明らかになると、それまで社の主流にいた私は即座に閑職に回された。「キャリア支援室」だ。社史編纂室だと余計な知識を得るかもしれないし、資料管理室だと同じように過去の資料を洗われるかもしれないということで、私だけのために新設された部署だ。もちろん、仕事は何もない。独立した部屋もなく、総務課の端にデスクだけが、他とは隔離された感じで置かれている。

だが……私が上司との面談から戻ると、デスクの上には「肉便器」と書かれた紙があった。

その下には、私の顔をポルノ写真に合成した、猥褻な画像のプリントアウトがあった。

それをくしゃくしゃと握りつぶし、黙ってゴミ箱に捨てる私を見た総務課の女子社員がくすくす笑った。

「肉便器にも人並みに羞恥心があるんだなあ」

と聞こえよがしに言う男子社員。

肉便器などと言われる筋合いはない。

こういうひどい扱いを受けるようになったのは、私が書いた論文に独立系の出版社が興味を示してからのことだ。他の雑誌はとりあげないスキャンダルや犯罪者のインタビューを本にする、冒険的な姿勢の小さな出版社の社長が、私の論文を読んでくれた。もっと判りやすくリライトすれば出版できると言ってくれたのだ。

それから周囲の反応が露骨なまでに激変したのだが、どんな扱いを受けようとも、私は自分の正しさを疑ったことはなかった。

＊

小沼先生は、電力会社に送り込まれた工作員・岸部亮子と、自分の愛人でもあった同じ組織の工作員、添島茜の思い出話を続けた。

「とにかく茜は、飼い犬に手を咬まれたと怒ってな。私は茜に言った。だが、その岸部という女は君たち組織のメンバーだったのだろう、と。私としては、人間なのだから考えが変わることもあるだろう、としか思えなかった。電力会社の内部情報を取り、幹部の動向を監視して報告させるために送り込んでいた人材なのだから、使えなくなったのなら、首をすげ替えるしかないだろうと。だが、茜とそのバックについてる連中は、そうは考えなかった。茜は、そんな簡単な話ではない、好き勝手をされたら他の女たちにもしめしが付かない、裏切った落とし前をつけさせると息巻いてね。もうそのための布石は打ってあると」

「それはどういう……」

おそるおそる訊く津島さんに、小沼先生は明快に答えた。

「まず、その岸部という女の頭がおかしいことにして、職場に居づらくさせる。さらには悪評をもっと広めて、社会にも居場所をなくしてやるのだと。岸部の言うことを誰ひとり、信じなくなるように。巨大匿名掲示板の企業板にある『東京電力原子力・立地本部』スレッドに、『KしべR子ってイタいよね、色狂いだね』と何人かのバイトに書き込ませていると言うんだ。今の時代、噂を流すのは簡単で、彼らの組織……宇津目の宗教法人だが……その息の掛かった広告代理店を使えば、あっという間だと」

そんなにうまく行くものか？　と最初は半信半疑だったが……と小沼先生は言った。

「だが、その効果は思ったよりずっと早く、しかも激烈な形であらわれることになったんだ。茜が、『あの女、そろそろ限界よ』と告げたんだ。別の若い女工作員を派遣社員として潜入させ、監視していると」

「もしかして、その若い女工作員というのは……？」

この女性ですか？　と等々力さんがスマホの画面を見せた。そこには篠崎瑞麗の画像が表示されている。

「うん、そう。この女だ」

先生は、しばらくスマホの画面に見入った。

「改めて見るとこの娘は……茜の若い頃に似ているね」

先生は、私たちが思っていたことを自分でも口にした。

「そういや、茜もこうしてこの娘の写真を私に見せたんだ。そして、そっくりなのに驚いた私に、近いうちに引き合わせるから、その時三人で遊びましょうと言ったんだ……」

＊

私への迫害は続いた。辞めればラクになっただろうが、現役社員が告発するからこそインパクトがあると思っているし、私が辞めるのは理不尽だという思いもあった。

そんな中で、ただ一人、私を気遣ってくれる若い派遣社員の女性がいた。

昼休み、私が屋上のベンチで一人お弁当を食べていると、彼女はすっと私の隣に座った。私の周りには誰も近寄ってこないのに、彼女は「いいですか？」と明るい声で私に訊くと、さっと座ったのだ。こんなこと、私が閑職に回されてから初めてのことだった。

彼女は経営企画室勤務の生垣純子と名乗った。

「私、先輩を尊敬しているんです。ご自分の考えをしっかり持っていて、上司に媚びへつらわない……そんな尊敬する先輩が辛そうにしているのを、見ていられないんです」

「そう言ってくれるのは嬉しいけど、私と一緒にいると、あなたまで巻き添えを食うわよ。大丈夫？」

そう訊かなければならないのが情けない。

「大丈夫です！　私、そういう連中の陰口なんか気にならないんです」

そうなの？　と少し疑う気持ちもあったが、ずっと一人で孤立していた身としては、こうやって話しかけてくれて親しくお話が出来ることがとても嬉しかった。

「先輩、疲れてるんじゃないですか？　周りがひどい人たちばかりだと、本当に疲れますよね……気晴らしでもされたらどうですか？」

「気晴らし？　お酒でも飲むって事？」

「まあそれも含めてですけど……どうでしょう？　私の行きつけのお店にご一緒していただけませんか？　これは絶対に保証できますけど、心の憂さが晴れて、悲しさも苦しさも消えてなくなりますよ。とっても癒されるんです」

その夜、彼女に連れて行かれたのが、ホストクラブ「プレステージ」だった。

そしてほどなく、私はホスト遊びに完全にハマってしまった。

*

小沼先生は、それからすぐに瑞麗とも関係を持つようになったと告白した。

「あの娘は若くて可愛かった。だがそれだけだった。あの娘が茜ほど床上手ではなかったこともあるが、茜があの娘を自分の後釜として私に宛てがったことがあからさまで、それが引っかかったのだ。私とのコネクションを維持するために、いわば『保険』として若い女を抱かせておけば安泰だろうという安直な考えが、どうにも気に入らなかった、というか、私のプライドを傷つけたんだな。それに……こう言っても信じてもらえないだろうが、私はあの娘を抱くのが段々辛くなってきたんだ」

瑞麗は茜ほどセックスが好きではなかったからだ、と小沼先生は言った。

「そりゃ判るさ。私は自慢できる程度には女の場数を踏んでいる。金や権力抜きで女に、それも一流の女に惚れられたことだって何度もある。茜については……あれは心のない女だから、そこに愛があったなどと寝言を言うつもりはない。だが私も茜もセックスを楽しんでいたことは間違いない。だから茜に関してはいいのだ。だが、あの子……篠崎瑞麗については、違った。あの娘は無理をしていた。あの娘は、どんなに淫らを装っても、どこか無垢なところがあったんだ」

先生は窓外に広がる海を眺めてぽつりと言った。

「私とて無垢な娘を手込めにする悪代官みたいなことはしたくない。抱いていて自分を狒々爺だと感じるのは嫌なものだ。私には力があるから、そのおかげでこの娘を自由に出来ているのだと思うと、ね。そういうのが好きな変態的性欲の持ち主もいるが、私は違った」

「たしかに、先生は与党モテ男十傑の中に入っていた方ですから。そうおっしゃるのは判ります」

津島さんが頷いた。

私には男の人の欲情についてはよく判らないが、女好きの権力者の中にも、悪代官的なやり方を好まない人もいるのだと知って、かなり新鮮な驚きを感じた。金と力で若い女を自由にしてヒヒヒと喜ぶのが権力者のパターンだと思っていたからだ。

「だから……あの娘、篠崎瑞麗は通経省の人間に下げ渡したのだ」

「通経省の桑原ですね？」

すかさず等々力さんが確認して、先生はそうだと認めた。

「その後、あの娘は東電から別の企業……芝浜に潜入させた、と茜から聞いた。話を戻そう。あまり思い出して気持ちがいい話ではないがな」

茜からは、岸部亮子を抹殺する工作は順調に進んでいるとの報告があった。

「茜が言うには、岸部亮子はますます精神的に追い込まれてボロボロになっていると。会社は辞めないがプライベートではホスクラにハマって、支払いが溜まってとんでもない金額に膨れあがって……金に困って、売春を始めたと嬉しそうに私に言うんだ。茜という女は心がないから、本当にそういうことをさらりと言うのだ」

＊

その日も追い出し部屋での勤務が終わり、私は渋谷・円山町に向かった。

すっかり若者の街と化した渋谷にもラブホテル街や性風俗街があることは、新宿と違ってあまり語られない。歌舞伎町の奥のように広い通りに面して大きなラブホがたくさんある街並みとは違って、狭い通りにひしめくように並んでいるホテルの規模が小さいせいかもしれない。円山町のホテルの利用客は出会い系カフェなどを利用して密かに事に及ぶ。また戦前戦中は軍関係者が通う色街だったという事も関係しているのだろうか。その分、歌舞伎町より地味でおとなしくて、安全だ。

それでも、道玄坂の通りからホテル街に入ると、怪しげな男女がいることはいる。

下着が見えそうなミニスカートや、ボディラインがくっきり見えて、乳首が浮き出しているような薄物ボディコンは、今や娼婦しか着ない。渋谷には立ちんぼはほとんどいないから、彼女たちはひと仕事の後、もしくは、仕事場に出勤するところなのだろう。

とは言っても、渋谷から立ちんぼが完全に消えたわけではない。私のように、数少なく生き残っている女もいる。

夜も遅くなると泥酔した客が増えて悪絡みされたり暴力を振るわれたり、ホテルに行っても勃たないくせに「やってないのにカネだけ取るのかこの泥棒女！」と暴言を吐く客に当たってしまうこともあるが、時間が早いとそんなことも少ない。純粋に女を求めてやってくる男ばかりだ。

そんな男たちを私は待つ。シナを作ったりスカートを持ち上げたりという古典的な仕草をする女性もいるが、私はしない。ただ人待ち顔で立っているだけだ。場所柄、ショバ代を要求してくるヤクザもいるが、ヤクザは組織的な売春で儲けているから、零細で気まぐれな立ちんぼは見逃してくれる。とは言っても余計なトラブルはイヤなので、地回りに多少のお金は渡しているが。それも、私の心の解放のためだと思えば安いものだ。

数ヵ月前から根も葉もない、私に関するひどい噂が社内に広まっていた。会社に勤めながら、夜な夜な躰を売っていると。噂によれば、私が躰を売っているのは、ホスト遊びに溺れてお金が足りないから、らしい。

たしかに、ホスト遊びは私の唯一の愉しみになった。それにお金を使っているのも本当だ。だけど、ホストのために売春しているという噂は……飛躍が過ぎる。

とはいえ。

そこまで誹謗されるのなら、それを嘘から出た真にしてしまってもいい。

最初はそういう、自暴自棄な気持ちから始めたことだった。だが……男から声をかけられ、求められるままにホテルに行って抱かれて思いきり乱れた時に、私は変わった。この上もなく自分が解放されて、生きている実感を得られることに気づいてしまったのだ。

最初は激しい抵抗があった。人間として、女として最底辺に沈んでしまう恐怖と、プライドを破壊される屈辱(くつじょく)があった。

しかし……それを乗り越えてしまうと、そんな壁が一体なんだったのか、意味が判らなくなった。

それだけ、私は自由になれたのだ。最後の一線を越えてしまう勇気さえあれば、人間は限りなく自由になれる。

行きずりの男と躰を貪(むさぼ)りあい、快感を得る。そして……お金を貰う。むしろお金を貰うからこそ、肉欲を満たすためと完全に割り切れる。変態的なプレイをしても平気だ。恋愛関係、いや相手がセフレであっても無駄な遠慮があり、見映えを気にしてしまうが、お金のために股(また)を開く娼婦であれば、そんな邪魔なものから一切、自由になれるのだ。

そして、セックスで得られたお金をホストに使う。ホストクラブで私は女王様になれる。

これは、自分で始めたことではない。彼女……私にホスト遊びを教えた生垣純子に感化されたものだ。だけど、やってみると、これほど自分に合う生き方は他にないと思えるようになった。

私は古手のラブホ近くの通りに立った。まだ少し時間が早いから、寄って来る男は少ないし、ラブホに入っていく男には連れの女性がいる。「出会いカフェ」などで合流した売春組織の女かもしれないが。

バッグの中のスマホが震えた。かけてきたのは「チーフ」だった。

『どう？　まだ考えを変える気はない？　私たちに逆らって、無事に生きていけると思っているの？』

反省して詫びを入れるのなら、あなたは今までとは違って嘘のように生きやすくなるんだけど？　と彼女は言った。いつもの誘い文句だ。

『あなたが裏切る前と同じ、楽な人生が戻ってくるのよ』

「楽な人生などではありませんでした。誰もがあなたのような、良心を持たないサイコパスだとは思わないでください」

『そう。残念ね。後悔しないといいけれど。私があなたに手を差し伸べるのも、これが最後よ。後悔は本当にないのね？』

「ありません」

私がそう答えると、通話は切れた。

電話の相手・添島茜の、突き放すような冷たい口調に、私は寒気を覚えた。そして……黒雲のような不安がムクムクと心の中に湧き起こって広がった。

「大丈夫。私は人間として間違ったことは絶対にしていない。女としては、認められないことをしているかもしれないけれど」

声に出して自分に言い聞かせたが、不安は消えない。

そんな私に男が声をかけてきた。

「お姉さん、遊べるの？」

その声はくぐもっていた。コートの襟を立てて顔を隠しているような男は、中肉中背の特徴のない顔立ちだが、どこか不穏な雰囲気を身に纏っていた。

この男は危ない。客として取るべきではない、と直感した。

けれど、「チーフ」からの、最後通牒を思わせるような電話が惹き起こした途轍もない不安を、私は何とかして忘れたかった。

＊

「判っとるよ。君らの言いたいことは。そんな、後ろ盾からして怪しい女に、なぜそこまで深入りしたのかと。だがそれは、最初に言ったように、あの女もバックの宗教法人も、国策の原子力立国の後押しをしているとしか見えなかったからだ。政府と目的を同じくするのなら、別にいいではないか、とね。政治資金を融通してくれた事も大きかったが」

小沼先生は、ドアを見た。向こう側で聞き耳を立てているであろう、元の奥さんを気にしているのだ。

「茜が言う『落とし前』がどんなものかは想像もつかなかった。いや、正直に言うと、考えたくもなかった。裏社会の常識は私らのものとは違うからね。それからしばらくして……あの驚くべきニュースを知らされた。渋谷・円山町のホテルで売春婦が殺されたのだが、それが、あの電力会社に潜入させていた岸部亮子だったということを」

その事件なら私も知っている。犯人は今も捕まっていない。被害者が電力会社のエリート社員だったこと、彼女が夜な夜なホテル街で客を取っていたことが警察の捜査で明らかになり、それがスキャンダラスに報じられたのだ。

「正直、私は怖くなった。あの時は、殺された彼女を悪く言う、公開リンチのようなニュースで持ちきりだった。誰もが彼女を精神の平衡を失った奇矯な女性だと思い込んだが、それは作られたイメージだった。真相を知っている私には、その報道がいろんな意味で、如何に怖ろしいものであるかが、よく判ったんだ」

そんな時、茜がやって来たが、その日は男として使い物にならなかった、と小沼先生は言った。

「こう言ってはなんだが、私は、どんなに悩んでいても動揺していても、性欲だけは別腹な男だった。それどころか精神的に潰されそうになっていても、それを逆バネにして女にぶつけていた。だが、その時は本当に、いっこうに役に立たなかったのだ。茜はそれを気遣って、『だったらいいもの見せてあげる』と、あるビデオを」

「見せられた、と。それは、岸部さんにまつわるものだったんですね？」

津島さんの問いに老政治家は黙って頷き、これ以上は言えない、という風に口を引き結んだ。とても言葉にできるような内容ではなかった、ということか。

ここで小沼先生はドア外に向かって「おい」と声をかけて元妻を呼び入れた。

「例のものを取ってきなさい。ようやく託すべき人たちが見つかった」

そう言われた元妻は、怪訝な顔をした。

「この方たちに……よろしいのですか？」

小沼先生は大きく頷いた。

「ああ。大丈夫だ。この人たちなら」

＊

「おい。まだ終わってないぜ。これからがお楽しみの本番だ。少なくともおれにとっては」

そう言って、男は私の首に両手をかけた。

「たっぷり時間をかけて、あの世に送ってやろう」

私は全身で暴れて抵抗したが、男は私に馬乗りになると、強く絞めてきた。

「や、め、て」

私は、殺される。

完全に息が詰まって、意識が薄れてきた。もう、手も足も動かせない。

薄れる意識の中で、ラブホの部屋にもう一人、誰かがいるのが判った。

私は必死で、その誰かに手を伸ばして助けを求めようとした。

が……その人影の手にはビデオカメラがあった。首を絞められている私を、撮影しているのだ。

「たっぷり時間をかけて、あの世に送ってやろう」

男はそう言って、カメラを構える人に向かって笑った。

この男は、組織の人間だったのだ。

そして、殺される私を撮っている人物は「チーフ」こと、添島茜だった。

破滅を悟った時、私の視界は苦痛のあまり真っ赤に染まり……意識は暗黒に堕ちていった。

＊

元妻が病室を出てゆき、骨と皮だけになった老政治家の顔には恐怖の表情があった。今までは比較的元気に話していたのに一転、消え入りそうな声で述懐を続ける。

「茜という女の正体。それは、私もよく知らんのだ。あそこまで心がない人間に会った事がない。外国の指令を受けて日本人のフリをしているわけでもないようなのだが……あの女の言動すべてを考えると、日本と、日本の社会を深く恨んでいるとしか思えんのだよ」

しかし先生、と津島さんが言った。

「私には、その添島茜という女性もさることながら、バックにいる宇津目率いる宗教法人が気になります。豊富な資金力と人脈を使って一体、何をやろうとしているのか……日本に災いをもたらそうとしているのではないか、とさえ……」

津島さんは言葉を選んで、そう言った。

それには私も同感だ。宗教って、人間を幸福にするためにあるものだと思っていたが、宇津目さんの宗教は、なんだか日本を不幸にする方向にしか向いていないような気がしてならない。だって、宇津目さんの師匠だか何だかよく判らないが、戦前も戦争中も政治家や軍人――等々力さんによれば辻政信とか牟田口廉也とか言う名前だそうだが――そういう偉い人たちに指南していたという宗教関係の凄い人が居て、一部の偉い人たちがその人の言うことを聞いた結果、日本は戦争を始めて戦争に負けたのではないのか？　宇津目さんのお寺に籠もって修行していたという、前の前の総理大臣にしても、恐ろしいほど悪運が強かったことは確かだが、日本の社会の大切なものを、いろいろと壊したではないか。

「そうなんだよ。日本に禍をもたらそうとしている……それを考えると恐ろしくなってね……要するに宇津目の、あの宗教法人が、茜に命じて、岸部亮子を殺させたのだ。自分は手を汚すことなく」

そこで小沼先生は大きく息を吸って、決然と言った。

「その証拠は、ある。それを君たちに託そう。今から話すことを聞いてほしい」

小沼先生が、重大なことを口にしようとした、その時。

病室のドア外で、激しく争うような声がした。声を上げているのは、小沼先生の元妻だ。

ドアが開いて、入ってきたのは他ならぬ宇津目さんだった。大きな身体はドアをやっと通り抜けられる感じで、その手は、通すまいとする元妻の顎(あご)をほとんど鷲摑(わしづか)みにしている。

「帰ってください……帰って！　どこまで主人を巻き込めば気が済むんですか、あなたは」

悲鳴のように叫ぶ小沼先生の元妻に、宇津目さんは言った。

「奥さん、いや元奥さん。あんたこそもうセンセとは関係ないやないですか。別れはったんやからな」

宇津目は乱暴にも、元奥さんの顎を摑んでいた手を一度引き寄せてから腕を伸ばし、どん、と突き飛ばした。元奥さんは吹っ飛び、壁に激突して、その場にずるずると腰を落とした。

ドスの効いた声で宇津目さんが先生を恫喝する。

「小沼センセ！　あんた、あることないこと、その人らに見境なく話して、それで済むと思てはるんですか？　仏罰が当たりまっせ！」

そう言いつつ病室の中にズカズカと入り込んできた。慌てて等々力さんが立ち塞がったが片手でトンと突き飛ばされ、宇津目は小沼先生の枕元に立った。

「あきまへんで！　あんた、児玉誉士夫がどうなったか覚えたはるか？　あれもワシの手の者が仕組んだことなんですで」

宇津目さんにそう言われた小沼先生は一瞬ビクッとして、顔色が一気に悪くなった。すぐにそのまま目を閉じて、グッタリと全身から力が抜けてしまった。

「救急車！　救急車を呼べ！」

一番近くにいた津島さんが叫んで、小沼先生の手を取って脈を測った。

「救急車だ！」

それを聞いた宇津目さんはパッと身を翻して部屋から出て行った。その素早さは、まさに「逃走する」という言葉がふさわしい。

部屋備え付けの館内電話を耳に当てていた等々力さんが叫んだ。

「津島さん落ち着いて！　ここはホスピスです。病院です。今、医者がこちらに向かってます！」

そう言ってすぐ、白衣の医師と看護師がストレッチャーとともに部屋に入ってきた。

「小沼さん！　判りますか！」

小沼先生の体はストレッチャーに移されて運び出され、私たちも一緒に廊下に出た。

廊下を搬送（はんそう）する間も医師が聴診器を胸に当てている。

「心臓がひどく弱っている。強心剤の用意を！」

ハイと返事をした看護師が走っていった。

ストレッチャーと医師団はそのままエレベーターに乗った。

「宇津目の野郎、何をしやがった？」

等々力さんは悔しそうに言った。あの男が魔力か何かを使って小沼先生の口を封じようとした……そうとしか思えない。非科学的なことはわかっているが、私の見た限り、宇津目は小沼先生の身体に触れていないのだ。

私たちも階段を駆け下りて一階の処置室に走ると、中では「気道確保！」「強心剤二倍にして」「バイタルチェック！」「心臓マッサージ中止！　ＡＥＤだ」という声が飛び交っていた。慌ただしく緊急処置がされているようだったが、すぐに救急車が到着した。もっと大きくて設備が整った病院に搬送されるのだろう。

ストレッチャーに乗せられて酸素マスクをつけられた小沼先生は、肌の色は土気色（つちけいろ）になり目も閉じていて、既に死んでいるようにしか見えない。しかしストレッチャーにつけられたバイタル・モニターには微弱ながらも心拍や血圧、呼吸反応が出ている。

走り出した救急車を見送っていると、そこに小沼先生の元奥さんがやってきた。

「あの、これを……」

元妻は津島さんに封筒を渡した。

「これは？」

「あの人が、『例のもの』と言ったものです。あなた方になら預けて大丈夫だと」

津島さんがその場で封筒の内容を確認すると、中にはＵＳＢメモリーが入っていた。

「この中身を見てくださいとのことです」

このメモリーの内容が想像できてしまった私は背筋が冷たくなったけれど、見ないわけにはいかないだろう。

いつまでもホスピスにいても、ご迷惑になるだけだ。私たちは場所を変えて、京急三崎口駅に移動した。

駅のベンチに陣取り、等々力さんが持参していたノートパソコンにＵＳＢメモリーを挿して、内容を確認した。

画面には「.mp4」の拡張子のついたファイルが表示された。

「ファイル名がkill.mp4か……直球過ぎてほんと、怖いな」

等々力さんはそう言って、津島さんを見た。

「ウイルス感染はしていないようだから再生できますが……見ますか?」

「イアフォンないかね? 音が心配だ」

頷いた等々力さんはカバンからイアフォン三組と分配アダプターを探し出して、全員が耳に装着するのを待って、その動画ファイルの再生を開始した。

映っていたのは、果たして、ベッドで絞め殺される岸部亮子の凄惨な映像だった。岸部亮子を罵倒しつつ、笑いながら首を絞めている男の顔は判らない。解像度を上げ、警察の顔認識システムにかければ割り出せるかもしれない。

岸部亮子は全身を激しく痙攣させて暴れ、自分を殺そうとしている男の顔に爪を立てているが、男はまったく動じることなく首を絞め続けている。

おぞましい映像を撮影するカメラが移動した。殺人の現場に撮影者がいるのだ。姿の見えない撮影者が、部屋の全体がよく見える位置に移動した。

ここで岸部亮子が撮影者の存在に気づいたことが判った。カメラに向かって手を差し伸べ、「助けて」と声にならない声を上げている。男の声がした。

「たっぷり時間をかけて、あの世に送ってやろう」

亮子の首に両手をかけたまま、男がカメラに顔を向けて笑う。

「げぇええ」

岸部亮子の眼球が膨れ上がり、口からは舌が突き出た。全身が痙攣し始めて……。

やがて、岸部亮子は、動かなくなった。

カメラがベッドサイドのテーブルに置かれた。撮影者らしい人物がベッドに近づき、岸部亮子の脈を取り、小さなライトで瞳孔の散大をチェックした。

「死んだわね。念のため、息を吹き返さないか、三十分待ちましょう」

そう言ってカメラに顔を向けたのは……添島茜だった。

見終わった私たちは、ひどい顔をしていた。真っ青な顔で我慢していた等々力さんは、口元を押さえてトイレに走った。

「上白河君」

津島さんはひどく厳しい顔で私を見た。

「この件は、あの宇津目という男をこのままにしておいては先に進めない」

「……私もそう思います」

「宇津目が児玉誉士夫の名前を口にしたが」

津島さんがハッと思い出したように言った。

「ロッキード事件で児玉誉士夫が証人喚問されることになった時の話だ。喚問に耐えられるかどうかの健康チェックで、事前に国会が児玉宅に医師団を派遣した。しかし医師団が来る直前に、児玉のかかり付け医が児玉に睡眠薬を注射して意識不明にしてしまった。結果、医師団の診断は『重度の意識障害下』となり証人喚問は中止、ロッキード事件児玉ルートは解明されず、後の、やはり『日本を変えた長期政権の総理』が罪を逃れた、という経緯(けいい)があったんだ」

「ということは……」

同じことをしたんだ、と津島さんは言った。

「あの男には超自然的な能力があるのかもしれないが、私の見たところ、隠し持った小さな注射器で何かの薬剤を打ったんじゃないかと思う」

宇津目さんなら口封じにも手段を選ばないだろう。小沼先生に指一本、触れていないように見えたのだが……。

「とにかく、我々の目の前であういうことをやったんだ。あの宇津目を放置してはおけない。私と等々力君は、警察と合同で宇津目を追及する。君を拉致(らち)・監禁(かんきん)した罪状もあるしな」

「あの、私は何をすれば？」

私は宇津目さんについては実際に会っているので、津島さんよりいろいろ知っている。いや……津島さんは以前から怪しい宗教法人とか、宗教家と称する政治ゴロをマークしていたのかもしれないが……。

「上白河くん。君には、石川くんのフォロー、というか行動確認をして貰いたいんだ。この件で彼は、微妙な立場に立たされた、と引け目に感じているだろう。しかし我々は彼を貴重な戦力だと思っているし、失いたくない。あの篠崎瑞麗という女はかなりしたたかで海千山千の、一筋縄では絶対いかない曲者だ。その一方で石川くんは勉強はできるが女性にはウブな、純粋で育ちの良い男子の典型みたいなところがある」

「判ります」

津島さんの石川さん観察はその通りだと思う。

「たぶんだが……石川くんをマークしていれば、篠崎瑞麗が姿を現すんじゃないか、と私は思っている」

「マークということは……私が石川さんを尾行するんですね」

「尾行というと語弊があるが……監視するというよりは、むしろ保護だ。何かあった場合、彼の力になってやって欲しい。彼には休みを与えているが、スマホを自宅に置きっぱなしにしていなければ、今どこにいるかは判る」

携帯電話やスマホが発する電波から、かなり正確な位置情報が割り出せるらしい。警察がマスコミに発表しているのはワザと探知能力を落とした嘘で、本当はかなり詳細な位置情報が取れているそうなのだ。

私は、石川さんを追うことになった。

＊

僕は、苦しかった。

今の僕にとり、家族や友人より親密で、大切な存在……「内閣官房副長官室」のみんなに、僕は秘密を持ってしまった。その結果、嘘をつかざるを得なくなっている。

それがなにより苦しくて仕方がない。

嘘をつくのは慣れていないから、いつバレるかと思うだけで不安になるし、心が乱れる。

しかし……苦しくはあるけれど、それでも瑞麗の事はなんとか助けてやりたい。

知れば知るほど瑞麗が巻き込まれている事態は深刻で、僕のような力の無い者にはとても支えきれないと思う。でもそんな修羅場を、苦境を、彼女はあの華奢な躰で、柔らかい手で、これまで生き延びてきたのだ。

用心のために、彼女は僕の部屋にはいない。勘の鋭い津島さん……いや、一見好々爺のように見えて、実は津島さん以上に鋭い室長の方が、僕を疑っているかもしれない。

テルくんには尾行がつけられていると思う、と瑞麗は言った。居場所をリアルタイムで把握されているかもしれない。スマホを通して盗聴もされているかもしれない、と彼女は言った。

「テルくんは脇が甘いのよ」

彼女の指摘を受けて、僕は彼女とは極力接触しないことにした。連絡は、捨てアカからのメールか携帯の電話、それも転売スマホからだけにした。単純な方法だが、たぶんこれで大丈夫なはずだ。

しかし、こういう事をすればするほど、策を巡らせれば巡らせるほど、同僚に対して、上司に対して申し訳無さが募るのだ。

すべてを津島さんや室長に告白できれば、どれだけ楽になるだろう。しかしそれは、瑞麗を「売る」ことになるのだ。いや、彼女を生命の危険に晒すことにも。

僕としては、彼女に死んでほしくなかった。

しかし瑞麗の、組織を抜ければ殺される、逃れるためには自分が死んだことにするしかない、という主張をそのまま認めて、彼女を国外に逃がした場合、僕も産業スパイの共犯者になってしまう。芝浜が研究している最先端技術は、日本の国家戦略の武器になると言ってもいい。今や半導体は国の浮沈に関わる最重要の技術になっている。それを見抜けなかった日本企業は「失われた三十年」の間、技術者を大切に扱わず、早期退職まで募ってしまった結果、大切な頭脳と技術が海外に流出した。あれほどの半導体王国だった日本は、今や完全な「負け組」に成り果ててしまった。

芝浜の技術が流出すると、日本は「負け組」に転落した今の状態に固定されてしまう。

僕は瑞麗に懇願した。

「君を助ける。君の安全を何とか保証できるように頑張るから、あの技術については、どうか外国に流さないで欲しい」

「ごめんなさい。それは、私の一存では決められない。あの技術を私に託してくれた芝浜のエンジニアが望んでいることなの。あれは物凄いお金で売れるのよ。彼はお金を欲しがってる。芝浜に未来はないと私も思うから、彼の気持ちはよく判るわ」

最初はそう言っていた瑞麗だったが……板挟みに苦しむ僕の苦境と、それでも彼女を助けようと奮闘していることを判ってくれたようだった。

やがて、調達した飛ばしの携帯に、瑞麗から着信があった。

『渋谷の道玄坂、知ってるでしょ?』

どこにいるのか判らない彼女がかけてきた電話で、そう訊かれた。

「道玄坂なら知ってる」

『渋谷から道玄坂を上っていって、右側に入ると百軒店だよね?』

「あの辺だと、名曲喫茶の『ライオン』と『ユーロスペース』なら知ってる」

真面目なんだねテルくんは、と彼女は言った。

『そういうのじゃなくて……あのへんは渋谷で一番ディープなところなんだけど……円山

町に、「道玄坂地蔵」と呼ばれるお地蔵様があるの。そこに行って欲しい』

「行くのはいいけど……なんのために？」

『そこに、大切なものを隠してあるから。それを取ってきて欲しいの。渋谷と言うより、井(い)の頭(かしら)線の神泉(しんせん)の方が近いけど』

「それはいいけど……大きなものかな？」

『大丈夫。凄く小さくて、ポケットに入るから……夜の方がいろいろ紛(まぎ)れていいと思う』

「それはいいけど」

『また連絡するから』

　今までの瑞麗とのやりとりで薄々感じたことだが、地蔵に隠してあるというものが、例の機密なんじゃないかと、僕は思った。

＊

　改めて、津島さんから石川さんをマークするよう私は命じられた。

「上白河くん。出番だ。彼は今、自宅にいる。連絡を待っているのか、自宅に篠崎瑞麗がいるのかまでは判らない。赤外線センサーを積んだドローンでも飛ばせば判るんだろうが、石川くんに気づかれてしまうかもしれないので使えない」

石川さんの居所はスマホの電波によりモニターされている。

「現在時を以て、石川くんの居場所については、リアルタイムで君のスマホに送信されるように設定した」

小沼先生は一命を取り留めたらしい。だが意識は戻らず、病状は予断を許さない、との一報を搬送先の病院から知らされた時には、すでに陽は落ちようとしていた。

小沼先生がいたホスピスのある三浦半島から東京に戻り、スマホに表示された石川さんの「詳細な位置情報」を私が追い始めたころには、夜になっていた。

津島さんから説明を受けていた時、石川さんの現在位置として北千住にある自宅マンションが表示されていたが、私が移動するのと時を同じくするように、石川さんも動き始めた。

私が京急で品川に着くのと、石川さんが半蔵門線で神保町を通過したのが、ほぼ同時刻だった。

石川さんは、渋谷に向かっている？

私もとりあえず、山手線で渋谷に向かった。

携帯電話通信会社の解析で、石川さんの携帯の至近距離に二台の、いわゆる「飛ばし」の携帯電話があって、それから電波が出ていることが判った。携帯電話に電源が入っていれば位置情報が摑める。二台あるうち片方の携帯には着信があり、発信した相手が吉祥寺にいる事も判ったが、吉祥寺にあるその携帯電話は、それっきり移動しなくなった。たぶん通話が終わって捨てられたのだろう。もう一台の携帯には通話記録がないが、渋谷方面に移動中であることは判る。

石川さんは、青山一丁目を過ぎた。とりあえず私が渋谷に行くのは正解だろう。

とはいえ、地下鉄から地上に出た石川さんと渋谷駅前、もしくはＪＲのホームで鉢合わせする事態は避けたい。

私は恵比寿で一度山手線を下り、位置情報をチェックした。

渋谷に到着した石川さんが、道玄坂を移動し始めたことがわかった。

それを確認した私も改めて渋谷に向かったが、尾行しているつもりで見失い、焦って渋谷をウロつくうちにばったりと石川さんに会ってしまうのは困る。別のルートを取ることにして、井の頭線渋谷駅のマークシティの中を歩きながらスマホで石川さんを追った。

すぐに、この追跡システムの優秀さが判った。ターゲットと、かなり距離を置くことが出来る。尾行されていることを悟られない。マップ上にターゲットと、それを追う私の両方の位置が表示されるから道に迷うこともない。

その石川さんは道玄坂を玉川通りとぶつかる方向に上り続けて……コンビニがある角を右に曲がり、ランブリングストリートという名前がついた道に入った。

夜の円山町には、ラブホの看板に灯った明かりが密集している。歌舞伎町のラブホ街より道が狭いのが、怪しい感じをかもしだしているようでもある。

そんな中で石川さんは、しゃれたイタリア料理のお店を左に曲がって、なおもホテル街を歩いていく。左右にあるのはラブホテルだけ。白を基調にした外観のホテルが多いので、ゴテゴテした感じはしない。

私も同じ道を歩くことにした。石川さんからかなり距離を置いたが、後ろ姿を見るだけでも、彼がかなり憔悴(しょうすい)して心ここにあらず、という有様(ありさま)なのが判った。いつものシャキシャキした歩き方ではなく、ひどく弱々しくて、時々フラつくからだ。きちんと食べていないのではないか、という心配さえしてしまう。

小さな十字路で、彼は足を止めた。マップには大きな料亭の一角に「道玄坂地蔵尊」があると表示されている。

隙間(すきま)なく竹を並べた垣根が、料亭の広い敷地を囲んでいる。竹垣の中にはちょっとした森のような樹木もある。料亭の看板が見えた。とても高級なお店のようだ。

その一角を石川さんは眺め、少し離れてから眺め直し、右から左から、ためつすがめつ見ている。

品定めするようであり、何かを探しているかのようでもある。

何をしているのだろう？　石川さんはここで瑞麗と待ち合わせているのか？　それとも何かを探しているのか？

どうしよう。

私は近くのラブホの陰から石川さんを「監視」しつつ、これからどうすべきか迷った。

もっとよく見える場所に移動した方がいい。

私は走って一ブロックをぐるっと遠回りして、それまで立っていた場所とは反対側に回り込んだ。

大きな料亭の一角に、同じく竹垣で上品に囲まれた、道から少し奥まったスペースが設けられているのが見えた。石段を二段上がったところにお地蔵様が祀られている。前垂れの赤い色だけではなく、なぜか口元にも何かが塗られていて赤い。色鮮やかな花がお供えされていて、お地蔵様が大切に扱われていることが判る。マップによれば、これが「道玄坂地蔵尊」だ。

石川さんは、お地蔵様の周囲を探ってから、お地蔵様に手を合わせるとしゃがみ込み、台座の裏側に手を伸ばして、何かを懸命に取ろうとしているように見えた。

石川さんが何かを掴んだ素振り（そぶ）りを見せた、その時。

私の口をついて、自然と声が出てしまった。

「石川さん？」

小さな袋を掴んだ石川さんが振り返った。

その顔は、驚くほど険（けわ）しくて、怖かった。

「見なかったことにしてくれ！」

石川さんは声を絞り出した。

「忘れてくれ！　頼む！」

そう言った石川さんは、しゃがんだまま私に向き直ると、両手を突いて土下座をした。狭いところで一段下の石段に手を突いたから、這いつくばるような形になった。

彼の右手には、小さなビニール袋が握られている。

「そんな……困ります」

私は石川さんの前にしゃがみ込んで、立たせようとした。

「本当に困るんだ。いや、僕はもうどうなってもいいんだけど」

「とりあえず……話をゆっくり聞かせてください」

そう言って私が立ち上がろうとした時。

いきなり後ろから髪の毛を摑まれた。凄い勢いで私は後ろに引き摺り倒された。

咄嗟に見上げるとそれは例の美魔女・添島茜だった。赤坂のホストクラブで私に見せた愛想の良さはなく、国重さんと戦ったときの戦闘モードの怖い顔になっている。

私とは戦っていないから、甘く見られたか。

「石川さん！　逃げて！」

私はそう叫ぶと首をひねって茜の手を逃れ、素早く立ち上がって身体を回しざま、正拳突(づ)きを繰り出した。

だが私の拳(こぶし)が顔に当たる寸前で、茜の手が私の腕を摑み捻(ひね)り上げた。

咄嗟に一歩踏み込んだ私は茜の懐(ふところ)に入る形で接近し、思い切り肘打(ひじう)ちを食らわせようとした。

が、茜は私の動きを読み、寸前で打撃を避けた。私の腕からパッと手を離して飛びすさり、正面から私と対峙した。

素手で向かっていく私に、相手の熟女・茜は不敵な笑みを浮かべると、ポケットからペンのようなものを取り出した。

なんだ？　と思ったら、そのペンのようなものは一瞬で伸びて一メートルくらいの棒になった。しかも硬そうだ。悟空(ごくう)の如意棒(にょいぼう)か？

それを見ても私の足は止まらなかった。とにかく相手の胸元に突進して投げ飛ばすか蹴りを入れるかぶん殴るか。相手が武器を出してくるとは思っていなかった。

茜は私の背中や肩をしたたかに打った。如意棒は硬くて、かなり痛かった。肩の骨にヒビが入ったかもしれない。

私はそのままタックルするように茜の胸元に飛び込もうとしたが……すんでのところで体をかわされてしまった。

道玄坂地蔵尊の向かいのラブホの壁に激突した私は即座に体勢を立て直し、再び茜に向かって行った。

茜はまた私をぶちのめそうと如意棒を振り上げたが、その右腕を掴んで捩じ上げて、肩を脱臼させてやった。ごりっというイヤな音がした。

道に落とした如意棒を拾い上げた私は、動きを落とした茜の右腕から右肩を集中して叩きのめした。

一旦引いて私から離れた相手は、小さな刃物を出した。飛び出しナイフのような匕首のような……匕首にしては小さすぎるし飛び出しナイフにしては大きい。ダガーナイフのようなサイズだが刃にギザギザなどはない。

「このぶんで行くと、拳銃だって隠してるんじゃないの?」

「人をヤクザみたいに言わないで欲しいね!」

「ヤクザがロケットランチャー隠し持ってる時代だものね!」

私がそんなことを叫んでいると、視界の隅に石川さんが見えた。さっさと逃げて欲しいのに、なにしてるんだ! と私は苛ついた。危機感がなさ過ぎる。

「あんた、元陸自の特殊部隊だと聞いてはいたけど……やるじゃない」

茜の顔には不敵な笑みが浮かんでいた。

「あの女はどこ? ……ってアンタが知るわけないか。代わりにこの人を連れて行く」

そう言いながら茜はナイフを棄てて素早く何かを胸元から取りだした。その瞬間、青白い光が辺りを照らし、バチバチッと言う音とともに衝撃が私を襲った。しまった……電極が飛んで来るテーザー銃でやられてしまった。

倒れた私の視界で、呆然と立ちすくんでいた石川さんの鳩尾に、茜が一撃を食らわせるのが見えた。身体を二つ折りにしてよろめく石川さんを茜は軽々と抱え上げ、くるりと踵を返すと、あっという間に姿を消した。

どうしよう……石川さんが拉致されてしまった。焦れば焦るほど身体が動かない。

視線を必死にさまよわせる私の目に、石川さんが土下座していた場所が見えた。

そこには小さなビニール袋が落ちていた。

第六章　日本が終わる

石川さんが土下座していた場所に落ちている小さなビニール袋。

思わず摑み取って見ると、それはマイクロSDのメモリーカードだった。

そう遠くない場所で、車のドアが閉まり、エンジンを吹かす音がした。

十字路の一隅から一台の黒いワンボックスカーが走り出すのが見える。

あれは……私が赤坂のホストクラブの前で拉致されたときの車ではないのか？

まだ身体の自由は利かないが、それでもなんとか起き上がった。足がもつれながらも懸命に、走り去ったクルマを追いかけた。ナンバープレートも目視して、覚えた。品川ナンバーだが、おそらく本物のナンバーではないだろう。

黒いワンボックスはヘッドライトをつけず、一方通行も無視して走っている。たぶん、二四六か玉川通りに出ようとしているのだ。

警察に……いや警察がまずければ津島さんに電話するべきか？　だが私の足はとまらない。あの車には石川さんが乗せられている、と思うと追いかけずにはいられなかった。

黒い車はラブホやマンションの間を強引に逆走する。クラクションを鳴らして対向車を無理やりに蹴散らしているが、さすがにスピードは出せない。

これなら、今の私の足でも追いつけるかもしれない。

車は一方通行の道を出て、スピードを上げた。歩行者のカップルを撥ね飛ばす勢いだ。

私は懸命に追うしかない。

神泉駅を掠めた車は、フグ料理屋とビデオ編集スタジオの間の道を走って道玄坂に出ようとしている。夜の道玄坂は混んでいるし歩道を歩く人も多い。

その中に、黒のワンボックスカーは無理やり突っ込んでいく。

歩行者は慌てて逃げ、車は何度も急ブレーキをかけつつ、それでも止まらない。

無理やり左側の車線に割り込んで頭を出し、右側の車線に強引に合流した。

しかし、その先の、道玄坂と二四六が合流する交差点の信号は赤だ。

これが最後のチャンスだ。なおも私は必死に後を追った。

だが黒い車は信号を無視した。交差点に飛び出すと、強引なハンドル捌きで対向車を衝突寸前で回避し、三軒茶屋方向に走り去ってしまった。

駄目だ。追いつけない。私はその場に立ち竦んで見送るしかなかった。

気を取り直して、今起きた事を津島さんに報告する。石川さんがしようとしていたことを考えると、一一〇番通報は躊躇われる。

「申し訳ありません。石川さんが、あの添島茜という女に拉致されてしまいました」

私は車種と色、そして目視したナンバーを伝えた。

『判った。私から緊急配備を乞う』

津島さんが等々力さんに指示を出している声が漏れ聞こえた。

『ところで……君は無事か？』

津島さんが思いだしたように訊いた。

『いや、こうして電話してるから無事なんだよな。とにかくすぐに戻ってくれ。電話では言えない事態が起きた』

*

為す術もなく内閣官房副長官室に戻った私を待ち受けていたのは衝撃的な事実だった。

「今から二時間前、芝浦の公園で意識不明で倒れている男性が発見された。搬送先の病院で死亡が確認され、身元は芝浜重工の社員であることが判明した」

私を睨むように見て、津島さんが言った。

「芝浜重工の社員……まさか」

悪い予感がする。

「そのまさかだ。さっき君が電話してきた直前に情報が入った。発見された死体は芝浜の、益子というエンジニアのものだ」

傍らの等々力さんが食いつくように言った。

「益子、覚えてるよな？　君に、技術の行く末を心配するからこそ外国に渡すんだと言った、芝浜の、あの益子だ」

ショックを受けた私は凍り付いた。

「どこで？　誰が？　何時？　どうやって？」

畳み掛けるように訊く私に等々力さんは腹立たしそうに答えた。

「いつ？　死亡推定時刻は今から二時間前の十八時ごろ。どこで？　高輪ゲートウェイ駅近くの芝浦中央公園A面、藤棚近くに心肺停止状態で転がされていたのを通行人が発見して警察に通報。搬送先の病院で死亡を確認。だれが？　犯人についてはまだ不明。何を？犯行目的は不明。なぜ？　これも不明。どのように？　おそらく長時間に亘る殴打による外傷性ショック死。以上」

「さらに詳しく説明すると」

津島さんが言葉を足した。

「益子の死体には拷問の痕があった。打撲の痕が全身に認められるそうだ。推測だが、おそらく、益子が保持していた機密の在り処を吐かそうと何者かが拷問を加えたが、やり過ぎて死に至らしめたのではないか」

「たぶんその機密は……」

私は、ポケットの中で握(にぎ)り締(し)めていたSDメモリーをビニール袋ごと取り出した。

「ここにあります。石川さんが渋谷の道玄坂地蔵尊で、これを取り出すところを見ました」

津島さんは「おお」と目を見張り、おしいただくような手つきで私から受け取ると、早速アダプターに差し込んでパソコンに読み取らせた。

画面には「立体メモリーの最速アクセスに関する基本設計」というフォルダが現れて、その中に夥(おびただ)しいファイルが格納されていた。その一つを開けてみたが、細かな数式の羅(ら)列(れつ)で我々には皆目(かいもく)判らない。

「おそらく、このSDメモリーの内容が、益子が研究開発していた機密情報だろう。内容は不明だが、非常に重要なものだということは判る。大切に保管しよう」

津島さんはアダプターごとSDメモリーを重要書類を入れる金庫に収め、鍵を掛けた。

「しかし、こんな大切なものがどうして道玄坂の地蔵尊に？　誰がそんなところに？」

「おそらく篠崎瑞麗ではないかと」

等々力さんが言った。私もそう思う。

「まあ、そうだろうな。篠崎瑞麗が色仕掛けで益子に接近。益子は先端技術をメモリーに入れて篠崎瑞麗に渡し、彼女はそれを自分の身の安全を担保する切り札として、道玄坂地蔵尊に隠しておいた……」

津島さんがそう推理した。

「となると、益子を拷問したのは誰だ？　宇津目か？　なんのために？」

「なんのために、ということなら当然、機密情報を我が物にしたいが為でしょう。瑞麗は宇津目の組織から逃げている筈ですから」

「瑞麗に対する見せしめ、もしくは警告という可能性もあるな。逃亡を阻止するための」

等々力さんと推理を展開していた津島さんは、やがて結論を出した。

「温存してきた切り札を使おう。上白河君。きみを拉致した廉で、宇津目の身柄を拘束する！　益子が殺害され、石川君までが拉致された以上、もはや一刻の猶予もならない！」

津島さんの宣言に等々力さんが重ねた。

「今、警視庁から入った連絡です。石川くんが拉致されて乗せられた黒いワンボックスカーを緊急配備した結果、池尻大橋近くのＴ大学病院の駐車場で発見されましたが、無人だったと。おそらくこの駐車場で別の車に乗り換えて逃走したのでしょう。当該駐車場周辺の防犯カメラの映像を集めているところだそうです」

そこに別室から室長が出て来た。

「津島君。判っていると思いますが、任意同行では駄目ですよ。あの男には絶対ロクでもない弁護士がついているでしょうから」

「そうそう。ダブルのピンストライプのスーツなんか着込んじゃって、一千万円もするような時計なんかして、どんな無理筋の依頼でも金次第で無罪にしてしまう弁護士が」

等々力さんの悪口に、室長は生真面目に答えた。

「そうです。そういう、いかにもな悪徳弁護士が付いている可能性がおおいにあります。任意同行では、なんだかんだと理由を付けて拒否されてしまいます」

「逮捕あるのみ、ですな」

と津島さん。

「そうです。ここは断固、逮捕です。容疑は上白河君に対する拉致監禁、及び石川君の拉致」

「そうしましょう。すべての司令塔はおそらく宇津目です。動いた手下もろとも、ごっそり捕まえてしまいましょう」

「この場合、公安にも話を通しておくべきですね？」

そう確認した津島さんに、室長は頷いた。

「政治家が横槍を入れてくるでしょうから、その前に警察庁も巻き込んでおきましょう。それは私が調整します」

いつもは好々爺然とした室長だが、やる時はやる。今の室長は眼光鋭く表情も凛として、まるで別人のようだ。

「今の警察庁次長と警視庁の警視総監には、いささかの貸しがあるのでね」

夜の二十一時だというのに、二十二時には裁判所の逮捕令状が取れた。

宇津目逮捕に先だって、万事抜かりがないように関係者を集めた捜査会議が行われた。

警視庁刑事部捜査一課と二課、公安部第三課と外事二課、そして組織犯罪対策部が合同で捜査する態勢で、この会議を以て警視庁に特別捜査本部が立ち上がり、本部長には警視総監が、副本部長には警視庁刑事部の柏木捜査一課長が就任した。

「容疑者は政治家や高級官僚、財界人に広い人脈のある人物だ。こちらの手の内を知られて捜査を妨害される前に、動く！　宇津目の逮捕と同時刻を以て、関係各所の家宅捜索を開始する」

角刈りでガッシリとした体躯、目付きの鋭い柏木副本部長が宣言する。

続いて立ち上がったスーツ姿の高級官僚のような雰囲気の男が「公安の迫水です」と所属を名乗ってから発言した。

「白峯宗については以前より公安として内偵を進めて参りました。それを踏まえて、宇津目逮捕と同時に家宅捜索に入るのは三箇所、すなわち六本木にある白峯宗の完全子会社である広告代理店『白峯舎』、同じく青山にあるモデルクラブ『デラシネ企画』、そして当然のこととして『創橙寺』にも入ります」

私たち内閣官房副長官室の面々は司法警察官ではないから、捜査も取り調べも出来ない。それは警察庁ＯＢである室長も、警視庁から出向してきている津島さんも同じことだ。それでもオブザーバーのような形で、大会議室の隅っこに座らせて貰っている。

特捜本部の設置と同時に、東京地検特捜部とも緊密に連携する態勢を取った。政治家の影響を最初から排除するためだ。警察は政治家に弱くても、東京地検特捜部なら抵抗できる。この件に絡んでいる政治家であれば、確実にネタの一つや二つ、特捜に握られている筈ですからね、と室長が小声で囁き、柏木副本部長も「邪魔はさせない」と全員の前で言い切った。

「東京地検特捜部がこれまで慎重すぎるほど慎重だったのは、決定的な証拠がなかったからだ。しかしこれでいけると増富主任検事が小躍りしていた。増富さんはこれまで悪徳宗教法人を摘発しようとして、幾度も煮え湯を飲まされてきた人だからな」

柏木副本部長はそう言ってニヤリとした。

一時間後、警視庁各部各課の合同チームが、東京西部にある創橙寺を急襲し、宇津目を逮捕した。警察の動きを察知した宇津目が、自分の息がかかった政治家を動かそうとした、まさにその直前のことだった。

長期間、公安が内偵調査をして蓄積していた情報が役に立ち、刑事・公安・組対の三課合同の強制捜査が異例の早さで準備され、実行された。これも外部からの捜査妨害を排除するのに効果があった。組対……組織犯罪対策部が入ったのは、宇津目の宗教法人「白峯宗」のメンバーに暴力団員そのものは居ないが、「暴力団を抜けてから五年を経過しない」元構成員が居ることが判明したからだ。

なるほど、創橙寺にウジャウジャいた「僧兵」の中に、そういう人間がいてもおかしくはない。

深夜の家宅捜索は続いているが、宇津目の身柄は速やかに警視庁に移されて、取り調べが始まった。

私たちは捜査の状況について、知り合いの幹部を通して知るしかない。

「あの男は素直に供述してますか？」

まさかしてないよねと言う口ぶりで、津島さんは柏木副本部長に丁寧に訊いた。柏木さんは津島さんと同期で警官として同じ階級だが、裏官房に出向した津島さんとは違って、警視庁一本の柏木副本部長は、肩書き的には津島さんより上だ。

「難航している。アイツは曲者だね。それはハナから判っていたんだが……正直、気味が悪い」

「取調室でアイツは……魔法かなにかを使ってないか？」

「なんだそれは」

柏木副本部長は一瞬、呆れたような顔になったが、それでも説明してくれた。

「いや、雑談では普通によく喋る話し好きの下世話な大阪のオッサンなんだが……こっちの取り調べが肝心なところに来ると、目付きと雰囲気が……何と言っていいか、神懸かった、というと褒め言葉になってしまうな。詐欺師でもない、天性の嘘つきでもない……とにかく気味が悪いんだ……邪悪、いや、悪鬼が目の前に座っているというか」

おれも刑事時代に凶悪犯を取り調べたことがあるが、と柏木さんは続けた。

「いるんだよ、そういうヤツが。表面は愛想がよくて人当たりもいいが、実際にやった犯行の残虐さ、冷酷非情さとのギャップが凄いんだ」

「北九州監禁殺人事件の、主犯みたいなタイプですか?」

等々力さんも話に入り、室長も興味深げにコメントした。

「たしかに、これ以上ないほどのひどい悪事を働いた人間が、実際に会って話すと普通の人どころか、むしろ愛想もよく好感度が高く、とても良い人にすら思える、という不思議は往々にしてあるもんですな。例えば」

辻政信を御存知ですかな、と室長は言った。

「戦時中の陸軍参謀で自らの責任を一切取ることのなかった人物です。辻政信はノモンハンで大失敗をしたのに、不思議な強運で陸軍上層部から重用され続けました。以後マレー作戦、ガダルカナル島の戦いなどを参謀として指導し、いわば大日本帝国をさらなる苦境に陥れた人物です。だが彼はその責任を取らなくても済んだ。逃亡して戦犯になることもなく長期間潜伏、その潜伏記が戦後大ベストセラーになって……そこまでは、まあ、昔のことですから、あっても不思議はない。しかし驚くべきことに辻政信は、その人気を背景に衆議院議員にまで当選しました。日本国民は彼を許したのです。ありえないほどの強運と言えましょう」

「なんですか、そのメチャクチャな人物は」

目を剝く柏木副本部長に、室長は静かに言った。

「そうです。しかし、そのメチャクチャな人物も実際に会って話すと魅力的な『いい人』だった、という証言が多いのです。いや、それだけ魅力的な人物だったからこそ、陸軍上層部が彼の言いなりになったとも言えますが……。その一方で、柏木さん、あなたが宇津目に感じたような不気味さを直感した人もいます……『絶対悪』が、背広を着てソファに座っている……戦後、辻政信と面会した著述家による、そんな証言もあるのです。数多の人たちを死なせ、悲惨のどん底に陥れた人物だ、との予備知識がその著述家にあったからでしょうか？　いや、それだけではないと私は思いますね」

人当たりの良さの陰に潜む、恐ろしい本質を見抜いたからです、と室長は言った。

そんな話を聞かされて柏木さんは困惑している。

「そう言われても、辻ナニガシのことを知らないから判らないのですが……たしかに宇津目は崇徳院のご遺志だとかなんとか、訳の判らんことばかり言うので精神異常かと思ったら、雑談では普通のオッサンなんですよ。繰り返しますけど、下品で下世話だが社会常識を逸脱していない、普通のオッサンです。なのに突然、トンでもないことを言い始める。追い詰められて悪足掻きしているだけかもしれないが」

首を捻る柏木副本部長に、等々力さんが判った！　と何事か思いついた表情で言った。

「芝居じゃないですか？　そんな言動を取って異常を装い、あわよくば心神耗弱状態で不起訴を狙っているという」

「おいおい。そういう詐術にマンマと騙されるほどおれはトーシローじゃないんだよ」

柏木副本部長は一言のもとに却下した。

「あの……取り調べの様子ってマジックミラーの部屋から見られるんですよね？」

と、私が訊くと「今は遠隔のモニターで見られるけどね」という返事があった。

「取り調べ、見せていただけませんか？」

私は柏木副本部長に頼んだ。

「私、あの寺で宇津目が何人かの人たちと密談してるのを聞いてるんです。だから、少しは捜査のお役に立てるんじゃないかと」

「そうだったね。じゃあ、宇津目の取り調べをちょっと見て貰おうかな」

柏木副本部長は私たちを会議室に案内して、宇津目の取り調べを録画したビデオのスイッチを入れた。

「全部見るのは大変だから、あの男が喋ったところでチャプターを切ってある」

録画が再生され、宇津目の音声が流れ始めた。

『ワシは、崇徳院の御遺志を実行するのみですのや』

『こうなった以上ワシらは、崇徳院の一番望まれることを、粛々と進めるしかないのです』

『崇徳院の御遺恨には果てしが無い。ワシらは今こそ崇徳院になりかわって、院のご無念を晴らします。機は熟した』

そんな支離滅裂なことを懲りずに繰り返す。宇津目の目は憑かれたように異様に光っている。確かにこの目つきは、ホストクラブで喋っていたときの、大阪弁の愛想の良いオッサンとは全然違う。気味が悪いという形容はその通りだ。

「判りますかねえ、この男が言ってる意味は？　いやいや、崇徳上皇とかそれにまつわるあれこれは我々だって調べたし、日本史の先生にも問い合わせた。史実としては、崇徳上皇は今の香川県で静かに暮らして生涯を全うしたらしいじゃないか。恨みとか怨念とかって話は後世の作り話だそうだ。まあ、作り話でも大勢の人が信じれば、それは果てしなく現実に近いものになるのは世の常だ、という見方もできるが……」

柏木副本部長はそう言って溜息（ためいき）をついた。

「あれかね、狂信者が集まって、それこそ公安が扱うような危険集団として、テロ的な行動を起こそうとしてるってことかね？」

「しかし、ただの狂信者集団なら、前の前の総理大臣を初めとする政治家や財界人が、帰依（きえ）も同然にあの寺に参籠（さんろう）したりしないでしょう。やはり宇津目にはそれなりの力……超自然的な力があるから、あくまでも現世の利益が欲しい政治家や財界人が、砂糖に集（たか）る蟻（あり）のように宇津目に群がるのだ、という見方もできますな」

室長は落ち着いた口調で言った。

「ここで考えるべきは……超長期政権が続いていたあの時、日本はよくなったかどうかということです。たしかに、ごく一部の人たちは自分たちの主義主張に沿った政治が行われたと喜んだし、日本人の誇りが取り戻せたと今も称賛していますが、公平な目で見れば、政治や官僚のモラルは劣化の一方、公文書は捏造（ねつぞう）され資料は隠蔽（いんぺい）され、統計も人為的（じんいてき）に操作されました。つまり、近代国家の根幹を揺るがすような不祥事が平然と行われていたのです。これらのことと、やはりあの寺に関わりのあった軍人や政治家が動かしていた戦前戦中の日本は、同じ破滅の方向、同じベクトルに向かって進んでいた、と思うんですよ、私は」

室長は穏（おだ）やかな、しかし決然とした口調で言った。

「これを言うと、私の頭がおかしくなったと思われるかもしれない。けれども言わずにはいられません。宇津目は『崇徳院の遺志を果たす』との美名のもとに、日本を破滅に導こうとしている。日本を滅ぼそうとしているのですよ！」

普段、大きな声を出さないし断定口調でも話さない室長が、断言した。

そこに別の人の声が続いた。

「たしかに、宇津目の宗教法人は日本を滅ぼそうとしている。私もそう信じています」

オウム真理教が日本社会と敵対したのと同じ意味において、とその人は言った。

気がつくと、公安の迫水刑事が、会議室の入口に立っていた。

「そんなことは何としても阻止しなければならないし、宇津目の強気を突き崩す材料が必要です。幸い、今まで出来なかった家宅捜索に今回は踏み切れた。いい材料が出てくるはずです」

「あ、彼は公安部第三課で宇津目と宇津目の宗教法人をずっと内偵していた、迫水君です」

柏木副本部長が改めて私たちに紹介すると、迫水刑事は私たちに一礼した。

「よろしく。そこのあなた、上白河さんでしたっけ？　あなたの見聞きした情報は極めて有益だ。ウチがコツコツ調べてきたことにすべて符合する」

そして、と迫水刑事は室長を見た。

「御手洗さんの見識もその通りだと思います。柏木さん、今がチャンスです。千載一遇のチャンスですよ！　先ほど柏木さんご自身が言われたように、今なら政治家に情報が届いていない。つまり大物政治家は動かない。今夜中に決定的な証拠を押さえて宇津目を落とせれば、いかに大物政治家でも下手に横槍を入れられなくなる。当然、証拠を押さえた段階でマスコミにリークして、政治家の先手を封じる事も出来ます」

たぶんこれまで幾多の煮え湯を飲まされてきたのだろう、迫水刑事は立て板に水という勢いで今後の方針をスラスラと提案した。

「そうだな……しかし、ガサ入れして何も出て来なかったら？」

柏木副本部長はまだ心配している。

「何も出て来ない？　たとえば宇津目が、例の超能力を駆使して証拠を消してしまうとか？」

笑いながらそう言った等々力さんだが、急に真顔になった。

「いや、ないとは言えません。なんせ宇津目は神懸かってる人物だけに」

「そうだな」

柏木副本部長は頷いた。

「もうすぐ夜が明けてしまう。こんな時間の家宅捜索は異例だし、人権問題だと宇津目側の弁護士に突っ込まれるかもしれん。かといって中途半端に引き上げては、この千載一遇のチャンスをみすみす逃すことになる……」

その時、特捜本部から刑事が飛び出してきた。

「副本部長！　たった今、青山の現場から電話が入りました。モデルクラブ事務所に若い女性が五名、監禁されていたことが判りました」

「なんだと！」

柏木副本部長が勢いづく。

「それだけではありません。事務所の大型冷蔵庫の中には、バラバラになった人体の部位や輸血用のパック、取り出された臓器が保管されていました。バラバラ死体は、若い女性のもののようです」

「宇津目さん。おたくの組織の傘下にあるモデルクラブの事務所に、若い女性が五名、監禁されていたこと、知ってますよね？」

宇津目の取り調べの様子を、私たちは柏木副本部長や公安の迫水刑事たちと一緒に別室で、今度はリアルタイムでモニターした。

「あの女性たちはなんですか？　強制売春でもさせてたんですか？　あなた、宗教家を名乗っているくせに、法に触れることをしていいと思ってるんですか？」

「はあ？　アンタなに言うてはるの？　その子らのことは知らんよ。これでもウチはそこそこ大きな宗教法人で、ワシはそのトップなんやぞ。傘下の組織がやってるコマゴマしたことまで、いちいち把握してられるかいな」

取り調べの刑事に向かって、宇津目は尊大な態度で言い放った。

「しかし、冷蔵庫の中の死体となると『コマゴマしたこと』ではないですね？　死体ですよ？　それも若い女性の。尋常なことではありませんな」

「弁護士呼んどくなはれ。弁護士同席やないと、ワシはなんにも言わへんぞ！」

宇津目はそう言って口をへの字に曲げて腕組みをした。

「女性たちの供述によると、騙されて連れて来られて、覚醒剤みたいなものを打たれたあと、顔に見覚えのある、有名人かもしれない中高年男性複数に抱かれたと。つまり拉致監禁、薬物使用、管理売春の容疑があります。それに死体損壊・遺棄も。覚えは？」

「知らんね」

「宇津目さん、あんた、彼女たちをハニートラップ要員に使ってたんじゃないのかね？　いろんな人たちからの頼まれごとを実行するのに、女を使って、キーマンの男の文字通りキンタマを握って言うことをきかせてきたんじゃないのかね？」

「さあね。なんのことやろか」

「死体になった若い女は、なにか失敗して罰を受けて殺されたのか？　それとも口封じか？」

「刑事さん。あんたら勝手なお話をよう作りますな。呆れて物も言えまへんわ」

宇津目はどはははと豪傑笑いをしてみせた。

そこに家宅捜索から戻ってきた刑事が柏木副本部長に報告に来た。

「副本部長。モデルクラブの一室にルミノール反応があり、詳しく調べたところ、血痕を拭き取った痕がありました。さらに詳しく調べると血痕と毛髪が見つかったので採取して鑑識に廻したところ、それは冷蔵庫の死体の一部と血液型が一致するようです。そして……さらに興味深い結果が出ました」

その刑事は、手にした書類をテーブルに並べてみせた。

「こちらがモデルクラブの死体から採取した血液型とDNA、こちらが篠崎瑞麗のマンションに遺された血痕及び毛髪の、血液型とDNAです。両者が一致しました」

「モデルクラブで発見された遺体の身元は？　冷蔵庫の死体は誰なんだ？」

津島さんの顔と口調は、刑事時代に戻ったかのようだ。

「その死体が瑞麗のものではないとしたら……瑞麗の部屋に遺された血痕と毛髪は、自分が死んだと思わせるために瑞麗自身が殺人現場を偽装した工作、ということでキマリだね？」

その時、別の刑事がプリントアウトを手にして飛び込んできた。

「まだきちんとウラが取れていない段階ですが、モデルクラブに監禁されていた女性の供述です。一緒に監禁されていた、永石美沙子という女性が急にいなくなったと。モデルクラブで『仕事』をしていた同僚だそうです」

そうか、と柏木副本部長は頷いた。

「早速、宇津目にぶつけよう。上白河さん拉致監禁については完全否認しているが」

その時、また別の刑事が入ってきた。

「宇津目の弁護士が来まして、こんな時間まで取り調べをするのは警察庁が二〇〇八年に出した『警察捜査における取調べ適正化指針』に反し、被疑者に対する人権侵害であると抗議してきました。どうしましょう？」

時計を見ると、すでに深夜の三時になっている。

「石川さんの行方が判らないままなんだが……」

柏木副本部長は首を捻ったが、室長が「いいでしょう」と言った。

「おそらく犯人側は石川君を利用するために拉致したのだから、無碍には殺さないはずです。ならば、時間も時間であるから、石川君のことは心配ではありますが、ここは休憩を取って、朝八時から取り調べを再開する、ということでどうですかな？」

「その間に家宅捜索の結果も出るでしょう。君らは徹夜になるが」

柏木副本部長も同意した。

モニターに映っている取調室の宇津目は、『今年は阪神が優勝しまっせ』とにこやかに雑談に応じている。憎らしいほど余裕たっぷりだ。

「なんだかフルコースの出前でも取って、捜査関係者全員に振る舞いそうな態度だな。警察を舐めきってるのか、罪に問われることはないという揺るぎない自信があるのか、自分の大きな度量を見せつけようというのか……」

等々力さんの愚痴に、津島さんはあっさりと言った。

「その全部だろ。アイツは誇大妄想狂なのかもしれないよ」

『そろそろ朝の四時になりますな』

モニターの中の宇津目はそう言ってニッコリと嬉しそうな笑みを浮かべた。

『いよいよ私らの大願成就が迫ってます。もう私らに怖いもんはおまへんのや。崇徳院はんが四国に流されはってから八百五十余年、ようやく院の悲願が叶います。やっと機が熟したんですわ。思えば遠い道のりやった……』

「え？　さっきも口走ってたけど、機が熟したって、どういう意味？」

モニターを見て引っかかりを感じたのか等々力さんが、私を見た。

「判るわけないじゃないですか」

「さては海坊主、深夜で寝不足で、ハイになって飛んだかな？」

等々力さんは首を傾げたが、寝不足は私たちも同じだ。時間も時間だし、私たちもいったん引き上げることにした。

かといって自宅に戻る時間はなく、オフィスに雑魚寝(ざこね)というわけにもいかないので、経費で近くのビジネスホテルで仮眠することになった。

とは言え……。

シャワーを浴びても目が冴(さ)えて眠れない私は、ロビーに下りて無料のコーヒーを飲むことにした。

ソファに座っていると、やはり眠れないのか、等々力さんがスリッパの音も高らかにやってきた。

「目が冴えてね」

と言いつつ、脇にはノートパソコンを抱えている。

「眠れないから、気になることを調べてたんだけどね」

これ見てごらん、と等々力さんはパソコンを開いて画面を私に向けた。

液晶画面には、国重さんの顔写真が表示されている。顔は国重さんだが、なんだか軍隊の制服のようなものを着ている。それも戦闘用の迷彩服ではなく、正装のネクタイに制帽姿、胸には階級章がゴテゴテだ。

「国重は、中国残留孤児の三世で、残留孤児二世の親と一緒に日本に来たが、言葉の問題で馴染(なじ)めなかった。日本と中国を行き来するウチに人民解放軍に所属したらしい。中国名は劉振立(リユウヂエンリー)。人民解放軍陸軍参謀長と同じ名前だが、当然、別人だ」

「え？　彼は福生で暴走族だったんですけど……」

「そういう時期もあったんだろ。日本の学校では相当差別されていじめられたらしいから、グレてもおかしくないだろ？」

「あの……だから、なんなんですか？　彼はどうして私を助けてくれたんでしょう？」

等々力さんは、じっと私を見て、静かに言った。

「いいか。国重という男は、要するに、スパイなんだよ。人民解放軍陸軍の、情報収集に特化した特殊部隊に所属している。階級は少尉（しょうい）」

「私がスパイの標的に？」

まさか、と私は笑い出してしまった。しかし、等々力さんは真顔だ。

「国重の目的は、益子の持つ技術情報だ。益子が芝浜の研究所で開発したが、実用化できなかった先端技術を奪取することだ」

「……なのに私に近づいた？　どうして？」

私に近づいても意味なんかないのに。

「君は判ってないね……益子と国重を仲介（ちゅうかい）することになっていた篠崎瑞麗が姿を消したからに決まっているじゃないか。そこに瑞麗を探している君が現れた。国重は君に訊いただろう？　瑞麗について知っていることの情報交換をしませんかと」

自分の魅力に惹（ひ）かれて国重が近づいてきた、と君は自惚（うぬぼ）れているかもしれないが、と等々力さんは嫌味を言った。

「自惚れてなんかいませんよ。失礼な」

「だいたい君は脇が甘いんだよ。スパイなんて連中は必要があれば、このオレにだって近づいてくるさ。だからオレは、近寄ってくる女に警戒してことごとく遠ざけている……」

「それって、モテない言い訳にしか聞こえないんですけど」

言ってしまった。

「そういう解釈もあるだろう」

等々力さんはちょっとムッとした。

「でも、どうして等々力さんがこんな情報を」

「オレに取れるわけないってか？　いいか、オレはこう見えて外務省の出身なの。役所としての外務省はどうも役立たずとかバカにされる傾向にあるけど、一応、いろんな対外情報は持ってるんだよ。外国の情報機関との繋がりもあるしな」

そこまで言った等々力さんは、私を睨みつけた。

「そういうの、オレが持ってちゃおかしいか？」

「すみませんでした」

私は素直に頭を下げた。

「話を戻すと」

機嫌を直した等々力さんは話を続けた。

「君が益子に近づいたのを彼は見ている。高輪の店でね。篠崎瑞麗は芝浜に潜入したあと、研究員の国重が中国のスパイではないかと当たりをつけて、益子の持っている技術情報を手土産に中国に逃げようと、おそらくは考えたのではないか。しかし国重としては、仲介するはずの瑞麗が消えてしまい、彼女の行方を知る必要が生じたので君に近づいた……」

「でも国重は、益子さんと同じ芝浜の研究員だったんですよ？　同僚としてダイレクトに話を持っていけば、仲介なんて要らないじゃないですか」

「バカか君は。国重の方から自分は中国のスパイだと明かすのは危険過ぎるだろう？　だが、篠崎瑞麗から技術情報入手の話を持ちかけられたのなら断る理由はない。受け渡しの段取りを組んでいたところで瑞麗が突然、姿を消した。国重は再び篠崎瑞麗と連絡を取るため、君に接近して君を利用しようとした……実際、利用されたんだもんな、君は」

それを言われてしまうと、ホテルで国重と我を忘れて愛し合った結果、みんなを朝までヤキモキさせてしまった私は、まったく反論出来ない。

「この件について問題の核心は益子の新技術で、それは現在ＳＤメモリーに入ってウチの金庫に保管されてますよね。それを、いくつかの筋が奪い合ってる。そういうことですか？」

「そうだな。宇津目の線と国重の線だ。篠崎瑞麗は宇津目の線だったのに、彼女が予定外の行動を取ったので話が複雑になった、ということかな」

等々力さんが首を捻ったが、私は自分の考えを言ってみた。

「宇津目の線はないのかもしれませんよ。益子さんはあの技術を中国に高く売りたかっただけだと思います。一方、宇津目の組織に恐怖を覚えた篠崎瑞麗は、益子さんに接近してその技術の仲介を申し出て、それを手土産に中国の保護を求めようとしたのでは？　つまりこれは独自に国重のバックグラウンドを知った篠崎瑞麗が、生き延びるために必死に考えだした脱出計画ということでは？　だったら宇津目には、中国との接点はないんじゃないかと思うんです。今までにもそういう話は出て来てませんし」

私の推理を聞いて、等々力さんはますます首を捻った。

「……なるほどねえ。そういうことなのかねえ」

う〜ん、と等々力さんは頭を抱えた。

「と、すると……秘密欲しさに益子を拷問して殺してしまったのは、国重かもしれないぞ」

今度は私が頭を抱える番だ。

「まさか……信じられません、そんなこと」

「君はさ、国重といわゆる『情をかわした』関係だから、ついつい国重を庇(かば)いたくなるんじゃないのか？　そりゃ気持ちとしては判るがな」

いいか、と等々力さんは私の目を見てハッキリと言った。

「あいつは我々を騙そうとしている。あの国の人間を信用してはならない。中国は、我々日本人よりもずっと駆け引きに長(た)けている。中国四千年の歴史は駆け引きの歴史だ。よほどアタマを使わないと、日本人なんかコロッとやられちまうぞ」

そのとおりなのかもしれない。中国四千年の駆け引きに、私もコロッとやられてしまったのかもしれない。でもまあ、そういうことなら諦(あきら)めるしかない。素敵な人だったのに……と囁く小さな声は、心の奥底に押し込めた。

幸い、私は重要な情報を国重にリークしたわけではない。

よかった。この件はこれで落着……と気持ちの整理をつけたところで、別なことが気になってきた。

さっきモニターを通して見た、取調中の宇津目の傲岸不遜(ごうがんふそん)といってもいい、余裕をかました態度だ。

「ねえ等々力さん。あの宇津目の態度……自信満々のデカい態度って、どこから来るんでしょう？　大願成就とか崇徳院はんが四国に流されてから八百何年とか、院の悲願とか……とっても気になるんですが」

「白峯宗は崇徳院を祀(まつ)る寺だからな。俺が理解したところでは、崇徳院が日本に激しい怨念を抱いていて日本に復讐するその強烈なパワーを利用してとか、そんな宗教なんじゃないか?」

等々力さんの言葉に、私は首を傾げた。

「そうでしたっけ?」

「まあ宇津目の言葉どおりではないと思うが、平将門とか菅原道真とか、そういう恨みを抱いて亡くなった人を祀り、その力を借りるのが御霊信仰だ。宇津目のパワーとか政財界人への助言とかっていうのは、要するに崇徳院の力を借りてるんだろ? だったら、宇津目の言い分によれば、今こそ崇徳院の願いが叶う時が来たってことか?」

「つまり宇津目自身の願いも叶うから、もう何も恐れることはないのだ、という自信なんですかね?」

「だがそれはアレだ。窮地に追い込まれて現実逃避しているのでは?」

「開き直ってヤケになってるのかもしれませんし……今まで宇津目が強運を授けてきた大物政治家たちが必ずや助けてくれる、助けてくれない筈がない、と確信しているから……?」

「いや、あいつが計画している、何か重大な事がそろそろ整いつつあるのかもしれないぞ。その最終段階に石川くんを利用するつもりで、篠崎瑞麗もそれに係っている可能性もある……ま、どれも憶測に過ぎないがな」

そこまで言った等々力さんは、大きなあくびをした。

「お。難しいことを考えていたら、やっと眠くなってきた。君も少し寝ろ。じゃないと、これからまだ大変だぞ」

「そうですね。私も寝ます」

等々力さんは自販機でビールを買ったが、私は朝、ビール臭い息がするのが嫌なので、買わずに自分の部屋に戻った。

暗い部屋に入り、カード型のルームキーをドア脇に差し込む。

明かりがついた瞬間、私は息を飲んだ。

国重さんが立っていたからだ。あの時と同じ、黒ずくめの服で。

「どうして……なぜあなたがここに？」

無表情のまま彼は黙って私に近づくと、力いっぱい私を抱きしめた。

が、私は彼を突き放した。

「あなた、中国のスパイなの？」

「違うと言っても信じてくれませんよね……そうです。私は中国人民解放軍から、ある使命を帯びて日本に来ています」

「そのために私に近づいたのね。あなたのウソを信じた私って、バカよね」

私は本気で悔しかった。

国重は否定せず、真剣な表情で私を見つめた。

「あなたの使命って……益子さんの？」

そこまで言うと、国重は頷いた。

「そうです。益子さんが開発した先端技術を私に渡してください」

「日本が開発した大切な先端技術を盗む気なのね！」

「あー、それはちょっと違います。益子さんは日本政府のお金で開発したのではありません。彼個人の天才的才能で開発したのです。芝浜の研究所で開発しましたが、芝浜はあの技術を採用しなかった。つまり、せっかくの技術が宙に浮いていたのです。開発した彼の判断で有効利用しても悪いことではない。今までにも同じような経緯で日本人の技術者が、その技術とともに韓国や台湾や中国に渡り、短期間で新しい半導体や電子機器を製品化しています。しかし日本は今までそれについて問題視したことはありませんし、芝浜の上層部も当初、最新技術を正当に評価することが出来ていませんでした」

そう言われて、私は反論できなかった。もっと知識があれば何か言えたろうが、今の私には無理だ。

しかし、私の独断であのメモリーを渡すことは出来ない。

「さあ、私に渡してください」

「それは……私の一存では無理です」

キッパリと言った。

「そうですか。しかし少し説明すると……すでに話はついているのです。あのメモリーは篠崎瑞麗さんの保護と安全を保証する引き替えに、篠崎瑞麗さんから私が受けとることになっていたのです」

「おかしいでしょ！」

私は声を上げた。

「じゃあ篠崎瑞麗はどうしてメモリーを道玄坂のお地蔵さんに隠したりしたの？」

国重は首を横に振った。

「それは判りません。しかし彼女はメモリーを私に渡すのを拒んだのではなく……」

「私の考えを言いましょうか？」

私はそう言って彼を制した。

「彼女は宇津目の強大な組織に無謀にも一人立ち向かおうとしたけれど、あっという間に追っ手がかかったので、石川さんに頼らざるを得なくなったってことじゃないですか？　彼女の保護と安全って、彼女が属している、宗教を隠れ蓑にした組織から身を守る為って意味でしょう？　切り札になる機密をひとまず隠した彼女は、自分では動けなくなったから、石川さんを使って取りに行かせたって事じゃないんですか？」

メモリーを国重に渡してしまえば簡単だ……という想いが頭をよぎった。しかし、あのメモリーは私たちの最後にして最大の切り札だ。やはり渡すわけにはいかない。

「あなただけの判断では決められないのなら、上の方と相談してください。みなさんここに泊まってるんですよね？」

彼は館内電話を指差した。

「いいえ、ダメです！」

私がハッキリと拒絶すると、国重は私の両肩を掴んで、言った。

「石川さんの行方を知っていると言ったら渡してくれますか？」

国重が石川さんの行方を知ってる？　宇津目と組んでいるのか？

その疑いが私の目に浮かんだのか、彼は否定した。

「言っておきますが、我々は宇津目とはまったく関係ありません。接点などひとつも無いし、取引をしたこともない」

いいですか、と彼は言い募（つの）った。

「今、あなた方の国に恐ろしい破滅が迫っています。私とあなた方は利害を異にしていますが、そこまでの不幸を、あなた方の国に望んではいない。それを避けるためにも、どうか私に、益子さんの機密を渡してください」

等々力さんが言った『あいつは我々を騙そうとしている。あの国の人間を信用してはならない』という言葉が頭の中で反響した。

「ダメです」

私は言い切った。

「そんなに手に入れたければ、私を誘拐するなり拷問するなりすればいいでしょう」

それを聞いた国重の顔が、一瞬辛そうに歪んだ。

その反応を私は咄嗟に、おそらくは彼の本心と違う意味に取ってしまった。

室内の電話には緊急事態を伝えるボタンがついている。それを押そうとした瞬間、私は息が出来なくなった。彼の拳が私の鳩尾に入ったのだ。

私は動けなくなり、床に倒れ込んだ。それを国重の両腕が受け止めた。為すすべもなくベッドに運ばれながら私は、残念です、という声を、遠のく意識の中で聞いていた。

*

多くの人が逃げ惑っている。

避難するバスが集結しているが、全員は乗り切れない。

怒号。

混乱。

木立の向こうに見える大きな建物から白煙や黒煙が立ち上っている。

線量計やガイガー・カウンターの警告音。

飛び立つ鳥の群れ。

海が見える。日本海だということはなぜか判っている。

上空をヘリがたくさん飛んでいる。

「早く避難してください！　モニタリングポストが異常な数値を示しています！　健康被害の恐れがあります！　子供と女性を優先してバスに乗せてください！」

拡声器から切迫した声が飛んで来る。

私も、必死になって人々をバスに誘導しているが、人で溢れたバスはドアが閉まらないまま次々に発車していき、乗れなかった人は泣き叫んでいる。残された犬は吠えながら飼い主の乗ったバスを追い、猫も途方に暮れた様子で悲しげに鳴いているが、私にはどうすることも出来ない。

そのうちに……黒煙がハッキリした炎になった。ものすごい轟音が大地を揺るがし、衝撃波に飲まれた私は地面に叩きつけられた……。

私は飛び起きた。

国重に一撃を浴びベッドに寝かされたまま、気を失っていたのだ。全身に冷や汗をびっしょりかいている。

今見たのは、夢だったのか。再び日本を襲った、破滅的な原子力災害の悪夢……。

時計を見ると、二時間ほど寝ていたらしい。もう七時だ。

手早くシャワーを浴びて、近所のコンビニで買った下着やシャツに着替えていると、スマホが鳴った。

国重からだった。

『別れ際に殴ったりして本当にすみませんでした』

「いいんですそれは。私としたことが油断しました。でも機密情報は渡しませんから！」

先制攻撃をしたつもりだ。が、国重は予期しないことを切迫した口調で言い始めた。

『違います。その件ではありません。今すぐに、親不知原発に来てください。今すぐに！　もう時間がない』

ほとんど叫びのような悲痛な声だ。

「原発って……どういうこと？」

『とにかく急いで！　僕も今向かってるから！』

「え？」

話の脈絡がまったく読めない。

『拉致された石川さんが中に居ます。篠崎瑞麗も！　判りますか⁉』

ただ事ではない。電話は切れた。

私はスマホの画面から津島さんの番号を探した。タップしようとしたところで、いや、これは直接話をした方がいいと思い部屋を出た。

津島さんの部屋の扉をノックする。

「上白河です。緊急です」

電気髭剃り(ひげそ)を当てながら、津島さんがドアを開けた。

部屋には等々力さんもいたので、驚いた。まだ朝早いのに？

二人からは、ただごとではない雰囲気が伝わってくる。

「君、寝てないんじゃないのか？」

津島さんは厳しい表情のまま私の心配をしてくれたが、何やら深刻なことを、それまで二人で話し合っていた気配が濃厚だ。

短刀直入に訊いてみた。

「親不知原発で一体何があったんですか？」

「なぜ、それを君が知っている？」

津島さんは驚いている。

「たった今、国重から、いますぐ親不知原発に来いという電話が入ったんです」

私は国重と話した内容を伝えた。話す直前に見た夢のことは言わなかった。

「なるほど。報道規制をかけているが、正体不明の人物が管理棟の中央制御室を占拠しているのは事実だ。その人物が拉致された石川さんと篠崎瑞麗だと言うのだね、国重は」

蒼白な顔で言った津島さんはシェーバーを置いた。

「占拠については複数の筋から連絡が入っている。親不知原発は現在運転停止中だが、中央制御室に入られてしまったら、どんなことでも出来てしまう。それこそ冷却水を抜いて、原子炉を空焚き暴走させて、爆発させることとさえ可能なんだ」

今すぐ、これから全員で現地に向かう、と津島さんは言った。

「我々の部署の人間が関与している可能性がある以上、そうするしかない」

私たちは総理官邸のヘリポートから、警視庁差し回しのヘリに乗った。

乗り込む直前に、等々力さんは真顔で私に囁いた。

「津島さんは時々冷酷になる。ヤバいと思ったら自分の判断で撤収しろ。おれも遠慮なくそうするから」

「判りました」

一気に高度を上げたヘリから、夜明けの東京が一望できた。

朝陽を浴びたスカイツリーや東京都庁が美しい。しかし、原発にもしものことがあったら、この美しい街も日本も、壊滅してしまうのだ。

＊

親不知原発に向かうヘリの機内で、私と等々力さんは津島さんからブリーフィングを受けた。

「現地からの情報によれば、親不知原発の中央制御室に何者かが侵入し、中からドアをロックして誰も入れなくなっている。侵入者の人数と目的は不明。所内の業務電話への応答もない。中央制御室のモニターカメラは切断されているらしく、画像は表示されない。目下の急務は、中央制御室に入った者を速やかに、そして秘密裏に排除することだ。同時に外部よりの干渉をすべて排除する。すでに地元警察や自衛隊の特殊チームが配備についている。現在管理棟の中で対応に当たっている者は新潟県警、陸自、原発職員、そして東京からきた電力会社の社員、および原子炉メーカーのエンジニア数名とのことだ」

原子炉メーカーのエンジニアと聞いて「もしかして」と私は思ったが、口には出さなかった。

「中央制御室を占拠されているので、警察も陸自も手出しが出来ないわけですね？」

等々力さんが津島さんの説明の先回りをした。

「そんなところに私たちが行っても……」

「何を言う、等々力くん。未確認とはいえ中央制御室に石川君や篠崎瑞麗がいるという情報がある以上、これは内閣官房副長官室のマターだ」

津島さんは腕を組んだ。

「やはりな、という気持ちだ。宇津目が自信満々だったのは、自分の計画が順調に進んでいるのを確信したからに違いない」

「自分の計画とは、やはり……」

私と等々力さんが同時に呟いた。

「そうだ。宇津目の妄想の中において崇徳院の悲願とやらが『天下滅亡』であるならば、原子炉を暴走させて日本を壊滅させることが、宇津目の目的であってもおかしくはない」

呻くように言う津島さんに等々力さんが尋ねる。

「しかし、篠崎瑞麗は益子の最先端情報を切り札に宇津目に刃向かい、日本を棄てようとしたはずでは？　なのにどうして原発に行って、宇津目の最終目的に手を貸す形になってるんです？」

津島さんは「それは決まってるだろう！」と怒鳴った。

「石川君が人質に取られているからだ！　篠崎瑞麗が原発の制御室に入ったのは、やはり宇津目の最終目的遂行のために違いない！」

日本海に面した過疎の町に建設された「親不知原子力発電所」は、正確には親不知海岸に立地しているわけではないが、近隣の有名な地名を取ってそう名付けられた。

　発電用の原子炉は七号機まであって、フル稼働すれば世界最大級の八百五十万キロワットの出力が可能だ。それだけに不測の事態が発生すれば、その影響は関東や中部太平洋側にまで及ぶことは避けられず、東西の物流にも大きな影響が出るだろう……と私はさらなる補足説明を受けた。

　ヘリが現地に近づくにつれ、海沿いの原発を取り囲むように警察車両と陸上自衛隊の軍用車両が展開している光景が見えてきた。戦車こそないが、装甲車や警察の放水車は配置されている。こんな物々しい状態では、すぐに民間の知るところとなって報道されてしまう。いやその前に「原発がなんかおかしいぞ」とＳＮＳで広まってしまう……。

　私たちは上空からその様子を見て、いっそう緊張した。絶対に失敗が許されない任務に、私たちは関わることになるかもしれないのだ。

　ヘリは高度を下げ、原発の敷地内に降りた。

　駆け寄ってきたのは紺色の制服姿の原発の警備主任、制服姿の新潟県警機動隊の隊長、迷彩服姿の陸自の緊急派遣部隊の隊長、そして作業服姿の原発所長の四人だったが、ヘリから降りた私たちを見て、全員の顔が曇る（くも）のが判った。もっと偉い「政府高官」……少なくとも官房副長官が自ら来ることを期待していたのだろうか。

「内閣官房副長官室の津島。こちらは等々力と上白河です」

私たちは名刺交換をした。こういう緊急時でも名刺交換してしまう役人の習性には驚く。そういう自分も役人の世界にいるのだけど。

「現状は、膠着状態です。この件は政府と規制委員会、そして新潟県警と新潟県には伝えておりますが、まだ情報公開はしておりません。報道にも流しておりません。つまり、世間的には『何も起きていない状態』です。放射線のモニタリングポストの数値にも変化はありません」

そう報告した原発所長は、等々力さんに訊いた。

「あの……もっと上の方は来ないんですか？」

「我々より偉い人が来ればどうにかなりますか？　たとえば怒り狂った総理大臣がやってきて、どうしてこうなったんだ！　とカミナリを落とせば問題が解決しますか？」

等々力さんが答えた。

「官邸はおそらく怒り心頭ですよ。原発のセキュリティはどうなってるんだと。いずれ状況が悪化すれば誰だって来ます。原子力規制庁とか規制委員会とか通経大臣とか官房長官とか、最後には内閣総理大臣だって来るでしょうよ。それは避けたいですね」

津島さんは等々力さんの肩に手を置いて発言を止めた。

「我々としては未だ確証がないのではっきりとはお伝えできませんが、制御室を占拠した人物に心当たりがあります。ですのでただちにここに来て、事態の収拾に全面的に協力すべき義務があると考えました」

　それを聞いた警備主任が進み出た。

「これまでの経緯ですが、中央制御室には現在、少なくとも三人の部外者が侵入しています。中央制御室に出入りできるレベルのＩＤを詐取してニセのＩＤカードを作った一人がまず侵入、その後、仲間を二人、招き入れたようです」

　仮に瑞麗を人質に取られたとしても、石川さんにそんな真似ができるとは思えない。最初に入ったのは瑞麗か添島茜だ。

「最初に侵入したのは女性ではありませんか？　映像が残っていますよね？　確認したいので、見せていただけます？」

　畳み掛けるように質問する私を、出迎えた側の四人は不審そうに睨みつけた。

「おい、なんだこの女は？　図々しいやつだな」

　後方に控える新潟県警の男がはっきり聞こえるように言ったので、等々力さんが「あんたこそ、その言い方はないだろう！」と声を荒らげた。

　陸自の隊長が「まあまあ」と手を上げて二人を制した。

「上白河陸曹、いや、今は上白河さんか。覚えておいでかな。習志野の特殊作戦群では以前、うちの部隊から出向して、原発テロ対応の机上演習を指導したことがあります」

「はい。私も参加しました。その演習の進行管理役がたしか……」

隊長の顔に見覚えのあることに気づいた私は思わず敬礼した。

「新発田の第三十普通科連隊の多部一等陸尉ですね。その節は大変、お世話になりました！」

多部一尉も敬礼を返した。

「ならば話が早い。机上演習は習志野の喜連川一尉からの要望で実施しましたが、少人数ながら全員非常に熱心で、やり甲斐があったと記憶しています。で、喜連川一尉は」

「はい。私の直属上司で指導教官でありました」

多部一尉は頷いた。

「上白河陸曹……ではなく上白河さん、現在中央制御室にあなたとも関わりのある人物が入室している、ということであれば、状況打開のためのミッションは、あなたに実行してもらったほうが良さそうだ」

「ではまず事務棟の会議室へどうぞ」

私たちは会議室に案内されて他の四人とともに、大型モニターに映し出された事案発生時の録画映像を観た。

中央制御室にはＮＡＳＡのコントロールセンターさながら、数多くのモニターやメーターやインジケーターがずらりと並び、制御コンソールにも山ほどのスイッチがひしめいている。ＳＦ映画に出てくる宇宙船のようだ。窓はない。

そこに作業服を着た人物二人が入室する映像が映し出された。だがその二人の位置関係と動きが不自然だ。よく見ると、一人がもう一人の首に手を回している。

『今すぐ全員ここから出ていけ。言うことをきかないと、この男を殺す！』

その場にいたスタッフを脅す声は女で、聞き覚えがある。そして首筋に刃物を突きつけられているのは……。

「ズームしてください！」

頼んで拡大して貰うと不鮮明ながら、人質にされているのはやはり石川さんだろうと判別出来た。石川さんを人質に取っているのは……茜だ。声から考えても、茜だ。

スタッフ全員が狼狽えて出口に向かって逃げ始めたが、彼らと入れ違いに画面の中に登場した三人目がいた。作業服ごしにも細身で華奢だとわかるその体型。帽子から幾筋か流れている、長い髪。おそらく篠崎瑞麗だ。

『瑞麗。ドアをロックして』

茜が命じ、篠崎瑞麗が画面の外に消えた。ほどなく戻ってきたが、カメラを直視すると脚立にでも乗ったのか、さらにレンズに近寄った。私が一度だけ対面し、資料の写真では何度となく見た美貌が大映しになった。だがすぐに画面は真っ暗になり、それ以後は音声のみになった。

「ご覧のように男女複数名……男一名に女二名、最低三人が中央制御室に侵入しています」

「添島茜と篠崎瑞麗、そしてウチの石川ですね」

等々力さんが明言した。

「で、彼らは何をしようとしてるんです？　これまでに原発が何らかの操作をされた形跡は？」

等々力さんの問いに、所長は首を横に振った。

「今のところはなにも」

「あの……原発は、遠隔操作できると聞いたことがありますが……この中央制御室からの操作を無効にして、ほかの場所から原発を管理することは出来ないのですか？」

私が訊いた。それが出来るなら、とりあえずの危機は回避される。侵入者をゆっくり、何日でもかけて説得して投降させればいいのだから。

「はい。遠隔操作、遠隔運転のシステムはあります。しかし、それを使うには、まず、中央制御室の制御盤で切り替えをしなければなりません。そして現状ではそれが出来ません。いえ、もちろん原子炉のリアルタイムのデータはモニターできますし、何か操作されたらそれもモニター は出来ますが……」

震える声で説明をした所長は等々力さんに訊いた。

「皆さんは、あの女二人の正体と目的を知ってるんでしょう？　だからヘリで東京から、文字通りすっ飛んできたんでしょう?」

等々力さんは津島さんを見た。津島さんはどう説明するのか。

「はい。これまでいろいろなことがありまして……こういう所業に走るのは、ある特定の組織の特定の人物しかいないという確信のもとに参りました」

津島さんは説明を始めた。

「現在制御室に侵入している人物の一人を、我々の部署がずっと追跡しておりました。さらに、その人物の所属する組織にも昨日、警視庁の捜査が入ったばかりです」

津島さんは、どこまで言っていいかとちょっとだけ宙を見て、言葉を続けた。

「白峯宗大本山創橙寺という宗教組織がありまして、その組織の長は永らく政財界に影響力を持ってきた宇津目という男です。が、この宇津目の最終目的が、原発にわざと事故を起こさせ、結果的に日本を滅亡に導こうという……いや、理解を絶する話だということは判っています。にわかには信じられないと思いますが、現実にこういう状況になっているのでありまして……詳しく話すと長くなりますので搔い摘まむとそういうことになります」

「とんでもない話だ!」

所長はうつろな表情になり、つぶやいた。

「いやいやそんなことが……原発の安全はフェイルセーフになっていて、故意に無理な操作をしても受け付けない筈だ。或いは別のシステムが働いて、状況をあるべき状態に自動で戻そうとする筈……それでもダメな場合は、最後の手段として作業員が手動でバルブを開け閉めすることでなんとか出来る。そういう構造になっている筈なんだ！」

「だったらどうして福島ではあんな事故が起きたんです？」

ぶつぶつと独り言をいっている所長に等々力さんが突っ込んだ。

「それは……福島の事故は、原発をコントロールする電源が津波ですべて失われてしまったので、数値の正確な計測すら出来なかったわけで……電源室の水密化さえやっておけば、あんなことには……」

所長は言い訳のような説明をしたが、県警機動隊の隊長と陸自の多部一尉はヒソヒソと話をしている。

「今後最悪の事態として考えられるのは、原発の爆発ですね？」

陸自の多部一尉が所長に訊いた。

「そうです。その場合、まず第一段階として、半径六十キロの住民に緊急避難の要請をしなければならなくなります。ただ、原発は原子爆弾とは違います。冷却水が全部抜けて制御棒が剝き出しになって熱を持ち始めたとしても、爆発を起こすまでには時間がかかります。そしてその爆発を防ぐために、緊急手段として冷却水を強制的に注入するという方法もあります」

所長は説明して自分を納得させるようにウンウンと頷いた。

「遠隔操作は出来ませんが、数値のモニタリングは出来るので、どのような異常事態が起きて進行しつつあるのかは判ります。その進行を止めて安全を保つ緊急操作も……まったく出来ないわけではない」

同じ事を繰り返して安全性を強調したが……そこで所長は顔を歪めた。顔色が悪くなり、額にはびっしょりと汗をかいている。

「しかし……我々が思いつかないような操作をされたら……取り返しのつかない事態を防げると言い切る自信はありません」

「半径六十キロの住民避難……この辺は人口は少ないが避難に使える道路が限られているし、避難所の準備を考えると」

県警を代表して機動隊の隊長が地図を睨んで呻いた。

「長野市や富山市、新潟市、上越市……北関東への影響も」

所長も呻いた。

「六十キロ圏内にある山脈は、首都圏や北陸・信越地方の水源じゃないか！」

等々力さんも呻いた。

「今後の風向きはどうなりますか？」

私の問いに所長がモニターの表示を切り替えると、どこかで見たような地図が現れた。

「前の原発事故の時には使われなかったSPEEDI(スピーディ)によると……今後、北西ないし西北西の風が吹く予測で」

SPEEDIの放射線量予測画面には、モロに首都圏に向かって濃いプリュームが伸びている。こうなる前に、なんとしても状況を終了させなければ……。

そのためにも、中央制御室の中の今の様子が知りたい。石川さんは無事なのか。瑞麗は茜の言いなりになっているのか。気がついたら私は言っていた。

「石川さんは、篠崎瑞麗を逃がすために私たちを裏切ろうとしました。篠崎瑞麗も同じ気持ちなら、石川さんを助けようとして、添島茜の言いなりに破壊工作をするでしょう」

しかし瑞麗がもはや誰も愛していなくても、やはり茜の言うことを聞くしかないのではないだろうか？　どっちに転んでも私たちの、いや日本の勝ち目は限りなく薄いのではないか？

一瞬絶望しかかったが……それでも最後まで諦めるべきではない。諦めたらそこで終わりだ。諦めない限りは負けではない。だって私は……陸自の人間だったのだから。

そう思って自らを奮(ふる)い立たせた。

中央制御室のモニターには映像が表示されていない。たぶんレンズに蓋(ふた)をしたのだろう。画面は真っ暗だ。かろうじて音声だけは聞こえてくるが、声が小さくてよく判らない。

「制御室の内部を見るには……古典的な手段ですが、通風口のようなところから直接覗くことはできませんか？」

等々力さんが聞くと、警備主任は首を横に振った。

「該当するダクトの断面積は小さいので人間は無理です。しかし……夥しい信号ケーブルなどの保守用の……」

「それだ！」

私と等々力さんが叫んだ。

警備用の無線と陸自の迷彩服を借りた私は、信号ケーブル保守用ダクトに入り、匍匐前進して中央制御室の上まで来た。ダクトのところどころには保守作業用のハッチがあり、そこを開閉して外からもケーブルにアクセスできるようになっている。そのハッチを経由して超小型、かつ広角撮影が可能なカメラを使えば、中央制御室の中を覗ける筈だ。

ハッチを広く開けるとバレてしまうので、判らない程度に少しだけ隙間をつくり、狭いスリットになんとかカメラのレンズを押し当てた。その映像は私の手許の小さなモニターでも見えるし、無線で飛ばして津島さんと等々力さん、そして多部一尉たちみんなとも共有できる。

中央制御室には、作業服を着た三人の姿があった。

篠崎瑞麗と石川さん、そして添島茜だ。

茜は依然として石川さんを拘束し、刃物をその首筋に突き立てている。

コントロールパネルに向かっているのは瑞麗だ。

「篠崎瑞麗が制御盤の前に立っていて、数値を確認しているようです」

私は無線で報告した。

『篠崎瑞麗は原発に詳しいのか？』

等々力さんが疑問を発したが、ここで津島さんが割り込んだ。

『芝浜重工で重役秘書をやっていた時に、原発に関しても情報を収集していたと考えられる。しかも新潟県警が親不知原発の職員から聴き取ったところによると、保安担当の職員が、おそらく瑞麗と思われる若い女と、近隣の居酒屋などで会っていたことが何度か目撃されていたらしい』

瑞麗がハニートラップを親不知原発の保安担当職員にも仕掛けており、それでセキュリティチェックを突破したのだ……と私は悟った。

中央制御室にあるモニターには、外の様子を捉えた監視カメラの映像も映し出されているようだ。自分たちの様子は外に出さないが、外部の状況は把握している。

「自衛隊とか警察がずいぶん集まってきたわね」

そう言ったのは、茜だ。

「何を躊躇してるの。やってしまいなさいよ。法主様もそれがお望みよ」

「いや、瑞麗、それだけは絶対にやめてくれ！　頼む！」

割って入ったのは石川さんだ。

「やめてくれ！　僕は死んでもいい。頼むから日本を滅ぼさないでくれ！」

石川さんは哀願した。

「うるさいわね。ああ面倒だ。こんな男、ここに来る道中で処分しておけばよかった」

茜は心から面倒くさそうな声を上げた。

「まあそうもいかないわよね。この男がいなければ、瑞麗、あんた、あたしの言うことを聞かないでしょ。それにしても、よくもまあ、あたしたちから逃げられるなんて思ったわね。せっかく目をかけて育ててきたのに。飼い犬に手を咬まれた気分だわ。でも、ちゃんとやれば、あんたとこの男は助けてあげる。すぐに爆発するわけではないし、逃げる時間ならあるでしょ」

茜はそう言い放った。

「すべての安全装置を切って、冷却水も一気に排水してしまえば、あとから手動でバルブを操作しても限界があるのは実証済み。さあ、とっととやっちゃいなさい！」

茜は瑞麗を煽った。

しかし、瑞麗は立ちすくんだまま躊躇し続けている。

「ちょっと。いい加減、肚をくくりなさいよ。この男と日本と、あなたはどっちを取るの？　日本が、日本の社会が、あなたに何をしてくれたの？」

茜はなおも激しく瑞麗を煽ったが、ついに苛立ちが限界を超えたのか、石川さんを拘束し、首筋に刃物を当てたまま、自らコントロールパネルに歩み寄って手を伸ばした。

「どれを操作すればいいのよ？　どうすれば炉心が剝き出しになるの？」

「やめろ！」

石川さんは刃物を当てられているのに、激しく暴れはじめた。

「あんたは、何をしようとしているのか判ってるのか？」

「判ってるわよ！　八百五十余年という長い歳月を経て、ようやく崇徳院の大願が成就するのよ！」

「それは後世の人間が勝手にでっち上げた伝説じゃないのか？　そんなものに振り回されて、日本を壊滅させようなんて正気の沙汰ではない！」

「それは宇津目大僧正に言って！　私はあの方の言うことだけを信じているんだから。だいたい今まで、法主様の言う通りにしてきて間違った事は一つもなかった」

「全部間違ってるだろ！」

小型カメラの小さなモニター画面越しにしか見えないことがもどかしい。かといって今、このハッチから中央制御室に降りるのはリスクが高すぎる。突然私が現れれば、茜はさらに興奮して、とんでもないことをしでかすかもしれない。

私はカメラの横に顔を近づけ、隙間から直接、制御室を覗き込んだ。

『上白河！　どうなってる？』

等々力さんから問い合わせが来た。イアフォンをしていても音漏れしてしまいそうな大声だ。

「膠着状態です。添島茜が篠崎瑞麗を焚き付けて煽って、制御盤を操作させようとしていますが、瑞麗は躊躇しています。石川さんは必死に止めています。茜が自ら制御盤に近づき、自分でやろうとして……」

その時、動きがあった。

茜がコントロールパネルの操作に気を取られるあまり、石川さんに対する注意が一瞬、おろそかになった。その時だった。ここぞとばかり激しくもがき、拘束を逃れた石川さんが、茜の手から刃物を奪い取ったのは。

マズい。茜はプロだ。石川さんでは勝負にならない。あんなことをしたら石川さんは返り討ちに……。

助けなければ、と思った私はハッチに手をかけた。

が、しかし、石川さんは奪った刃物を茜ではなく、自分の胸に突き立てた。

一気に石川さんの胸が血に染まり、作業服の前が膨れあがる。激しく溢れ出た血が、石川さんの足元までボタボタと垂れ落ち始めた。

瑞麗が悲鳴をあげて石川さんに駆け寄った。

「テルくん、輝久くん、死なないで！」

「僕のせいで君に正しい判断が出来ないなら……」

「何を言ってるの！　救急車を！」

「いいんだ。死なせてくれ……このまま」

そう言って、石川さんは瑞麗の腕の中に倒れ込んだ。

もう、一刻の猶予もならない。このままだと石川さんが死んでしまう！

私は、素早く天井のハッチを全開にすると、中央制御室に飛び降りた。

瑞麗が石川さんに縋りついたきり、言うことを聞かなくなったので茜は舌打ちし、自らコンソールに向かっている。そこに私が襲いかかった。

突然、天井から降ってきた私に茜は対応できず、あっさり背後を取られた。

渾身の力を込め、うしろから腕を回して茜の頸動脈を圧迫する。茜は声をあげる暇もなく意識を失った。

天井の小型カメラも、中央制御室の監視カメラのマイクも生きている。

「早く救急車を！　石川さんが死んでしまう！」

私はそう叫びつつ、それでも茜を拘束しなければ……と一瞬思ったが、いや、その前に石川さんをここから運び出すのが先だ、と判断した。

ロックを解除して中央制御室のドアを開けなければ。最初に制御盤にあるロック解除ボタンを押し、次に、ドアについているメカニカルなロックを解除すればいいことは、原発テロ対応の机上演習の経験から知っていた。

その時、無線を通して津島さんの声が響いた。

『気をつけろ！　中央制御室に不審な男が向かっている。制止しようとした警官が全員、無力化された！』

まさか……それだけのことが出来るのは、そしてここに入ろうとする人物は……もしや……。

津島さんは無線で『開けるな。そいつは人民解放軍のスパイだ』と叫んでいる。

やはり国重だ。ドアを開けるわけにはいかない。しかしこのままでは石川さんが死んでしまう。

私は激しく迷った。

スパイをここに入れるわけにはいかない。しかし……この件を私に伝えてくれたのは国重本人なのだ。彼を信じていいのではないか？　それに、目の前の大切な人を救うことが先決ではないのか？　私の仕事は国を守ることだとはいえ……。その時。

「危ない！」

という瑞麗の叫びを耳にしたと同時に、私は背後から襲われた。

失神していたはずの茜がいつの間にか復活していたのだ。

茜の蹴りが、モロに私の肋骨に入った。

前回、骨折して肺に刺さった部分だ。海外で傭兵の経験があって殺人の快楽に目覚めたモンスターと、死闘を繰り広げた時に負った古傷だ。

息が出来ないほどの激しい痛みを堪えて、私は必死に茜に立ち向かおうとした。

しかし、私の急所に勘付いた茜は、徹底的に脇腹を攻めてきた。

無意識に肋骨を庇うと、容赦なく後頭部に蹴りが入る。顔にも連打を浴びて倒れそうになったところで鳩尾に拳が入る。

気が遠くなりかけつつしゃにむに突進していくが、スルリとかわされて、悔しいが私は完全に茜のなすがままだ。有効な打撃を一つも決められない。立っているのが精一杯だ。限界が近い。その前になんとかしないと……。

動きが鈍くなったところに、肋骨目がけて跳び蹴りが入った。

私はたまらず後ろによろめき、床に後頭部を激しく打ち付けてしまった。

意識が遠ざかりかけた。身体が動かない。

茜の顔に喜色が浮かんだ。トドメを刺そうというのだろう。

ここでニードロップでもされたら、肋骨が肺や心臓を突き破って、死んでしまう……。

た。

だが。

仁王立ちになって勝利の笑みを浮かべる茜の背後に、瑞麗がすっと回り込んだのが見えた。

次の瞬間、茜の顔が歪んだ。

瑞麗が、茜を刺したのだ。石川さんが自らを刺した刃物を、背後から突き立てたのだ。

低い、恨みの籠もった声が聞こえた。瑞麗の声を聴くのは彼女が裏官房に石川さんを訪ねてきた、あの朝以来だ。

「添島さん……あなたは岸部亮子さんを殺した。私と仲の良かった永石美沙子も殺した。そして……私の心まで殺した」

茜が応える。

「何を……何を甘いことを言っているの。残念ね。せっかくあたしの後継者と思って育ててきたのに……あんたの心を殺し切ることができなかった」

茜は立ったまま硬直している。

「あんたに、こんなことが出来るなんて……」

黙れとも言わず、瑞麗は無言のまま茜の背中を刺し貫く刃物に全体重を乗せている。おそらく急所を的確に捉えている。ハニートラップ要員以外の訓練も、瑞麗は受けていたのか……。

茜はそのまま立ち尽くし、やがて口からどっと血を吐くと、そのまま膝(ひざ)から崩れ落ちた。

血の海の中に倒れ込んだ茜は、動かなくなった。

その血が流れてきたが、私も激痛のために身体に力が入らない。

目の焦点(しょうてん)が合わなくなってきたが、かろうじて見えている視界の中で、瑞麗がドアを解錠して、そこから国重が入ってくるのが見え、私は絶望した。

ああ、これでこの原発は飛ぶ。日本は終わった。

悔しい。私が油断したせいだ。国重が原発を空焚きし、すぐに激しい警告音が鳴り始めるのだろう……。

しかし。

集中制御室のすべてのモニターは異常を知らせることなく、穏やかな電子音を発し続けている。

何かあれば即座に警報が鳴り、モニターには異常を知らせる表示が点滅するはずだが、そういうことは起こらなかった。本当に？　カタストロフは回避されたのか？

私は必死に視線をめぐらせ、この中央制御室に、本当に異常の無いことを確認しようとした。

そして……ふたたび制御盤を見た時、国重と、そして瑞麗の姿は消えていた。

血の海の中で、茜はまったく動かない。しかし、石川さんの胸は微(かす)かに上下しているのが判った。

「石川さん……生きてますか……」

私の呼びかけが聞こえたのか、石川さんの指が僅(わず)かに動いた。

エピローグ

すべてが終わった。

石川さんは重傷だが、入院して快方に向かっている。

芝浜重工は再建のために分割されて、名門企業の解体と大きく報じられた。

関係する官僚は、直接の責任はないとのことで、処分は何も受けていない。官僚組織の巧妙な「責任を取らない体質だ」と津島さんや室長は憤っていたが、だからと言ってその体質が変わるものではないということは、私にもだんだん判ってきた。

一方、白峯宗大本山創橙寺の大僧正・宇津目顕正の罪は厳しく追及されて、余罪が続々と出てくるに従い、猟奇犯罪の様相を呈してきた。

白峯宗が、ハニートラップ要員としては使い物にならなくなった女性の血液や臓器を取って、組織的に売っていたことも判明した。元々係累の少ない女性ばかりがリクルートされていたので、家族から捜索願いが出されることも、悪事が露見することもなかったのだ。

瑞麗は利用されつくした永石美沙子と仲がよかったのだが、美沙子の末路を見て、そして岸部亮子が殺害される映像を見て本気で恐ろしくなり、逃亡を決意したのだろう。

瑞麗は、白峯宗傘下(さんか)のモデルクラブから持ち出した血液のパックを自宅マンションの床にぶちまけ、永石美沙子のヘアブラシを遺留品に見せかけることで、偽装工作を実行したのだ。

宇津目の宗教家としての能力の真偽は……よく判らない。宇津目の師匠筋に当たる人物は、辻政信と牟田口廉也を指南していたらしいが、彼らが日本の国益に添う判断をしたかどうかについて、ほとんどの研究者は否定的だ。ただ、政府と軍の中枢(ちゅうすう)で影響力を行使し続けた、その運の強さだけは認めなくてはならないだろう。

そして……。

私は国重に成田(なりた)空港に呼び出された。もしかして、そのまま国外に拉致(らち)されるのでは？との危機感はあったが、津島さんにも室長にも黙ったまま、私は国重に会いに行った。

第一ターミナルの南ウイング。中国国際航空が使うターミナルだ。

ショルダーバッグを提(さ)げた彼は、ロビーのベンチに座っていて、私を見つけると手を上げた。

「これから出国します」

「中国に帰るの？　それとも中国に行くの？」

　私は訊いた。

「正規の出国です。私はいくつかのパスポートを持っている。今日は中国人として帰国します」

　その前にどうしても、あなたに会っておきたかった、と彼は言った。

「いろいろと説明しておきたかった。弁解になると思うけど」

「私にも訊きたいことが山ほどある」

　私は、先に質問した。

「どうしてあの時、助けてくれたの？　親不知の、あの原発で。私はあなたの欲しいものを渡さなかったのに？」

助けてくれた、にはいろんな意味がある。私個人と石川さんを助けてくれたこと、そして原発事故を回避して、日本を助けてくれたこと。

「レイさん。誤解しないで欲しいのは、私や私の国は、日本を滅ぼしたいとは思っていないということです。狂信的な宇津目とは違います。日本が大混乱に陥ると、私の国にも甚大な影響が出る。今、それは回避すべきでしょう？」

　それに、と彼はロビーの外を見た。

「思い出すことがあるんです。親に連れられて日本に来て……私の感覚では日本に帰ってきたとは思えなかったんですが……言葉が出来ずに徹底的にいじめられていた時に、近所の駄菓子屋のおばあさんだけは私を庇ってくれました。いじめるヤツらを追い返して、『お前たちには何にも売ってやらない！』と叱って……お金もない私に、お菓子をくれてね。そのおばあさんは満蒙開拓団として私の国に渡って、大変な思いをして帰ってきた話をしてくれて……」

　そこで彼は立ち上がり、近くの自販機でカップのコーヒーを買って私に渡してくれた。

「満州から引き揚げる時、立場が逆転した中国人からひどい目に遭わされた、という話をよく聞きますが、そのおばあさんは違ったそうです。引き揚げる時に、中国人からとても親切にされて、それのなんと有り難かったことか、と繰り返し話してくれました。近くにある国どうしだから、仲良くしなきゃいけないんだよって。まあ、政治が絡んでくると、そうも言ってられないのですが」

　国重は苦笑した。

「……あの、篠崎瑞麗はどうなったんですか？　あなたと一緒にいなくなった」

　もう一つの疑問を私が口にすると、彼は頷いた。

「彼女は、益子さんの技術を私に渡すのと引き替えに、宇津目の組織から完全に逃れようとしていました。それがキッカケで私も彼女のことをいろいろと調べた結果、彼女が親不知原発の近くに頻繁に足を運んで、原発の警備スタッフにハニートラップを仕掛けていたことを、私は摑んでいました」

「そういえば、あなたは私たちより先に原発に入っていたんでしょう？　人民解放軍のヒトなのに、どうやって？」

「いえいえ、私は、芝浜の研究員でもあるんですよ。いまだに」

国重はそう言って笑った。

「本当のことを言えば原発の研究者ではないけれど、芝浜の人間と言うことで、ビジネスヘリをチャーターして、正規の手段で原発に乗り込んだんです。この件はいいですね？　篠崎瑞麗の話に戻しましょうか？」

私は頷いた。

「結局、益子さんの技術は私の手には入りませんでした。益子さんが殺された事は知っていますが、それをやったのは私ではなく、宇津目の組織です。切り札がなくなった以上、篠崎瑞麗を私たちが匿う必要はないのですが、彼女は宇津目に言われて、たくさんの機密を手に入れていました。それは役に立つでしょう。それと」

国重は少し言葉を選んだ。

「彼女は、石川さんを便利に利用して使い捨てるつもりだったけれど……再会して石川さんの真情を知って、そんな扱いは出来なくなったと。それだけは彼女に成り代わって言っておきたいと思います」

それは、言われなくても、そうなんだろうと感じる所ではあった。

「彼女はどうなったんですか？　生きてるんですよね？」

彼は黙って頷くと、腕時計を見た。

「そろそろ時間です。もう会えないと思いますが……どうかお元気で。短い間でしたが、私のあなたへの気持ちも、嘘ではありませんでした」

彼はそう言って私に頭を下げると、出国ゲートの方に歩いて行った。

私は、その後ろ姿を黙って見送った。

それからしばらくして、捨てアドから本文が何もないメールが届いた。内容は添付ファイルが一つ。ウイルス対策をして開いてみると、それは篠崎瑞麗の自撮り写真だった。

メールと同じ日付の『環球時報』を手に、微笑んでいる彼女。

それを石川さんに見せるべきか、私はいまだに迷っている。

参考文献

『東芝の悲劇』大鹿靖明（二〇一七）幻冬舎
『東芝　大裏面史』ＦＡＣＴＡ編集部（二〇一七）文藝春秋
『東芝　原子力敗戦』大西康之（二〇一七）文藝春秋
『金融庁戦記　企業監視官・佐々木清隆の事件簿』大鹿靖明（二〇二一）講談社
『妖怪と怨霊の日本史』田中聡（二〇〇二）集英社新書
『怨霊とは何か―菅原道真・平将門・崇徳院』山田雄司（二〇一四）中公新書
『辻政信の真実　失踪60年―伝説の作戦参謀の謎を追う』前田啓介（二〇二一）小学館新書
『官僚の掟』佐藤優（二〇一八）朝日選書
『日本の官僚１９８０』田原総一朗（一九七九）文春文庫
『日本大改造―新・日本の官僚』田原総一朗（一九八六）文春文庫
『平成・日本の官僚』田原総一朗（一九九〇）文春文庫

この作品はフィクションであり、登場する人物および団体は、実在するものといっさい関係ありません。

傾国　内閣裏官房

一〇〇字書評

切り取り線

購買動機（新聞、雑誌名を記入するか、あるいは○をつけてください）

□（　　　　　　　　　　　　　　）の広告を見て
□（　　　　　　　　　　　　　　）の書評を見て
□ 知人のすすめで　□ タイトルに惹かれて
□ カバーが良かったから　□ 内容が面白そうだから
□ 好きな作家だから　□ 好きな分野の本だから

・最近、最も感銘を受けた作品名をお書き下さい

・あなたのお好きな作家名をお書き下さい

・その他、ご要望がありましたらお書き下さい

住所	〒				
氏名		職業		年齢	
Eメール	※携帯には配信できません		新刊情報等のメール配信を 希望する・しない		

この本の感想を、編集部までお寄せいただけたらありがたく存じます。今後の企画の参考にさせていただきます。Eメールでも結構です。

いただいた「一〇〇字書評」は、新聞・雑誌等に紹介させていただくことがあります。その場合はお礼として特製図書カードを差し上げます。

前ページの原稿用紙に書評をお書きの上、切り取り、左記までお送り下さい。宛先の住所は不要です。

なお、ご記入いただいたお名前、ご住所等は、書評紹介の事前了解、謝礼のお届けのためだけに利用し、そのほかの目的のために利用することはありません。

〒一〇一－八七〇一
祥伝社文庫編集長　清水寿明
電話　〇三（三二六五）二〇八〇

祥伝社ホームページの「ブックレビュー」からも、書き込めます。
www.shodensha.co.jp/bookreview

祥伝社文庫

傾国(けいこく)　内閣裏官房(ないかくうらかんぼう)

令和 4 年 4 月 20 日　初版第 1 刷発行

著　者　安達(あだち)　瑶(よう)

発行者　辻　浩明

発行所　祥伝社(しょうでんしゃ)

東京都千代田区神田神保町 3-3
〒 101-8701
電話　03（3265）2081（販売部）
電話　03（3265）2080（編集部）
電話　03（3265）3622（業務部）
www.shodensha.co.jp

印刷所　萩原印刷
製本所　ナショナル製本
カバーフォーマットデザイン　芥 陽子

Printed in Japan ©2022, Yo Adachi ISBN978-4-396-34801-4 C0193

祥伝社文庫の好評既刊

安達瑶　**悪漢刑事(わるデカ)**

「お前、それでもデカか？　人間のクズじゃねえか！」——罠と罠の掛け合い、傑作エロチック警察小説！

安達瑶　**悪漢刑事、再び**

女教師の淫行事件を再捜査する佐脇。だが署では彼の放逐が画策されて……。最強最悪の刑事に危機迫る！

安達瑶　**警官狩り(サツがり)**　悪漢刑事

県警が震撼！　連続警官殺しの担当を命じられた佐脇。しかし、当の佐脇にも「死刑宣告」が届く！

安達瑶　**禁断の報酬**　悪漢刑事

ヤクザとの癒着は必要悪であると嘯(うそぶ)く佐脇。マスコミの悪質警官追放キャンペーンの矢面に立たされて……。

安達瑶　**美女消失**　悪漢刑事

美しすぎる漁師・律子(りつこ)を偶然救った佐脇。しかし彼女は事故で行方不明に。背後に何が？　そして律子はどこに？

安達瑶　**消された過去**　悪漢刑事

過去に接点が？　人気絶頂の若きカリスマ代議士・細島(ほそじま)vs.佐脇の、仁義なき戦いが始まった！

祥伝社文庫の好評既刊

安達瑶

隠蔽（いんぺい）の代償 悪漢刑事

地元大企業の元社長秘書室長が殺された。暴かれる偽装工作、恫喝、責任転嫁……。小賢しい悪に鉄槌を！

安達瑶

黒い天使 悪漢刑事

病院で連続殺人事件!? その裏に潜む闇とは……。医療の盲点に巣食う〝悪〟を〝悪漢刑事〟が暴く！

安達瑶

闇の流儀 悪漢刑事

狙われた黒い絆――。盟友のヤクザと共に窮地に陥った佐脇。警察と暴力団、相容れられぬ二人の行方は!?

安達瑶

正義死すべし 悪漢刑事

現職刑事が逮捕!? 県警幹部、元判事が必死に隠す司法の〝闇〟とは？ 別件逮捕された佐脇が立ち向かう！

安達瑶

殺しの口づけ 悪漢刑事

不審な焼死、自殺、交通事故死……。不可解な事件の陰には謎の美女が。佐脇の封印された過去が明らかに!?

安達瑶

生贄（いけにえ）の羊 悪漢刑事

警察庁への出向命令。半グレ集団の暗躍、庁内の覇権争い、踏み躙（にじ）られた少女たちの夢――佐脇、怒りの暴走！

祥伝社文庫の好評既刊

安達瑶

闇の狙撃手 悪漢刑事

汚職と失踪――市長は捕まり、若い女性は消える街、眞神(まがみ)市。乗り込んだ佐脇も標的にされ、絶体絶命の危機に!

安達瑶

強欲 新・悪漢刑事

最低最悪の刑事・佐脇が帰ってきた! だが古巣の鳴海(なるみ)署は美人署長の下、人心一新、すべてが変わっていた……。

安達瑶

洋上の饗宴(上) 新・悪漢刑事

休暇を得た佐脇は、豪華客船に招待される。浮かれる佐脇だったが、やはりこの男の行くところ、波瀾あり!

安達瑶

洋上の饗宴(下) 新・悪漢刑事

騒然とする豪華客船。洋上の孤島と化した船上での捜査は難航。佐脇は謎のテロリストたちと対峙するが……。

安達瑶

悪漢刑事(わるデカ)の遺言

地元企業の重役が、危険運転の末に瀕死の重傷を負った。その裏に〝忖度〟と金の匂いを嗅ぎつけた佐脇は――?

安達瑶

密薬 新・悪漢刑事

警察に性被害を訴えていた女子大生が水死体で見つかった。彼女が勤しんでいた高収入アルバイトの謎とは?

祥伝社文庫の好評既刊

安達　瑶
報いの街　新・悪漢刑事
肩身の狭い思いをしていた元ヤクザが、偶発的な殺しの被疑者に。関西の巨大暴力団を巻き込み、大抗争が始まる！

安達　瑶
悪漢刑事（わるデカ）　最後の銃弾
向かうところ、全員敵。〝上級国民〟に忖度してたまるか！　ワルデカ佐脇、刺し違え覚悟の捨て身の一撃!!

安達　瑶
内閣裏官房
忖度、揉み消し、尻拭い――超法規措置でニッポンの膿を処理する。陸自出身の武闘派女子が秘密組織で大暴れ！

安達　瑶
政商　内閣裏官房
政官財の中枢が集う〝迎賓館〟での惨劇。内閣裏官房が暗躍し、相次ぐ自死事件を暴く！

樋口有介
平凡な革命家の死　警部補卯月枝衣子（うづきえいこ）の思惑（おもわく）
心不全とされた市議の死を、なんとか殺人に〝格上げ〟できないか――。野心家女刑事が火のないところに煙を立てる！

松嶋智左
開署準備室　巡査長・野路明良（のじあきら）
姫野署開署まであと四日。新庁舎で不可解な出来事が次々と起こるなか、失踪した強盗犯が目撃されて……。